天官賜福

천관사복

天官賜福

묵향동후 장편소설

10

BLab

天官賜福

목차

외전

124장 영롱한 주사위 1점에 놀란 마음

사련은 나직한 목소리로 화성에게 말했다.

"모정은 잘 모르겠고, 풍신은 검란과 태아령을 찾고 있는 것 같아. 설마……."

설마 다른 신관들과 합류하지 못하고 선경에 남아 사람을 찾던 와중에, 불바다에 잠겼다 화마에 휩싸이는 봉변을 당하기라도 했다면?

한술 더 떠서, 어쩌면 두 사람은 지금 군오의 손아귀에 붙잡혔을지도 모른다.

이때 국사가 이쪽으로 걸어왔다.

"태자 전하, 찾으실 것 없습니다. 여기 어딘가에 있대도 숨을 인물이 아니잖습니까. 이쪽은 머릿수가 많지만 군오의 안중에 들 만한 인물은 몇 없습니다. 군오가 여기에 없다면 갈 만한 곳은 하나뿐입니다. 거기에다 전하가 따라오기를 바랄 테고요."

사련은 곧바로 알아들었다.

"동로산이요?"

국사는 고개를 끄덕이며 덧붙였다.

"아마 축지천리를 열었을 겁니다. 선경 말고 그곳이야말로 가장 강력한 지반이니까요."

사청현이 물었다.

"네? 동로산이요? 그 무서운 곳에 가시려고요?"

"벌써 한 번 다녀왔는걸요. 괜찮아요. 심각하게 무섭지는 않았어요. 풍신과 모정도 그쪽에 있을지도 모르겠네요."

그러자 국사가 끼어들었다.

"방심은 금물입니다. 이번 여정에는 분명 다른 존재들이 전하를 기다리고 있을 겁니다."

그는 짧은 침묵 끝에 말을 이었다.

"제가 같이 가겠습니다. 믿음직한 무신들을 골라 조수로 데려가는 게 좋겠군요. 부상자는 제외하고요. 부상자는 같이 가봤자 발목만 잡습니다."

이쯤 되니 사련은 골치가 지끈거렸다. '믿음직한 무신'이라니? 예전에는 몇 사람 있었을지 몰라도 지금은 손에 꼽기조차 어려웠다. 쓰러지고, 불에 까맣게 그슬리고, 누구는 실종됐고, 또 누구는 서럽게 우는 꼬마에게 허벅지를 붙잡히고. 화성이 입을 열었다.

"다른 조수 같은 건 됐어, 하나같이 쓸모없으니. 나와 형이 가면 돼."

국사가 받아쳤다.

"두 사람만으론 힘에 부칠 걸세."

저 멀리서 배명이 항의했다.

"혈우탐화! 그렇게 자신만만한 말투로 '하나같이 쓸모없다'고 말할 건 없잖소!"

사청현이 웃음을 터트렸다.

"배 장군, 이렇게 새카맣게 타 가지고, 쥐도 우사 대인만큼 못 잡았으면서 뭐 그리 잘났다고 목소리를 높여요!"

간만에 배명을 만난 사청현은 예전처럼 즐거운 마음으로 그를 골렸다. 배명은 정곡을 찔렸으면서도 사청현에게 쓴소리조차 못 하고 한층 울적해졌다. 이때, 누군가가 불쑥 끼어들었다.

"잠깐, 저도요. 저도 가겠습니다."

다들 양쪽으로 갈라서고 나서야 알아차렸다. 놀랍게도 목소리의 주인공은 모정이었다. 그는 어느새 인파 맨 뒤편에 서 있었다. 모정의 모습을 본 사련은 안도의 한숨을 내쉬었다.

"모정? 언제 왔어? 아까는 어딜 갔었고? 난 네가 사라진 줄 알았잖아."

"아까부터 여기 있었습니다만."

화성은 팔짱을 끼더니 그를 흘겨보며 말했다.

"아까부터 있었으면서 말 한마디 없이 손도 안 보탰다?"

모정이 담담하게 대답했다.

"계속 여기 있었대도. 딱히 말을 꺼내지 않았을 뿐이지. 다른 사람들도 나를 미처 발견하지 못했던 거고."

하지만 아까 일손이 부족했을 때마다 모정은 코빼기도 비치지 않고 이름을 불러도 나오지 않았다. 그래서 다들 현진 장군이 실종됐다고 판단한 것이다. 사련은 풍신도 인파에 끼어 있지 않을까, 하는 기대를 품고 주변을 한 바퀴 뒤졌으나 풍신은 정말로 자리에 없었다. 그는 하는 수 없이 말했다.

"좋아, 같이 가 주는 거지? 잘됐다. 드디어 쓸 만한 조수를 찾았네."

이렇게 모정도 합류했다. 그가 따라오자 국사와 화성의 낯빛이 모처럼 판에 박은 듯 똑같아졌다. 두 사람은 아주 옛날부터 모정이 못마땅했다. 화성은 말할 것도 없고, 국사는 처음부터 모정을 제자로 받지 않으려 했던 사람이다. 모정 같은 조수를 두느니 조수가 없는 편이 낫다는 속마음이 눈에 훤했다. 모정은 그런 두 사람의 태도를 잘 알면서도 국사에게 예를 올리고 나직하게 말했다.

"스승님."

국사도 별말 없이 고개를 끄덕였다. 모정이 간악무도한 죄를 저지른 적도 없으니 돕겠다고 나서는 그를 마다할 이유가 없었다. 국사는 사청현을 향해 말했다.

"태자 전하의 신상이 이곳을 지키며 원령들을 며칠 더 정화

할 것이네. 이제 사람도 많아졌으니 자네가 잘 지켜봐 주게."

사청현도 고개를 끄덕였다.

"물론이죠! 그나저나 잠깐만요, 어르신. 아까부터 여쭤봤는데 대답 좀 해 주시면 안 될까요? 어르신은 대체 어디서 오신 명인이십니까?"

국사는 끝까지 묵묵부답이었다. 일행은 화성을 따라 한 곳에 세워진 저택에 도착했다. 유유히 주사위를 던진 화성은 문을 열려다 말고 무심결에 시선을 옮기더니 안색을 살짝 굳혔다.

사련이 날카롭게 눈치채고 물었다.

"왜 그래, 삼랑? 축지천리가 안 열려?"

표정을 갈무리한 화성은 싱긋 웃으며 말했다.

"아냐. 그냥, 이런 숫자는 드물어서."

그는 사련 쪽으로 손바닥을 펼쳐 보였다. 앞으로 다가간 사련은 주사위를 살펴보고 당황했다.

핏기 없는 손바닥 위에 외로이 놓인 주사위는 놀랍게도 1점을 가리키고 있었다.

화성은 주사위를 던지는 족족 붉은 6점이 나왔다. 이 1이라는 숫자는 정말로 보기 드문 숫자였다. 사련은 내심 마음이 떨려 왔다.

"……이 숫자가 무슨 뜻인데? 모르고 잘못 던진 거야?"

화성이 대답했다.

"그동안의 경험대로라면, 위험천만한 일이 앞에서 나를 기다리고 있다는 뜻이야."

"……."

사련의 심장이 아래로 무겁게 내려앉았다. 국사가 뒤에서 말했다.

"거참, 이 젊은이들이 몇 번을 말해야 알아듣나. 도박은 나쁘니 일찌감치 끊어야 한다니까! 전하, 보십시오. 이 젊은이도 나쁜 습관이 들었잖습니까!"

불길한 징조에도 화성은 여느 때와 같은 표정으로 주사위를 집어넣고 웃으며 입을 열었다.

"심심풀이로 던지는 것뿐이지, 점수는 상관없어. 위험하고 말고는 내가 결정해."

화성은 그리 말하며 문을 열었다.

"가자, 형."

화성이 빙글 돌아서서 문으로 들어서려는 순간, 사련은 무심코 그를 붙잡았다. 가지 말라는 한마디가 목구멍까지 치밀었다. 물론 불가능하다는 것쯤은 누구보다도 잘 알았다. 결국 그는 작은 목소리로 말했다.

"가자. 대신, 내 옆에서 떨어지지 마. 무슨 일이 생기면 내가 널 지켜 줄게."

이 말에 화성은 얼떨떨한 얼굴을 했다.

그는 한참 뒤에야 입가를 휘어 올리며 싱긋 웃었다.

"좋아. 잊지 말고 꼭 지켜 주기다."

"……."

모정은 한쪽에서 공포인지 소름인지 모를 눈빛으로 두 사람을 지켜보았다. 화성이 문을 열자, 찬란한 빛이 얼굴을 덮쳐 오며 그의 미묘한 표정을 잠재웠다.

얼마 전에 폭발한 화산 때문에 아직도 만천하가 화산재에 뒤덮여 있었다. 곳곳에 깔린 숲과 바위도 남은 불씨에 휩싸여 불지옥처럼 새빨갰다. 이제 동로산의 옛 모습은 눈 씻고도 찾아볼 수 없었다.

높은 산비탈의 바위 동굴에서 빠져나온 사련 일행은 밖으로 나오기 무섭게 화산재에 숨구멍이 막힐 뻔했다. 사련이 입을 열었다.

"정말 여기 있을까?"

모정이 말했다.

"동로 근처에 있겠죠."

"화산이 폭발해서 그 근처에는 발붙일 만한 곳이 없을 텐데."

그러자 국사가 말했다.

"제가 어디 있는지 압니다. 그곳이 무너지지만 않았다면요. 다들 따라오십시오. 가 보면 알게 될 겁니다."

세 사람은 그를 뒤따라 비탈을 내려갔다. 화성은 내내 사련을 앞질러 걸었다. 돌무더기로 험한 길이 나오면 먼저 내려가 반듯하게 깎아 놓고는, 돌아서서 사련을 붙잡고 내려 주었다. 화성이 아니었다면 사련은 벌써 비탈 아래에 도착했을지도 몰랐다. —산비탈 가장 높은 곳에서 발을 헛디뎌 아래까지 데구루루 미끄러져 내렸을 테니까.

그런데 사련 대신 다른 누군가가 발을 헛디뎠다. 맨 뒤에 있던 모정이 발이 미끄러져 비틀거린 것이다. 가장 가까이 서 있던 사련이 민첩하게 그를 잡아 주었다.

"조심해!"

모정은 움찔하더니 그제야 정신을 차리고 대답했다.

"알겠습니다."

사련은 손을 놓았다. 역시 모정이 어딘가 이상하다는 생각이 들었다. 고개를 돌리고 나니 문득 무언가가 떠올랐다. 그는 재빨리 화성 옆까지 내려가 나직하게 물었다.

"있잖아, 삼랑. 저번에 설산 꼭대기에서 풍신과 모정이 싸웠을 때 무슨 말을 했는지 들었지? 왜 갑자기 화를 냈어?"

이 이야기가 나오자 싸늘한 기운이 화성의 낯빛을 스치고 지나갔다.

"아, 그거. 그놈들이 주제도 모르고 형에게 불경한 말을 좀 해서."

"응?"

사련이 물었다.

"무슨 말이었는데?"

"몰라도 돼. 들어 봤자 형 귀만 더러워져. 이제 다 내려왔네."

산비탈을 내려온 네 사람은 얼마간 걷다가 강물에 앞길을 가로막혔다. 강에는 맑은 물이 아니라 부글거리는 새빨간 액체가 흐르고 있었다. ―그건 뜨겁게 끓는 용암이었다.

웬만한 사람은 다가서기만 해도 타 죽을 열기였다. 물론 네 사람은 평범한 인간이 아니라 여기까지 오고도 뼈째로 녹아 버리지 않고 버틸 수 있었다. 국사는 이마에 흐르는 땀을 연신 훔치며 말했다.

"아마 이 건너편일 겁니다. 다만 원래 여기는 성을 지키는 수로였는데 지금 이 모양이 되었으니 건너갈 방법이 없겠군요."

사련이 말했다.

"강을 건널 만한 물건이 필요하겠어요."

사련의 거대한 신상이 있었다면 몇 걸음 만에 건너가고도 남았을 터다. 하지만 신상은 지금 황성에서 악령을 진압하고 있다. 산괴 세 마리도 검으로 화했으니 지금은 황성을 지키는 편이 나을 것이다.

"삼랑, 은나비가 우리를 데리고 날 수 있을까?"

"용암이 뜨거워서 건너는 도중에 녹아 버릴지도 몰라."

강을 건너는 도중에 아래로 떨어져 흐르는 용암 속에 곤두박질친다면 나쁜 꼴을 면치 못할 게 뻔했다. 화성이 말을 덧붙였다.

"하지만 통로라면 이미 있어."

세 사람은 그의 시선을 따라 고개를 돌렸다. 머지않아 사련이 중얼거렸다.

"용암 속에 사람이 있잖아?"

정말이었다. 결단코 착각이 아니었다. 방금 고개를 돌린 순간, 용암 속에서 솟구쳐 나온 창백한 손 하나가 보였던 것이다. 자세히 들여다보던 모정도 외쳤다.

"정말 있습니다! 게다가 한 사람이 아닌데요?"

적어도 수천수만에 달하는 몸뚱이와 머리통이 강물 위로 떠올랐다. 용암의 소용돌이에 휩쓸려 빙글빙글 도는 이가 있는가 하면, 용암을 거슬러 헤엄치는 이도 있었다. 괴상하리만치 흰 몸과 뭉그러진 얼굴이 어째 산 사람 같지가 않았다.

사련은 이내 깨달았다.

"오용국 황성에 있던 그 빈 껍데기 석상들이구나……. 용암에 휩쓸려 여기까지 온 거야."

그들의 몸놀림이라면 석상을 징검다리 삼아 밟고 지나가는 것쯤은 문제도 아니었다. 용암에 휩쓸려 괴로이 몸부림치는 망령들을 밟아야 한다니 조금 불쌍했지만, 지금은 이런 일을 걱정할 여유가 없었다.

모정은 앞장서서 다가가 위치를 가늠해 보고 몇 번을 오르내리더니 금세 수로를 가로질렀다. 건너편 강기슭에 도착한 그는 자리에 서서 이쪽을 돌아보았다. 사련이 국사에게 말했다.

"스승님부터 모셔다드릴게요."

아무래도 국사는 무신이 아니고 무예에 정통한 인물도 아니라 데려다줄 사람이 필요했다. 그는 고개를 끄덕이곤 앞으로 향했다. 이때 화성이 넌지시 입을 열었다.

"형, 내가 갈게."

사련은 별생각 없이 자연스레 대답했다.

"좋아."

앞으로 걸어간 화성은 연로한 노인을 모시듯 국사의 팔꿈치를 감싸 받치며 말했다.

"국사, 제가 모시겠습니다. 발밑 조심하세요."

국사는 뒤를 돌아보았다. 사련이 아닌 다른 사람이 자신을 부축하고 있자, 그가 인상을 찌푸리며 말했다.

"허? 어째 자네가 왔어?"

참지 못하고 웃음을 흘린 사련은 큼, 헛기침을 하곤 말했다.

"삼랑이 성심껏 스승님을 모시고 싶다길래 대신 맡겼습니다."

국사가 중얼거렸다.

"왜 뜬금없이 아첨이야?"

그러자 화성이 활짝 웃으며 말했다.

"저든 형이든 큰 차이는 없지 않습니까. 게다가 저는 국사를 깊이 존경하고 있으니, 이런 사소한 일 정도는 흔쾌히 대신해야지요."

국사는 잠시 할 말을 잃었다.

"정말 나를 존경한다면 그 가짜 웃음이나 치우지 그래? 너무

가식적이라고."

"아."

화성은 감흥 없이 외마디로 반응하고는 곧장 웃음기를 거두었다. 그러곤 두말없이 국사를 데리고 빠르게 건너편 기슭으로 건너갔다.

귀매 같은 화성의 몸놀림은 기이할 만큼 빨랐다. 저도 모르는 사이에 모정의 옆에 도착한 국사는 어안이 벙벙해졌다. 하다못해 화성의 신발에 밟힌 빈 껍데기 석상들마저 자신이 밟혔다는 사실을 몰랐다. 석상들은 아무것도 없는 위를 바라보며 머리를 긁적이곤 계속해서 용암 속을 헤엄쳤다. 국사는 그제야 정신을 차리고 화성을 한번 쳐다보며 평을 남겼다.

"몸놀림이 그럭저럭 괜찮군."

'너무 깐깐하시네. 저런 몸놀림을 두고 어떻게 그럭저럭이라고 할 수가 있어?'

건너편에 있는 사련은 말문이 막혀 고개를 내저었다.

"이제 나도 건너갈게!"

사련이 외치자 화성이 빙글 돌아서며 말했다.

"형, 거기서 기다려. 내가 데리러 갈게."

하지만 사련의 움직임은 화성의 말보다 빨랐다. 훌쩍 위로 뛰어오른 그는 하늘을 보고 누운 석상의 배를 디뎠다. 단단한 몸뚱이가 아래로 살짝 가라앉을 무렵, 다시 뛰어올라 앞쪽의 다른 석상의 머리를 디뎠다.

사련은 이렇게 석상 괴인을 대여섯 개 밟고 용암의 중심에 다다랐다. 그런데 누가 알았으랴. 다시 허공으로 날아오르려는 순간, 몸이 쑥 내려앉는 바람에 중심을 잃고 휘청거릴 뻔했다.

그는 기민한 몸놀림으로 중심을 잡고 아래를 내려다보았다. 무슨 영문인지, 그가 밟은 석상이 그의 신발을 붙잡고 있었다.

사련은 마음속으로 중얼거렸다.

'이런, 또 시작이네!'

재수 옴 붙은 사나운 운수가 또 기승을 부린 것이다. 앞쪽 세 사람은 무사히 용암 강을 건넜는데, 하필 그가 지나갈 때만 이렇게 성가신 괴물을 만나다니. 석상은 사련의 오른발 발목을 붙잡고 놓아주지 않았다.

석상 괴인은 속이 텅 빈 덕분에 용암 표면으로 떠올랐을 뿐, 무거운 무게는 버틸 수 없었다. 펄펄 끓는 열기에 사련은 땀으로 흠뻑 젖었다. 소맷자락에도 불씨가 붙었다.

이대로 멈춰 있다간 석상을 밟은 채 송두리째 용암에 빠지거나 불길에 휩싸일 터였다.

위기일발의 순간, 사련은 기지를 발휘했다. 그는 약야를 날려 보내 앞쪽 세 장 멀리 떨어진 다른 석상 괴인을 끌어당긴 다음, 왼발로 그 석상 괴인의 등을 디뎠다. 이렇게 두 석상이 동시에 사련의 무게를 버티면 중력이 분산되어 가라앉는 신세를 면할 수 있었다. 한시름 놓은 사련은 그제야 방심을 뽑고 자신의 신발을 붙든 손을 베었다. 다시 위로 뛰어오르려는 찰나에 깨닫고 보니 붉은 그림자가 곁으로 다가와 있었다.

"삼랑? 이제 괜찮아. 안 와도 되는데."

화성은 멀찍이 장력을 날려 사련을 붙잡았던 빈 껍데기 석상을 터트렸다. 이내 그가 짧게 입을 열었다.

"일단 건너편으로 가자."

두 사람은 함께 뭍에 도착했다. 사련은 소맷부리에 붙은 불을 툭툭 털어 끄고 말했다.

"미안해, 걱정했지."

"내 불찰이야. 건너오기 전에 미리 기다리라고 말해 뒀어야 했는데."

국사가 말을 얹었다.

"됐네, 됐어, 그만. 전하는 그리 연약하신 분이 아니야. 자네가 가지 않아도 어련히 알아서 하셨을 텐데 뭘 데리러 가? 그만 가자고! 이쪽일세."

기슭으로 건너온 사련 일행은 다시 한참을 걸은 끝에 오용 황궁 앞에 다다랐다.

절반이 땅속에 파묻힌 황궁이었다. 안으로 들어서자 비스듬한 길바닥이 지하 깊숙이 이어졌다.

지면에서 멀어지니 뜨거운 공기도 점차 차갑게 식어 갔다. 온 지하 궁전이 휑하니 비어 있는 탓에 지극히 사소한 소리마저 먹먹하게 메아리쳤다.

네 사람은 저마다 손바닥에 불꽃을 받쳐 들고 주변을 밝혔다. 더께에 파묻힌 지는 오래여도 여전히 화려하다고 할 만한 궁전이었다. 불빛이 금빛 찬란한 무늬와 화려한 채화 장식 대들보를 비추었다. 다만 아무도 없어서인지 거대한 옛 무덤처럼 분위기가 침울했다.

국사가 입을 열었다.

"여기는 태자 전하가 지내셨던 방입니다."

모정이 물었다.

"정말 여기 있을까요?"

"네가 보기엔 어떻더냐? 여긴 그분의 법력이 가장 강해지는 곳이다. 다들 조심하는 게 좋아."

이때, 사련은 문득 무언가를 알아챘다.

화성의 허리춤에 매달린 액명의 은빛 눈이 초조함에 떨며, 눈알이 요란하게 되록되록 돌아가고 있었다.

반면 화성은 차가운 표정으로 액명을 무시했다. 사련이 무심코 손을 뻗어 쓰다듬어 주고서야 액명은 조금 흥분을 가라앉혔다. 화성은 가볍게 고개를 숙였다. 그가 사련이 액명의 칼날을 어루만지는 모습에 싱긋 웃으며 입을 달싹이려는 순간이었다. 별안간 대전 모서리에서 히히힉, 하는 웃음소리가 울려 퍼졌다.

그건 중년 남자의 목소리였다. 악심을 품은 듯 교활한 목소리가 들려오자 사련은 등줄기에 소름이 돋았다. 게다가 어디선가 들어 본 목소리였다.

그 태아령의 목소리다!

모정이 외쳤다.

"저쪽입니다!"

그는 화염을 위쪽으로 쏘아 올렸다. 높다란 궁전 천장 모서리에 도마뱀처럼 달라붙은 흰 덩어리가 보였다. 바로 그 태아령이었다.

태아령은 선홍빛 혀를 쭉 내밀고 가려운 곳을 긁듯이 제 등을 핥고 있었다. 그러다 불빛이 날아들자 흐흐, 웃더니 모정을 향해 구토하듯 무언가를 토해 냈다. 모정은 역겹다는 표정으로 몸을 피했다. 국사는 바닥에 끈적하게 눌어붙은 덩어리와 천장 위의 태아령을 번갈아 쳐다보고는 현실을 부정하듯이 말했다.

"저게 정말 풍신 그 녀석의 아들이라고?"

사련이 급히 외쳤다.

"기다려! 착착! 네 이름, 착착 맞지?"

태아령은 자기 이름을 듣고 멈칫하더니 그를 돌아보았다. 사련이 말을 이었다.

"착착, 우린 네…… 네…… 네 아빠를 찾으러 왔어. 혹시 어디 있는지 아니?"

태아령은 '아빠'라는 말에 픽 웃더니 네 다리를 동원해 찰박찰박 기어가 모습을 감추었다.

"착착? 어서 태아령을 찾자!"

네 사람은 불꽃을 한층 높게 피워 올리고 사방을 수색했다. 와중에 모정이 불쑥 외쳤다.

"이쪽입니다!"

사련이 물었다.

"어디?"

모정이 한쪽 길을 가리키며 말했다.

"방금 이쪽으로 들어가는 걸 봤습니다."

그가 가리킨 길은 궁전의 옆으로 난 좁다란 복도였다. 음산한 분위기를 보니 어디로 이어지는지는 몰라도 좋은 곳은 아닐 게 분명했다.

화성이 불쑥 말을 꺼냈다.

"확실히 이쪽으로 들어갔나?"

모정은 자신을 책잡는 말이라고 생각했는지 고까운 투로 대꾸했다.

"내가 그쪽을 속이면 뭐가 남는데?"

화성은 하, 외마디 소리를 흘렸다. 특별한 감정이 담기진 않았으나 그다지 호의적이지는 않은 반응이었다. 국사가 말했다.

"이런 상황에 왜 싸우고들 그러나? 의심스러운 곳은 빠뜨리지 않고 살펴봐야 하니 한번 들어가 보자고."

그 복도는 상당히 좁았다. 분명 원래는 더 넓었겠지만 어딘가에 짓눌렸는지 지금은 한 사람만 겨우 지나갈 정도였다. 방금 화성의 의심스러운 말투를 듣고 심사가 불편해진 모정이 앞장서서 안으로 들어갔다. 화성은 당연하게도 사련을 뒤에 두고 앞에서 길을 안내했다. 그런데 그의 허리춤에 매달린 액명의 눈동자가 또 휘돌기 시작했다. 사련은 움찔하며 화성을 뒤로 잡아끌었다. 화성이 물었다.

"왜 그래?"

사련은 큼, 헛기침을 하곤 말했다.

"내가 지켜 준다고 했잖아…… 뒤쪽으로 와."

이윽고 화성이 가볍게 웃었다.

일행은 나란히 복도로 들어섰다. 안으로 들어갈수록 사련은 마음이 불편해졌다.

위험을 향한 그의 직감은 늘 빗나간 적이 없었다. 앞쪽에서 느껴지는 무언가가 자꾸만 마음을 불편하게 했다.

"국사, 이 길이 어디로 이어지는지 기억하세요? 왠지 안으로 들어갈수록 앞쪽에서 뭔가가 느껴지는 것 같아요. 그것도 아주 무거운……."

살기.

게다가 산 자 특유의 뜨거운 살기가 아닌 서늘한 살기였다. 깊이 들어설수록 사련은 신경이 날카롭게 곤두섰다.

그런데 국사는 아무런 대답이 없었다. 사련은 심장이 덜컥 내려앉는 심정으로 목청 높여 외쳤다.

"국사?"

역시나 돌아오는 대답은 없었다. 사련은 황급히 돌아섰다. 어느새 뒤쪽이 휑하니 비어 있었다.

화성과 국사가 띄워 놓은 등불은 아직도 유유자적 허공을 뒤따르며 벌써 사라지고 없는 주인들의 앞길을 밝혀 주고 있었다. 이 등불 때문에 사련도 미처 두 사람의 부재를 깨닫지 못한 것이다.

모정도 뒤를 돌아보고는 화들짝 놀랐다.

"혈우탐화는요?"

사련은 재깍 왔던 길로 되돌아가려 했다. 모정이 그를 붙잡으며 말했다.

"뭐 하시는 겁니까? 이제 곧 도착합니다! 그리고 혈우탐화가 정말 그쪽으로 돌아갔다고 보십니까?"

"……."

침묵하던 사련이 대답했다.

"아니."

화성이 절대 언질도 없이 혼자 되돌아갈 사람이 아니라서, 그래서 더 무서웠다.

사련은 화성이 남겨 주었던 물건을 떠올리고 퍼뜩 손을 들었다. 중지에 묶인 붉은 실은 여전히 곱고 선명했다. 화성이 무사하다는 것을 확인하고서야 사련은 안도의 한숨을 내쉬었다. 그러면서도 화성이 출발하기 전에 던졌던 주사위를 생각하자니 미간이 한층 심하게 꿈틀거렸다.

모정의 목소리가 이어졌다.

"아마 되돌아간대도 찾지 못할 겁니다. 그럴 바에야 계속 나아가서 안에 뭐가 있는지 확인해 보는 게 낫죠. 되돌아갔다가 허탕을 치면 어차피 다시 돌아와야 하는데, 결국 시간만 낭비하는 꼴 아닙니까?"

입을 달싹이려던 사련은 갑자기 숨을 죽이고 말했다.

"쉿. 무슨 소리지?"

모정도 가만히 귀를 기울였다.

그건 사내의 나직한 숨소리였다.

소리는 앞쪽에서 들려오고 있었다.

경계심을 바짝 곤두세운 두 사람은 각자 조용히 무기를 쥐고 앞으로 걸어갔다.

드디어 빠져나온 복도 끝은 한 궁전 안이었다. 모정은 은밀하게 대전을 살폈다. 사련은 손가락을 튕겨 작은 불꽃을 앞으로 날려 보냈다. 이내 바닥에 쓰러져 있는 한 사람이 불빛 아래로 모습을 드러냈다.

사련은 그 뒷모습을 보기 무섭게 정체를 알아채곤 앞으로 다가섰다.

"풍신?"

쓰러진 인영을 뒤집어 확인하니 풍신이 맞았다. 몸 곳곳에 불에 그슬리고 칼에 찔린 상처가 보였지만 목숨에는 지장이 없는 것 같았다. 그는 사련이 조심스레 토닥이고 나서야 가물가물 정신을 차리더니, 깨자마자 욕을 중얼거렸다. 그러곤 눈앞에 있는 사람이 사련이라는 것을 깨닫고는 재깍 욕을 삼켰다.

"전하? 어찌 여기 계십니까?"

사련은 한숨을 푹 내쉬었다.

"여기가 어디인지부터 말해 주면 어떨까 싶은데."

몸을 일으켜 앉은 풍신은 사위를 둘러보며 중얼거렸다.

"여기가 어디지?"

역시나. 풍신도 모른다면 물어봐야 말짱 헛일이었다. 사련은 고개를 설레설레 내젓고 손을 내밀었다.

"우선 일어나. 널 찾았으니까 이제 삼랑을 찾아야겠어."

"혈우탐화 말입니까? 무슨 일이 생겼습니까? 놈과 같이 있지 않으셨습니까?"

"그게 말이지, 원래는 같이……."

말을 이어 가려던 찰나, 풍신이 난데없이 손을 쳐들었다.

"잠깐! 뒤에 저건 누굽니까?"

사련은 고개를 돌렸다. 어두운 그림자 속에 가만히 서 있는 검은 인영이 보였다.

"모정이야. 왜 그래?"

풍신의 두 동공이 날카롭게 조여들었다.

"당장 잡으세요!"

어둠 속 인영은 앞으로 한 걸음 내디뎌 불빛 아래로 모습을 드러냈다.

모정은 그늘진 표정으로 입을 다문 채였다. 풍신은 사련을 붙들고 말을 이었다.

"지난번 선경에서 검란을 찾고 있던 와중에 누가 등 뒤에서 절 습격했습니다. 그게 아니고서야 제가 이렇게 쓰러져 있었겠습니까?"

빠르게 머리를 굴린 사련은 눈을 깜빡이며 물었다.

"모정이 널 공격했다고?"

풍신은 단호하게 잘라 말했다.

"확실해요. 바로 저놈입니다!"

"공격받자마자 기절했어?"

"아마 그랬을 겁니다! 하여간 조심하세요. 놈에게서 멀리 떨어져야 합니다. 아니면 아예 잡아 버리시든지요!"

참다못한 모정이 입을 달싹였다.

"무슨 헛소리를……."

사련이 급히 끼어들었다.

"잠깐! 풍신, 뭔가 이상한데. 그 사람이 뒤에서 널 습격했고 넌 바로 기절해 버렸는데― 범인이 모정이라는 건 어떻게 알았어?"

예상치 못한 질문에 풍신은 순간 당황했다. 모정은 이 틈을 놓칠세라 픽 비웃으며 말했다.

"한창 선경이 불타고 난리였을 때라 누가 실수로 널 쳤을지도 모르는데 그걸 꼭 나한테 뒤집어씌우지. 본인이 착각했다고 인정하기 싫어서 그러나?"

풍신은 사련을 붙들고 몸을 일으키더니, 가라앉은 목소리로 대답했다.

"아니, 네놈이 확실해!"

“증거 있어?”

풍신은 말끝마다 힘을 주었다.

“선경에 불이 나서 사방이 불바다라 바닥에 뒤편 사람의 그림자가 비쳤거든. 뒤돌아볼 겨를은 없었어도 쓰러지면서 그림자의 몸놀림과 초식을 봤어. 그건 네 그림자였다고!”

사련은 귀를 기울이고 두 사람의 말씨름을 가만히 새겨들었다. 모정이 지지 않고 받아쳤다.

“듣자 듣자 하니까, 직접 본 것도 아니잖아. 왜곡되기 쉬운 그깟 그림자 하나를 보고 나라고 확신해? 기절하는 마당에 뭘 제대로 보기나 했겠어?”

“어떻게 확신하는지는 네가 더 잘 알 텐데. 전하도 마찬가지이실 테고요.”

사련도 잘 알았다. 누가 뭐래도 세 사람은 어릴 적부터 함께 자라며 수행한 사이라 서로의 몸놀림이나 초식을 누구보다 잘 알았다. 때문에 얼굴을 제대로 보지 않아도 십중팔구 확신할 수 있었다.

풍신이 거듭 말했다.

“전하, 저 녀석과 같이 오신 겁니까? 오면서 수상한 구석은 없었습니까?”

“그게…….”

사실 모정은 오는 내내 부산스러운 것이, 수상해도 너무 수상했었다. 하지만 지금 이 상황에 모정 앞에서 대놓고 말하기가 멋쩍었다. 풍신이 말을 덧붙였다.

"아니지! 잘 생각해 보면 여기 왔다는 사실부터가 수상해요. 저놈이 어디 다른 사람들과 함께 위험을 무릅쓰고 남을 도울 성격입니까? 이게 모정이라고요?"

모정의 안색이 한층 어두워졌다.

"그런 식으로 단언하면 안 되지. 아들 보는 것도 네가 할 법한 짓이 아닌데 결국 하나 봤잖아?"

"……."

사련은 화제가 잘못된 방향으로 나아가고 있음을 직감하고 재빨리 중재했다.

"됐어, 그만 싸워. 계속 싸우면 끝말잇기 시킨다!"

그러거나 말거나 모정이 말을 이었다.

"그리고 내가 정말 널 공격했으면 이런 고생을 감수하면서까지 다른 사람들 이끌고 널 찾으러 왔겠어?"

풍신도 대꾸했다.

"내가 널 알아봤을 줄은 꿈에도 모르고 여기까지 왔겠지! 거기에다 정체 모를 괴상한 곳까지 남들을 데려왔으니 꼭 날 찾으러 왔다는 법도 없잖아. 혈우탐화는 오는 도중에 사라졌다며?"

"그러니까 나는 사실 가짜고, 일부러 전하와 다른 사람들을 위험천만한 함정으로 유인했다, 이 말이 하고 싶은 거지? 미안한데 태자 전하와 혈우탐화는 오는 내내 나와 동행했어. 내가 가짜라면 두 사람이 몰랐을 리 없잖아."

사련이 중얼거렸다.

"그건 그렇지만……."

그래도 그건 오는 도중의 이야기였다. 오용 황궁 지하에 들어선 뒤로 누군가 그들이 방심한 틈에 모정을 바꿔치기했다면? 이 역시 장담할 수 없었다.

모정은 풍신을 훑어보며 말을 이었다.

"전하, 오히려 놈에게서 멀리 떨어지는 편이 낫겠습니다. 우리가 여기 도착하자마자 바닥에 엎드려 있었던 놈 아닙니까. 혈우탐화도 사라진 마당에 갑자기 깨어나선 절 이간질하는 게 더 가짜 같지 않습니까?"

백무상은 예전에도 두 사람의 모습으로 둔갑한 적이 있으니 한 번 더 둔갑한대도 이상할 게 없었다. 사련은 미간을 문지르며 말했다.

"차라리 이렇게 하자. 우리 세 사람만 아는 일을 얘기해 보는 건 어때?"

모정이 물었다.

"어떤 일이요?"

잠깐 고민해 본 사련은 별생각 없이 물었다.

"너희 둘, 설산 꼭대기에서 서로 뭐라고 소리쳤었어?"

그가 말을 마치기 무섭게 두 사람의 낯빛이 얼어붙었다. 사련은 소매를 맞붙이고 양손을 포개 들며 말했다.

"말이 맞지 않으면 둘 중 하나는 본존이 아니라는 뜻이겠지.

일단 정체부터 확실히 짚고 넘어가자."

풍신과 모정은 서로를 물끄러미 쳐다볼 뿐 묵묵부답이었다. 두 사람이 나눈 뒷말에 별 흥미가 없었던 사련도 내심 궁금증이 일었다. 이윽고 풍신이 말을 돌렸다.

"다들 요점을 놓친 것 같은데요. 전 저 녀석이 가짜라고 의심한 적 없습니다."

모정은 눈을 가늘게 좁혔다.

"그럼 하고 싶은 말이 뭔데?"

풍신은 툭 터놓고 말했다.

"난 처음부터 네가 진짜 모정이라고 생각했다. 가뜩이나 우리를 못마땅하게 여기는 놈이니 무슨 짓을 한들 이상할 게 없거든."

단단히 부르쥔 모정의 주먹에서 바드득, 소리가 울렸다. 이윽고 그는 손을 쳐들고 난데없이 장력을 날렸다.

풍신은 다친 몸을 이끌고 가까스로 공격을 피했다. 이렇게 두 사람은 싸움판을 벌였다. 사련도 일찌감치 예상한 상황이었지만 머리가 지끈거리기는 매한가지였다.

"진정해……. 역시 끝말잇기를 할까?"

싸움이 시작된 순간, 사방에서 진동하는 살기가 한층 무거워졌다. 두 사람이 마구잡이로 날린 불덩이가 대전 구석구석을 밝히고 나서야 사련은 여기가 어디인지 알 수 있었다. 사면을 둘러싼 벽이며 선반에 칼, 검, 창을 비롯한 온갖 무기가 빼곡하게 늘어서서 한기를 뿜고 있었다.

알고 보니 여기는 무기고였다. 그러니 사방에서 서늘한 살기가 진동할 만도 했다.

사련도 예전에 이런 무기고가 하나 있었다. 무기고를 무척이나 애지중지했던 그는 하루가 멀다 하고 그 안에서 시간을 보내곤 했었다. 반면에 이 무기고는 한시도 더 머무르고 싶지 않은 거북한 느낌을 풍겼다. 이 와중에 당장 둘 중 누구를 믿어야 할지, 누구 편을 들어야 할지도 판단이 서지 않았다. 솔직히 말하면 두 사람 모두 영 수상했다.

결국 사련은 마지못한 심정으로 외쳤다.

"약야!"

일단 저 두 사람부터 묶고 생각해 보자!

약야는 실력을 뽐낼 기회가 오자 기다렸다는 듯 훌쩍 튀어나왔다. 그런데 이 흰 비단이 나서려는 순간, 사련의 등 뒤로 또 다른 한기가 뻗어 왔다.

그는 곧장 방향을 틀어 약야를 붙잡고 뒤편으로 휘둘렀다. 약야에 무언가가 걸린 느낌이 들었다. 사련은 약야를 힘껏 잡아당겼지만 어쩐지 요지부동이었다.

사련은 가슴이 철렁 내려앉았다. 곧이어 그는 약야를 붙든 채 반대편으로 끌려가 단단한 품에 등을 부딪쳤다. 거기에다 서늘하고 단단한 무언가가 그의 허리를 쿡 찔렀다. 사련은 한순간 어리둥절했다.

사련은 썩 건장해 보이는 몸집은 아닐지라도 힘만큼은 장사였다. 엄청난 거구가 아니고서야 그를 이리 손쉽게 끌어당길 상대는 없을 터였다.

사련이 뒤편으로 주먹을 꽂으려는 순간이었다. 누군가 그의 허리에 손을 두르더니, 그의 정수리 위에서 입을 열었다.

"형, 나야."

"삼랑?"

아니나 다를까, 고개를 숙여 보니 제 허리를 감싼 손은 단풍잎과 나비와 맹수가 조각된 은제 호완을 차고 있었다. 이윽고 사련은 뒤를 돌아보았다. 그를 덥석 받아 안은 사람은 늘씬한 몸에 붉은 옷을 걸치고 있었다. 느긋한 자태와 허리춤에 찬 은빛 곡도가 눈에 들어왔다. 방금 사련의 허리를 찌른 물건은 이 곡도의 칼자루인 모양이었다.

화성!

사련은 퍼뜩 깨달았다. 방금 약야는 자진해서 그를 화성 쪽으로 끌어당긴 것이다. 두 배의 힘이 실렸을 테니 그가 단숨에 끌려갈 만도 했다.

중심을 잡고 선 사련은 기가 막힌다는 듯 약야를 집어 들고 말했다.

"너도 참, 이런 식으로 내 발등을 찍네……."

약야는 그새 옴짝달싹 않고 죽은 척을 했다. 잔소리하고 싶지 않았던 사련도 약야를 놓아주었다.

"삼랑, 아까는 어떻게 된 거야? 쭉 내 뒤에 있지 않았어? 스승님은?"

"여기도 참 괴상한 곳이야. 가는 도중에 앞뒤 통로가 막히더니 제법 골치 아픈 놈이 나타나서, 처리하는 데 시간이 좀 걸렸어."

화성이 골치 아프다고 말할 정도면 분명 아주 까다로운 상대였을 것이다. 사련은 내심 불안해졌다.

"괜찮은 거지?"

"나야 괜찮지. 그런데 국사의 행방을 모르겠어. 더 깊이 들어가 봐야 할 것 같아. 그나저나 저 두 사람은 왜 싸워? 시끄럽게."

"아, 저 둘은……."

싸움이 한창이던 풍신과 모정도 이제야 화성의 존재를 눈치챘다. 모정이 대뜸 소리쳤다.

"거기! 조심하세요! 갑자기 튀어나온 사람한테 무턱대고 접근하면 어떡합니까!"

두 사람은 잠시 휴전을 선포했다. 풍신도 한마디 거들었다.

"전하, 아무리 그래도 보자마자 달려드는 건 좀 그렇잖습니까!"

사련이 재빨리 해명했다.

"무슨 소리야! 보자마자 달려들었다니? 내가 달려든 게 아니라 약야가……."

말을 이어 가려던 그는 문득 두 사람이 왜 저렇게 날을 세우는지 알 것 같았다.

풍신과 모정도 다른 사람이 둔갑했을 가능성이 있다면……

화성도 마찬가지 아닌가?

눈앞에 서 있는 이 사람, 정말로 '화성' 본인일까?

화성이 한쪽 눈썹을 까딱 치켜올렸다.

"그러니까 지금 내가 진짜인지 아닌지 의심스럽다, 이거지?"

사련은 팔꿈치를 감싸 쥐고 한 손으로 뺨을 괬다. 그러곤 그 자세로 진중하게 화성을 뜯어보기 시작했다.

화성은 그의 시선을 알아채곤 마찬가지로 그를 빤히 응시했다.

사련은 질세라 꽂혀 오는 시선에 결국 눈길을 거두었다. 한참을 고민한 끝에 그가 결론을 내렸다.

"내 생각엔 진짜 같아."

모정이 매정하게 말했다.

"'내 생각에'라는 말이 정답은 아니잖습니까. 여기가 어딘지 잊으셨습니까. 백무상의 근거지인 만큼 뭐가 나타나도 이상할 게 없습니다. 방법을 찾아서 어떻게든 시험해 보시죠."

그러자 화성이 싱긋 웃으며 말했다.

"그거라면 간단하지. 형, 이리 와. 지금 당장 내 정체를 알아낼 만한 방법을 알려 줄게."

사련은 화성의 말대로 앞으로 다가가선 착실하게 물었다.

"어떤 방법인데?"

와중에 모정이 면박을 주었다.

"오란다고 옳다구나 따라가면 어떡합니까? 지금 정체가 의심스러운 건 그놈이라고요!"

화성의 대답이 이어졌다.

"형이 내 통령 구령 앞 구절을 들려주면 내가 나머지 구절을 들려줄게. 그럼 내가 진짜인지 알게 되겠지."

"……."

두 사람은 서로 귓속말을 주고받았다. 이내 빙글 돌아선 사련이 헛기침을 한 번 하고는 나머지 두 사람에게 말했다.

"지…… 진짜 삼랑 맞아."

풍신은 그제야 슬쩍 긴장을 늦추었다. 모정이 미심쩍은 투로 캐물었다.

"확실하십니까? 저 얼굴만 보고 정신 팔지 마시고요."

"진짜 삼랑 맞는다고 아까부터 얘기했잖아. 왜 다들 내가 꼭 그런 사람인 것처럼 말하는 거야……."

화성이 입을 열었다.

"됐어, 이제 해결됐잖아. 그나저나— 형, 저 두 사람은 왜 싸운 거야?"

짤막하게 설명을 늘어놓은 사련은 이마를 짚으며 말을 끝맺었다.

"사정은 대충 이래……. 이거 참, 누가 더 수상한지 알 수가 있어야지."

"볼 것도 없잖아? 당연히 저쪽이 훨씬 수상하지."

화성의 눈길이 모정에게로 가닿았다.

모정은 기분이 언짢은 눈치였다.

"사람 모함하는 것도 정도껏 하지 그래? 아무 일이나 나한테 뒤집어씌우지 말라고."

화성이 받아쳤다.

"좋아. 그럼 하나 묻겠는데, 손목에 그건 뭐지?"

이 말에 모정의 안색이 눈에 띄게 변했다.

모정이 재빨리 물러서려는 순간, 풍신이 민첩한 손놀림으로 그를 낚아챘다.

"손목이라고?"

모정의 손목에는 주가가 채워져 있었다.

모정은 단숨에 풍신의 손을 뿌리쳤다. 그는 이마에 핏대를 세우며 풍신을 노려보았다. 주가를 발견한 사련은 팔짱을 낀 손을 아래로 늘어뜨리며 아연실색했다.

"모정, 손목에 그건 뭐야?"

모정은 어두운 표정으로 입을 다물었다. 화성의 목소리가 이어졌다.

"내 질문에 솔직히 답하는 게 좋아. 군오는 왜 너를 신무전으로 불렀지? 네게 무슨 말을 했지? 왜 다른 신관들과 달리 무사히 선경에 돌아가는 특혜를 받았지? 왜 평소와 다르게 자진해서 동로산에 따라왔고? 손목에 찬 주가는 또 뭐지? 왜 우리를 여기로 데려왔지?"

상황이 불리해지자 모정은 한 걸음 물러서곤 다급하게 말했다.

"잠깐! 일단 공격하지 마! 우선 내 말부터 들어 봐!"

화성은 양손을 펼치고 어깨를 으쓱해 보였다.

"좋아. 말해."

"일단 네가 날 공격한 건 맞아?"

풍신의 질문에 잠시 뜸을 들인 모정은 이를 악물고 대답했다.

"……그런 셈이지. 그래도 네가 생각하는 그런 이유 때문은 아니었어!"

풍신이 발끈하자 사련이 입을 열었다.

"일단 들어 보자."

모정은 깊이 숨을 들이마시고 사실대로 털어놓았다.

"……확실히, 풍신을 공격한 건 제가 맞습니다."

풍신이 길길이 날뛰었다.

"내 그럴 줄 알았다!"

모정은 사련에게 말했다.

"하지만 곧 선경이 망하게 생겼는데 어쩌겠습니까! 다른 신관들은 어떻게든 도망치려고 난리인데, 저놈은 가자고 해도 들은 체도 않고 한사코 남겠다고 버티더군요. 이대로라면 업화의 불꽃에 타 죽을 게 뻔하니 기절시켜서 전하 쪽으로 던져 줄 생각이었습니다!"

"그런데 너는 풍신을 내 쪽으로 넘기지 않았잖아. 사라진 풍신은 여기서 발견됐고."

"도중에 사고가 좀 있었습니다."

"사고라니?"

"그 태아령이요. 갑자기 뒤에서 습격하더니 풍신을 못 데려가게 미친 듯이 물어뜯지 뭡니까. 풍신을 일으키기도 전에 선경이 모습을 바꾸기 시작했고, 그래서……."

그렇게 풍신은 몸을 누인 땅덩어리에 휩쓸려 어딘가로 떨어진 것이다.

만약 이 말이 사실이라면, 모정은 선행을 베풀려다 본의 아니게 풍신에게 쓴맛을 보여 준 셈이니 퍽 난감할 만도 했다.

사련이 말했다.

"그럼 진작 그때 말하지 그랬어……."

풍신도 날카롭게 쏘아붙였다.

"실은 내가 불타 죽게 놔둘 생각이었던 거 아냐? 기절시켜서 거기 던져두게?"

모정은 한껏 굳어진 표정으로 사련에게 말했다.

"태아령은 끝까지 풍신의 가슴 위에 웅크려 있었습니다. 나중에는 그 여귀 난창도 왔고요. 전 그 여귀가 풍신을 깨우거나 옮길 줄 알았습니다. 적어도 풍신이 불타 죽게 놔두진 않을 거라 생각했죠."

사련도 알 것 같았다. 모정은 제 발 저린 마음에 풍신을 구하겠다고 나섰을 것이다. 누가 뭐래도 풍신을 기절시켜 선경에 버려둔 장본인이니 책임에서 벗어날 수는 없었다. 오는 내내 안절부절못했던 것도 풍신이 정말로 죽었을까 봐 불안해서 그랬을 테고…….

다만 쉽사리 믿을 만한 변명은 아니었다. 풍신은 제 머리카락을 쥐어뜯기 시작했다.

"왜 그딴 짓을 해? 내가 사람 찾고 있었던 거 몰라? 네가 공격하지만 않았어도 벌써 찾았겠다!"

모정은 싸늘하게 대꾸했다.

"그 태아령은 백무상의 수하이니 백무상이 두 모자를 해치진 않겠지. 게다가 너와 같이 갈 마음도 없어 보이던데 거기 남아서 찾아 봤자 시간 낭비라고. 천 번을 불러도 소용없을 바엔 일단 선경을 떠나 목숨 부지하고 나중에 찾는 게 낫잖아. 그런데 왜 꼭 그 위험한 상황에서 아들 찾겠다고 난리를 쳐? 난 당시에 가장 이익이 되는 판단을 내렸을 뿐이라고."

반면에 풍신은 모정만큼 냉정하지 못했다.

"이익 같은 소리 하네! 네 가족이 아니니까 그딴 소리 지껄이지! 잠깐. 그러니까 네 말은, 원래 날 선경에서 구출하려 했다고?"

그러자 화성이 말을 잘랐다.

"쓸데없는 소리 말고 내 질문에 대답해. 군오가 네게 무슨 말을 했지?"

모정은 입을 다물고 설핏 망설였다.

화성은 그를 빤히 응시했다.

"지금 놈의 명령을 따르고 있나?"

모정이 득달같이 대답했다.

"그건 절대 아니야!"

"그럼 그 주가가 뭔지 해명해 보실까."

한참을 말하느라 입이 마른 모정은 이윽고 잠긴 목소리로 말했다.

"말해도…… 못 믿을 텐데."

풍신이 한마디 얹었다.

"아까까지만 해도 죽어라 잡아떼 놓고 이제 와서 인정하면 당연히 못 믿지."

모정은 발끈하며 받아쳤다.

"왜 내가 인정 안 했는데? 솔직히 털어놔도 안 믿었을 거면서! 말해 봤자 지금 이런 태도일 게 뻔한데 누가 인정하고 싶겠어? 변명할 여지도 없이 인정하느니 차라리 잡아떼고 말지!"

하물며 풍신이 천만다행으로 목숨을 건졌다고는 해도, 모정의 성격이라면 나중에 직접 이야기하기 민망해 어떻게든 숨기고 싶었을 것이다. 꿋꿋하게 듣고 있던 사련이 말문을 뗐다.

"일단 끝까지 들어 보자."

모정은 사련을 흘끔 쳐다보고는 어렵사리 말을 이어 갔다.

"이 주가는…… 그러니까, 나더러 전하를 해치라고 하길래, 내가, 거절해서, 그래서……."

그는 본인 입으로 말하기 멋쩍었는지 말끝을 흐렸다. 화성이 대신 말을 받았다.

"그래서, 화가 난 군오가 네게 주가를 채웠다?"

모정은 말이 없었다.

풍신이 물었다.

"그게 다야?"

화성은 별다른 표정 없이 담담하게 물었다.

"양심적으로 생각해서 너라면 네 말을 믿겠어?"

"……."

모정은 엄청난 굴욕이라도 당한 것처럼 싸늘하게 받아쳤다.

"믿든 말든 마음대로 해. 풍신을 기절시킨 건 다 속사정이 있었고, 난 누구의 명령도 따르지 않아."

풍신이 중얼거렸다.

"모정, 너…… 그냥 사실대로 말해라."

모정은 풍신의 표정을 보더니 손가락 마디를 바드득, 울렸다.

"사실대로 말했잖아! 대체 무슨 말을 듣고 싶은데? 실은 군오에게 빌붙어서 너와 전하를 음해하려고 했다, 이런 말? 다들 날 그런 사람으로 생각하는 거지? 안 그렇습니까, 태자 전하?"

그는 격앙된 눈빛으로 사련을 바라보았다. 사련은 생각에 잠긴 채 한참이나 그를 바라보다 입을 달싹였다. 이때 화성이 팔짱을 끼고 사련의 앞을 가로막더니, 대신 모정의 눈빛을 맞받으며 싸늘하게 말했다.

"그런 식으로 전하를 볼 건 없잖아. 어쨌거나 넌 전적이 있으니까."

"네놈한테 물은 적 없어! 무슨 전적?"

화성이 싱긋 웃으며 답했다.

"무슨 전적이냐고? 전하가 선점한 명승지를 뺏어서 수련해 보니 아주 순조롭든?"

화성의 미소 안에서 희미한 한기가 배어 나왔다. 어조 역시 스산하기 그지없었다. 움찔한 모정의 안색이 창백해졌다. 무의식적으로 두어 걸음 물러선 그는 입을 달싹였다.

"너……!"

사련과 명승지를 두고 실랑이했던 일은 본인이 생각해도 조금 비겁했기에 그는 이 사건에 대해서만큼은 남들의 입방아에 오르고 싶지 않았다. 화성은 웃음기 섞인 말투로 은연중에 모정의 정곡을 찌른 것이다.

사련도 모정만큼 놀란 참이었다. 화성이 어떻게 이 사건을 알지?

사련과 풍신은 입이 가벼운 사람이 아니라서, 뒷공론을 벌이거나 소문을 떠들어 대는 취미가 없었다. 물론 그 당시 모정이 떠난 충격은 상당했지만 두 사람은 남들에게 불평 한마디 늘어놓지 않았다. 나중에 가서도 사련은 명승지를 빼앗겼던 사건을 두 번 다시 언급하지 않았다. 확신컨대 풍신도 마찬가지일 것이다.

그 서른 명 남짓한 신관들도 저들이 누군가의 수련지를 빼앗았다는 소리를 할 턱이 없었다. 그 사건에 대해 함구하거나 그럴듯하게 미화하거나, 분명 둘 중 하나일 터였다. 그래서인지 사련은 지금껏 이 사건을 다루는 소문을 들어 본 적이 없었다.

그런데 화성은 어쩌다 이 사건을 알게 됐을까?

아무리 그가 상천정에 숱한 밀정을 심었다 해도 이건 너무 오래된 일이었다. 당사자들도 비밀에 부친 팔백여 년 전의 해묵은 옛일을 어떻게 알아낼 수 있었을까?

모정이 캐물었다.

"그건 어떻게 알았지? 누가 알려 줬어?"

그는 풍신과 사련을 번갈아 쳐다보더니 끝내 사련에게로 시선을 붙박았다. 화성은 비웃음을 섞어 말했다.

"그렇게 쳐다볼 것 없어. 전하께선 말씀해 주신 적 없으니까. 잊었나 본데, 이건 설산 꼭대기에서 네놈들이 했던 얘기잖아."

모정의 얼굴빛이 한층 창백해졌다. 궁금증이 해소된 사련은 민망한 기분에 진땀이 흘렀다.

풍신과 모정 두 사람은 싸웠다 하면 과거의 잘못을 낱낱이 끄집어내기 십상이었으니 옛일에 폭탄을 엮어다 서로에게 마구 내던졌을 게 뻔했다. 당시 화성이 격노했던 이유가 여기에 있었다. 하지만 한편으로 생각하면 단순하게 넘길 만한 일이 아닌 것도 같았다.

문득 또 다른 사건이 떠오른 탓이다. ―문무묘를 불태운 붉은 옷의 귀신. 신관 서른세 명을 꺾고 인간계에 세워진 신관들의 모든 궁관과 사당을 불태워 버린 사건. 화성은 이 대결 하나로 명성을 드날렸었다.

사련은 자신과 명승지를 두고 다투었던 신관들이 몇 명인지 기억도 나지 않았다. 그 신관들의 이름과 얼굴은 물론이고 그들이 무슨 말을 했는지도 새까맣게 잊어버렸다. 그저 서른 몇 명이라는 사실만 어렴풋이 기억하고 있었다.

그렇다면 정확히는 몇 명이었을까?

혹시 화성에게 당했던 그 서른세 명이라면?

이게 사실이라면, 화성이 먼 옛날부터 이 사건을 알고 있었다는 뜻이 되는데?

잠시 침묵이 흘렀다. 이내 모정이 가까스로 말문을 뗐다.

"그땐 그때고 지금은 지금이지! 아무튼, 난 한 번도 그런 생각……."

실랑이가 한창인 와중에, 사련이 난데없이 발을 날리며 외쳤다.

"조심해!"

방심한 모정은 사련의 발길질에 차여 바닥으로 넘어졌다. 바람을 가르는 소리와 함께 모정의 머리 위를 스쳐 지나간 날카로운 빛 두 줄기가 벽에 콱, 붙박였다. 훌쩍 일어난 모정은 가슴팍에 찍힌 발자국을 툭툭 털며 쏘아붙였다.

"일부러 그러셨죠? 선제공격입니까?"

사련은 정신없이 대답했다.

"미안, 미안. 정말 일부러 그런 거 아니야!"

작정하고 일부러 걷어찼다면 지금 모정은 벌써 사람 모양 그대로 벽 속에 들이박혔을 것이다. 네 사람은 나란히 고개를 돌렸다. 벽에 붙박인 날카로운 검 두 자루는 아직도 희미하게 떨리고 있었다. 풍신이 일갈했다.

"누구냐?"

그러자 사련이 말했다.

"아무도 없어. 검들이 저절로 움직인 거야!"

절그럭, 절그럭. 사면팔방에서 살기가 터져 나왔다. 벽면에 걸려 있던 무기들이 꿈틀거리며 무섭게 몸을 떨자 온 무기고가 요란하게 진동하기 시작했다.

사련이 외쳤다.

"빨리 나가자!"

그런데 무슨 영문인지, 사련이 출구가 있는 방향으로 달려가자 풍신이 물어 왔다.

"왜 그쪽으로 가십니까? 길이 없잖습니까! 문은 어딨지? 설마 문이 없는 건 아니겠죠? 이래서 어떻게 나갑니까?"

"아까는 있었어! 지금은 사라졌고! 이 무기들은 왜 이럴까? 왜 갑자기 살기등등해진 거지?"

화성은 눈앞으로 날아든 장검을 두 손가락으로 집었다. 별다른 힘을 쓰지 않았는데도 그 검은 조각조각 부서져 바닥으로 쏟아져 내렸다. 그가 말했다.

"한동안 쓰이질 않아서 적적했던 참에 인기척이 느껴지니 살심이 동했겠지."

나머지 세 사람은 무의식적으로 모정을 돌아보았다. 모정이 버럭 외쳤다.

"나는 모르는 일이야!"

화성의 목소리가 이어졌다.

"네가 우리를 여기로 데려왔잖아."

"난 태아령을 따라서 왔을 뿐이라고!"

"놈을 본 사람은 너밖에 없어."

말문이 막힌 모정은 주먹을 단단히 쥐었다. 풍신이 물었다.

"이제 어쩌지? 이 무기고를 진정시킬 방법은 없나?"

화성의 대답이 돌아오기도 전이었다. 사련은 예전에 비슷한 요괴를 상대했던 기억을 문득 떠올리고 입속말로 중얼거렸다.

"있어! 대신…… 살생이 필요하지만."

"하지만 당장 출구가 막힌 상황입니다. 여기엔 우리 네 명밖에 없는데 어떻게 살생을 합니까? 마땅히 죽일 만한 게 없잖아요?"

사련이 입을 달싹인 순간, 화성이 불쑥 말했다.

"세 명."

풍신이 되물었다.

"세 명이라니?"

"똑바로 짚고 넘어가자고. 여기 갇힌 사람은 세 명이야."

사련은 홱 고개를 돌렸다. 화성의 말대로였다. 무기고 안에 있던 네 사람 가운데 모정이 난데없이 사라지고 없었다.

틀림없었다. 모정이 서 있던 곳은 휑하니 비어 있었다. 풍신은 경악을 금치 못했다.

"말도 안 돼! 방금까지만 해도 저기 서 있었다고!"

아무래도 방금 같은 일을 겪어 본 탓인지 화성은 담담한 기색이었다.

"여긴 백무상의 지반이다. 모든 게 놈의 명령대로 돌아가는 곳이야. 당연히 누구든 본인 내키는 대로 데려갈 수 있겠지."

"……."

홧김에 모정과 말다툼을 벌였을 뿐, 실은 모정을 어느 정도 믿고 있었던 풍신은 이쯤 되니 마음이 착잡해졌다. 그는 한참 뒤에야 겨우 말문을 뗐다.

"전하. 모정 그 녀석, 설마 정말로……?"

사련이 재깍 풍신의 말을 일축했다.

"일단 그건 나중에 생각하자. 무기들이 본격적으로 난동을 부리기 전에 어떻게든 가라앉혀야 해. 자칫하면 다진 고기 신세가 될 테니까!"

그리 말하며 사련은 등에 멘 방심을 뽑아 들었다. 그런데 화성이 난데없이 그의 손을 내리눌렀다.

사련은 멍하니 고개를 들었다. 그를 응시하는 화성의 한쪽 눈에 어렴풋하게 핏발이 번지고 있었다.

그가 가라앉은 목소리로 입을 뗐다.

"형, 검은 뭐 하러 꺼냈어?"

125장 까마득한 벼랑과 쏟아지는 용암 폭포

사련은 얼떨떨한 기분으로 대답했다.

“딱히 뭘 하려던 건 아니었는데?”

“그런데 왜 검을 꺼내?”

“호신용으로…… 쓸까 해서?”

화성의 안색이 무섭도록 어두웠다. 사련을 붙잡은 손에도 힘이 바짝 들어갔다.

“어떤 식으로 쓰려고? 검 내려놔!”

이런 표정과 어조로 말하는 화성의 모습은 처음이라 사련은 어안이 벙벙해졌다. 풍신이 날카롭게 말했다.

“네놈이 뭔데 전하더러 검을 내려놓으래? 네놈부터 그 손 치워!”

큼직한 도끼 하나가 코앞으로 날아들었다. 사련은 민첩하게 검을 휘둘러 도끼를 두 동강 내고 말했다.

"어떤 식이라니…… 바로 이런 식이지!"

그제야 화성은 표정과 어조를 한결 누그러뜨렸다. 그럼에도 손을 치우는 법은 없었다.

"방어할 필요 없어. 내 뒤에 서 있으면 되니까. 검은 내려놔."

바닥에 있던 자신의 활이 발끝에 걸리자, 풍신은 양손으로 활을 낚아채 검처럼 휘둘렀다. 유성추[#1]를 쳐 낸 그는 한층 의아한 투로 물었다.

"왜 전하를 붙잡고 있지? 너, 진짜 혈우탐화 본인 맞아? 전하, 두 사람 말고 혈우탐화의 통령 구령을 아는 사람은 없습니까? 꼭 전하 혼자만 놈의 구령을 안다는 법은 없잖아요?"

풍신의 언질에 사련은 퍼뜩 깨달았다. 화성의 통령 구령을 아는 사람은 둘 뿐만이 아니었다. 다른 사람도 들어 본 적이 있다.

군오!

지난번 선락궁에서 사련은 군오가 지켜보는 앞에서 화성과 통령을 했었다. 그때 군오도 똑똑히 듣지 않았던가.

하지만 사련이 보기에 눈앞의 이 사람은 화성이 확실했다. 단지…… 아주 나쁜 기억이 떠올라 이런 모습을 보이는 것 같았다.

잠시 생각에 잠겼던 사련은 이내 대답했다.

"알았어."

그리고 방심을 검집에 갈무리했다.

#1 유성추 流星槌, 쇠사슬 양 끝에 추를 매단 무기

다음 순간, 허공을 가로지르는 은빛과 함께 곡도가 칼집을 나섰다.

액명이 빠져나오기 무섭게 온 무기고가 은빛으로 물들었다. 사방에서 불티가 튀어 올랐다. 쇠붙이가 쪼개지는 귀 따가운 소리도 끊임없이 진동했다. 사련과 풍신은 사납게 번득이는 빛과 살기에 둘러싸인 채, 한가운데에 꼼짝없이 서 있었다. 머지않아 화성은 빙글 돌아서서 곡도를 칼집에 넣었다. 화성을 바라보던 사련의 시선이 바닥으로 옮겨 갔다.

수백 자루에 달하던 무기는 액명의 칼날 아래서 가루가 되어 버린 뒤였다.

사련은 바닥에 쪼그리고 앉아 검날 조각 두 개를 집어 들었다. 내심 안타까운 기분이 들었다.

'보기 드문 명검이었는데…….'

이때 풍신이 입을 뗐다.

"전하, 문이요! 문이 생긴 것 같습니다!"

사련은 검 조각을 내려놓고 자리에서 일어섰다.

"그랬구나. 이 무기들을 해결해야 나갈 수 있는 거였어."

살생으로 피를 보아야 열리는 문을 화성이 무력으로 열어 버린 모양이다. 사련이 그리 생각하고 있는데, 화성이 그를 잡아 끌고 문밖으로 걸음을 옮겼다. 살벌한 그 모습에 풍신이 입을 열었다.

"이제부터는 어쩌시려고요?"

사련이 대답했다.

"당연히 국사와 모정을 찾으러 가야지."

화성은 담담하게 말을 얹었다.

"모정이 정말 군오에게 빌붙었다면 그 하찮은 목숨부터 죽여 버리자고."

"……."

무기고를 빠져나온 세 사람은 걸음을 재촉했다. 가는 도중, 사련은 잠시 머뭇거리다 결국 한마디 물었다.

"삼랑. 혹시, 아까 내가 검으로 내 몸을 찌를 줄 알았어?"

화성은 여전히 어두운 안색으로 묵묵부답이었다. 사련이 말을 덧붙였다.

"그런 짓 안 해."

화성이 그를 흘긋 쳐다보며 말했다.

"그래?"

시선을 받은 사련은 마음 한구석이 뜨끔해졌다.

사실 예전에는 모면하기 어려운 위기를 그런 식으로 해결했었다. 하지만 이제는 두 번 다시 그러지 않을 생각이었다.

사련이 대답했다.

"그럼! 장담할게. 게다가 그 많은 무기에 일일이 찔렸다간 다진 고기가 되어 버리지 않겠어? 아하하하……."

웃음을 흘리던 사련은 끝까지 웃지 못했다.

'찔린다'는 말을 꺼내기 무섭게 화성이 그를 돌아본 탓이었다. 무어라 형언할 수 없는 그 눈빛이 사련의 입을 틀어막았다.
이윽고, 화성이 손을 뻗더니 그를 품으로 힘껏 끌어당겼다.
맨 뒤에서 걷고 있던 풍신은 충격에 빠졌다.
"환장하겠네! 나 아직 여기 있는데?"
사련은 눈을 깜빡거리며 화성의 등을 토닥여 주었다.
"왜 그래?"
화성의 나직한 목소리가 들려왔다.
"전하, 그렇게 웃지 마세요."
그는 사련을 단단히 끌어안으며 말을 덧붙였다.
"재미없어요. 정말…… 하나도 재미없어요."
"……."
그러고 보니 예전에 시독이 묻은 해골을 주웠을 때도 화성의 안색이 이렇게 어두웠었다. 사련은 내심 미안한 기분이 들었다.
"미안해. 다시는 이런 농담 안 할게. 그냥 네 걱정을 덜어 주려고 한 말이었는데, 역효과를 낼 줄은 몰랐어."
풍신은 두 사람의 분위기에 놀랐는지 한참을 멍하니 있다가 입을 뗐다.
"역…… 시 그런 농담은 그만두시죠? 혈우탐화도 저렇게 심각하니……."
마침내 사련을 놓아준 화성이 가라앉은 목소리로 말했다.
"가자."
길을 안내하던 국사가 사라진 지금, 황궁 깊이 들어가는 것 말고는 뾰족한 선택지가 없었다.

하지만 무기고를 빠져나온 지 얼마 되지 않아 사련은 공기에 감도는 미묘한 변화를 알아차렸다.

"혹시…… 조금 더워진 것 같지 않아?"

사련 일행이 지하 황궁에 들어섰을 때만 해도 공기가 제법 서늘했었다. 그런데 얼마간 걷고 보니 주변 공기가 갑자기 데워져 팽창한 것처럼 후덥지근하게 변했다. 풍신도 사련과 같은 생각이었다. 그는 뒤를 돌아보더니 멈칫하며 손가락을 쳐들었다.

"전하, 뒤편이에요! 빛이 보이는 것 같습니다."

그의 말대로 뒤편에서 어떤 빛이 꾸물꾸물 다가오고 있었다.

칠흑같이 어두운 지하에 정체 모를 빛이 등장하다니. 자못 괴이한 상황이 아닐 수 없었다. 누군가 오고 있는 걸까?

그 빛이 본모습을 드러내고 나서야 사련은 깨달았다. 지하 공기가 뜨거워진 것은 착각이 아니었다. 그 숨 막히는 열기는 바로 이 빛에서 흘러나온 것이었다.

금빛 용암이 부글부글 거품을 터트리며 경사면 아래편에 있는 세 사람 쪽으로 흘러오고 있었다.

바깥의 용암이 수로를 따라 지하 황궁까지 흘러든 것이다.

아차, 싶어진 이때, 뒤편에서 누군가가 바람처럼 지나갔다. 그는 뒤편으로 약야를 던지며 외쳤다.

"기다려요! 길 좀 물을게요!"

그 사람은 아슬아슬하게 약야를 피하고는 잠시 멈칫했다. 나머지 세 사람이 나란히 돌아섰다. 멀지 않은 곳에서 흘러드는 용암의 빛 덕분에 그 사람의 얼굴이 또렷하게 보였다. 풍신이 버럭 외쳤다.

"모정! 너 이 자식, 거기 서!"

모정이 어디 가만히 서 있겠는가. 그는 잔말 않고 냅다 도망쳤다. 세 사람이 뒤쫓으려는 순간, 지면이 격렬하게 흔들리기 시작했다.

황성 안쪽 수로를 가득 채운 금빛 용암은 별안간 흉흉한 기세로 넘실거리더니 급속도로 세 사람을 덮쳐 왔다.

곧 있으면 발붙이고 설 자리도 사라질 지경이었다. 그래도 사련은 들어오기 전부터 이 골칫거리를 맞닥뜨린 몸이었다. 지금이 아까보다 조금 더 어려워졌을 뿐.

"풍신, 용암 안에 빈 껍데기 석상이 많으니까 위에 떠오른 석상을 밟고 버텨!"

말을 마친 그는 용암 안에서 필사적으로 헤엄치는 석상을 노리고 뛰어올랐다.

무사히 발을 디딘 사련은 속으로 쾌재를 불렀다. 안쪽으로 흘러온 빈 껍데기 석상들은 유난히 몸집이 큰 편이라, 살짝 내려앉았을 뿐 완전히 잠기지 않고 용암 위에 떠 있었다. 석상들이 허튼짓만 하지 않으면 쪽배처럼 탈 만했다.

풍신도 다른 석상 위로 뛰어올라 활로 그 석상을 겨누며 말했다.

"빠지지 말고 똑바로 헤엄쳐!"

무기로 위협받은 석상은 명령대로 착실하게 이를 악물고 헤엄쳤다. 화성은 가만히 팔짱을 낀 채 발아래를 흘긋 내려다보았다. 화성이 밟은 빈 껍데기 석상은 허튼짓할 엄두도 못 내고 실력을 발휘해 가장 빠르게 앞서갔다. 사련은 양손을 마주쳐 합장하고는 진지하게 석상과 흥정하기 시작했다.

"한 번만, 부디 한 번만 태워 주세요! 나중에 향불로 갚을게요! 향불은 됐다고요? 어떤 공물이든 원하는 대로 말씀해 보세요!"

그 빈 껍데기 석상은 불만스러운 기색으로 사련을 쫓아내려 팔을 휘둘렀지만 사련은 엿처럼 끈질기게 달라붙었다. 하물며 석상이 마구 구르고 몸부림쳐도 끝까지 떨어지지 않았다. 아니나 다를까, 사련은 이번에도 가장 까다로운 석상을 고른 모양이었다.

세 사람은 흡사 파도 위를 누비는 것처럼 빈 껍데기 석상을 타고 아래로 흘러갔다. 비탈길이 한껏 가팔라지면서 속도에 불이 붙기 시작했다. 이따금 용암 사이로 튀어나오는 장애물까지 피해야 했으니 그야말로 위험의 연속이었다. 얼마나 지났을까, 세 사람은 마침내 앞쪽의 모정을 따라잡았다. 풍신이 소리쳤다.

"모정! 왜 도망치는데!"

모정도 빈 껍데기 석상을 받침대처럼 딛고 서서 이쪽을 돌아보았다.

"안 도망치면 가만히 공격이나 당하게?"

당장 쏠 만한 화살이 없었던 풍신은 하는 수 없이 허공에 대고 소리쳤다.

"공격 안 해! 일단 네가 어떻게 갑자기 무기고에서 사라졌는지부터 말해!"

모정은 고개를 돌리며 냉소했다.

"다들……"

그가 입을 뗀 순간이었다. 사련은 앞쪽으로 펼쳐진 풍경을 발견하고 두 동공을 날카롭게 조였다. 그가 목청을 높였다.

"모정, 네 앞!"

모정은 앞을 돌아보고 나서야 깨달았다. 지금 그가 향하고 있는 앞길은 휑하니 끊겨 있었다.

여기는 지하 단층이라 낙차가 백 장 높이에 달할 정도였다. 이는 사실상 거대한 절벽에 가까운 낙차였다.

난데없이 이런 절벽을 맞닥뜨리게 될 줄은 모정도 생각지 못했다. 설상가상으로 용암마저 빠르게 아래로 흘렀다. 때문에 모정은 절벽의 존재를 깨닫고도 속절없이 허공으로 날아가고 말았다.

모정의 그림자와 그가 밟고 있던 빈 껍데기 석상이 순식간에 자취를 감추었다. 뒤쪽에 있던 세 사람도 무서운 속도로 절벽 끝을 향해 흘러갔다.

아슬아슬한 찰나, 약야가 뒤편 저 멀리까지 날아가 궁전의 처마를 휘감고 매듭을 지었다. 사련은 한 손으로 약야를 붙잡고 다른 손으로 화성을 붙들었다. 그러곤 약야의 한쪽 끝을 풍신에게 던지며 말했다.

"잡아!"

흰 비단 덕분에 세 사람은 겨우 제자리에 멈추었다. 그 위치는 '절벽'에서 아무리 멀어 봐야 두 장 거리였다. 한발만 늦었어도 떨어졌을 테니 '낭떠러지 끝에서 말고삐를 당긴다'는 말이 딱 들어맞았다. 하지만 여전히 위쪽에서는 용암이 몰아치고 있었다. 사련은 거듭 외쳤다.

"당겨!"

약야는 쏜살같이 줄어들며 세 사람을 궁전 쪽으로 잡아당겼다. 머지않아 세 사람은 궁전 위로 뛰어올랐다. 제법 큰 궁전이라 그런지 지붕이 널찍했다. 돌로 쌓아 용암에 쓸려나갈 걱정은 없었다. 여기라면 잠깐은 한숨 돌릴 수 있을 터였다.

풍신은 놀란 가슴을 쓸어내리며 그 황량한 '절벽'을 멍하니 바라보았다. 이내 그가 믿기지 않는다는 듯 중얼거렸다.

"모정은…… 떨어진 겁니까?"

무섭게 뛰는 심장을 겨우 가라앉힌 사련은 숨을 몰아쉬며 이마에 맺힌 땀방울을 훔쳤다.

"아니!"

처마 끝에 서서 몸을 내밀자, 절벽 가장자리 암석 위에 들이박힌 장도가 눈에 띄었다.

그리고 두 손이 그 장도 칼자루를 빠듯하게 붙들고 있었다.

두 손 아래로는 이를 힘껏 악물고 핏기가 치솟도록 힘을 준 얼굴이 보였다.

끔찍하게도, 지금 모정은 폭포처럼 수직으로 쏟아지는 용암과 나란히 매달려 있었다.

모정의 눈앞으로 불똥이 흩날렸다. 말 그대로 '발등에 불똥이 떨어질' 지경이었다. 영광으로 몸을 감싸 열기를 막지 않았다면 벌써 송두리째 불타고도 남았을 것이다.

그러나 몸을 감싼 영광도 오래 버티지는 못한다. 이대로 용암에 빠져 버린다면 뼈도 못 추리기는 마찬가지였다.

보는 것만으로도 아찔한 장면이었다. 풍신이 사련에게 물었다.

"이를 어쩌죠? 전하, 그 흰 비단이 저쪽까지 닿겠습니까?"

시도라면 벌써 해 본 참이었다. 사련은 약야를 거두고 비단에 붙은 불씨를 털며 말했다.

"안 돼! 거리가 너무 멀어! 가는 도중에 약야가 불타겠어!"

모정의 옷에도 자잘한 불꽃이 옮겨붙었다. 칼자루가 뜨겁게 달아올랐으나 그는 끝까지 손을 떼지 못했다. 아래를 내려다볼 엄두마저 나지 않았다.

손을 놓는 순간 펄펄 끓는 용암이 아래에서 그를 맞이할 것이다. 굶주린 망령들의 신음도 아득히 메아리치고 있었다. 마치 위에 매달려 몸부림치지 말고 어서 저들 곁으로 오라고 소리치는 것만 같았다.

모정은 필사적으로 칼자루를 움켜쥐었다. 창백한 이마에서 땀이 비 오듯 쏟아졌다. 멀리 서 있는 세 사람을 발견한 그는 도와달라 말하고 싶었는지 입술을 달싹였다. 하지만 모정의 성격에 '살려 줘', '도와줘' 같은 말을 꺼내기란 정말로 쉽지 않았다.

게다가 화성은 아무리 여유로워도 손을 보태 줄 인물이 아니었다. 풍신도 그를 도와주리라는 보장이 없었다. 그를 흔쾌히 구해 줄 만한 사람. 충분히 능력이 되면서도 나머지 둘을 설득할 만한 마지막 유일한 희망은, 역시 사련뿐이었다.

결국 모정은 위를 향해 있는 힘껏 바르작댔다. 그러곤 이마에 옅은 핏대를 세우며 사련에게 소리쳤다.

"전하!"

빠르게 주변을 살피고 있던 사련은 이 목소리를 듣고 모정을 돌아보았다. 모정은 한참 숨을 참다가 새빨개진 얼굴로 말을 이었다.

"……절 믿으세요! 전하, 거짓말 아닌 거 전하도 아시죠? 제가 모두를 해치지 않으리란 거, 전하도 아시죠?"

"……."

마지막 희망의 끈을 붙잡은 사람처럼 기대에 부푼 이 질문은, 사련에게 다른 장면을 떠올리게 했다.

수백 년 전 어느 날, 땅거미가 깃들던 저녁 무렵. 그도 이렇게 기대에 부푼 마음으로 모정에게 물었었다.

– 거짓말 아닌 거, 너도 알지?

그때 모정은 뭐라고 대답했던가?

수백 년이 흐르도록 떠올린 적 없는 기억이었다. 그런데 모정의 한마디 물음에, 문득 긴 세월 봉인해 두었던 오래된 모퉁이에서 이 기억이 튀어나왔다.

엎질러진 물처럼, 수많은 장면과 목소리가 스쳐 지나갔다. 사련은 비로소 알았다. 제 기억이 이렇게 또렷했구나. 한 번도 잊지 않았었구나.

사련의 대답은 돌아오지 않았다. 묘한 침묵이 흐르는 가운데, 모정도 같은 장면을 떠올린 것인지 안색이 조금씩 변했다. 방금 자신이 무심코 외친 그 말이 건드려선 안 될 기억을 건드리고 말았다는 것을 잘 아는 모양이었다.

이때, 화성이 사련의 뒤에서 담담한 목소리로 말했다.

"형. 형이 마음 굳히기 전에 몇 가지 해 줄 말이 있어."

사련은 겨우 정신을 차리고 물었다.

"뭔데?"

"첫째, 용암이 멈추기 전에 놈을 구한다면 형은 분명 목숨을 걸어야 할 거야."

하지만 이 용암이 언제 멈출지 누가 알겠는가? 저 칼자루도 벌써 새빨갛게 달아올랐는데, 모정의 두 손이 어떻게 그때까지 버티겠는가?

사련은 침묵에 빠졌다. 화성의 목소리가 이어졌다.

“둘째, 만약 모정이 군오와 손을 잡았다면 군오는 어떻게든 놈을 데려갈 거야. 반면에 형은 그대로 위험에 빠지게 될 테고. 게다가 실제로 그럴 가능성이 아주 크지. 모정이 그동안 무슨 짓을 했는지 잘 생각해 봐.”

풍신을 기절시키고, 사련 일행을 무기고로 이끌고, 풍신을 공격한 사실을 잡아떼고, 무기고가 흔들리자 돌연 사라지고, 때마침 용암 위에서 나타나 그들을 여기까지 유인했다.

설마 이제는 사련을 벼랑 끝으로 유인할 차례인가?

어쩐지 사련의 침묵이 길어졌다. 늘씬한 칼자루가 새빨갛게 달아오르자 모정은 덜컥 신음하며 한 손을 놓았다. 나머지 한 손으로만 한참을 버틴 그는 결국 다시 양손으로 칼자루를 움켜쥐었다. 손바닥에서 흰 연기가 피어오르고 있었다. 먼 거리에서도 살갗 타는 냄새가 맡아지는 것 같았다.

화성은 무심하게 손을 휘둘러 은나비를 날려 보냈다. 날개를 팔랑이며 몇 장을 날아간 은나비는 절반도 못 가 허공에서 은빛 수증기로 사라졌다.

사련도 잘 알았다. 사령나비조차 다가가지 못하고 죽으니, 목숨을 걸고 모정을 구할 필요가 없다. 화성은 이 사실을 몸소 보여 준 것이리라.

은나비가 사라지는 과정을 지켜본 모정의 얼굴이 절망으로 물들었다.

모정은 이제 알 것 같았다. 지금은 누구도 자신을 구해 줄 수 없다. 거기에다 아무도 그를 믿지 않았다. 연달아 수상한 모습을 보인 이상, 사련은 생명의 위험을 무릅쓰면서까지 그를 끌어 올려 주지 않을 것이다.

다만 아무리 절망적일지라도 여전히 억울했다. 끝까지 포기하고 싶지 않았다. 모정은 이를 콱 악물고 외쳤다.

"절 믿지 않으셔도 좋습니다! 하지만 절대 이대로 떨어지진 않을 겁니다!"

모정은 그리 외치며 손에 힘을 주었다. 그러곤 허공에서 자세를 바꿀 생각인지, 두 발을 칼자루 위에 디뎠다. 그런데 누가 알았으랴. 위로 몇 뼘 올라간 몸이 별안간 아래로 덜컥 내려앉았다.

모정은 아래를 바라보았다. 핏빛으로 녹아내린 수천수만의 원령이 두 눈동자에 엇비쳤다. 일그러진 얼굴이며 팔다리가 모정의 다리와 몸에 잔뜩 달라붙어 그를 아래로 잡아당기고 있었다.

흐르는 용암 속에 녹아 있던 원령들이 불쑥 튀어나와 줄줄이 그의 다리에 매달렸다. 어찌나 무겁고 뜨겁던지, 설상가상으로 불난 집에 부채질을 당한 모정은 거의 미칠 지경이었다.

"꺼져!"

지난 수백 년 동안 죽을 뻔한 적이라면 몇 번 있었다. 그래도 그건 전부 심하게 다친 탓이었다. 용암에 파묻혀 죽는 말로라니, 다쳐서 죽는 것보다 수천 수백 배는 끔찍했다. 아까 그 사령나비처럼 연기가 되어 말끔하게 사라진다고 생각하니 도무지 현실을 받아들일 수가 없었다.

마침내 모정의 손이 한계에 부딪혔다. 칼자루를 움켜쥔 열 손가락에서 힘이 빠졌다.

모정은 그대로 손을 놓치고 아래로 추락했다.

한 인영이 맹렬하게 타오르는 용암을 향해 떨어져 내렸다.

"아아아아악!"

그런데 웬일인지, 처참한 비명을 내지르며 아래로 추락하던 몸뚱이가 움칫하며 허공에 매달렸다.

모정은 여전히 심장이 무섭게 뛰었다. 몸 절반이 소름으로 굳어졌지만, 그는 본능적으로 잽싸게 몸을 더듬었다. 흰 비단이 그의 허리를 옭아매고 있었다.

그건 당연하게도 약야였다. 다만 사련이 서 있던 궁전에서 이 절벽까지는 거리가 제법 되었다. 아까는 근처에도 오지 못했던 약야가 어떻게 아래로 떨어지는 도중에 그를 잡아챘을까?

모정은 시선을 위로 옮겼다. 깨닫고 보니 놀랍게도 사련은 그 궁전 지붕에 없었다. ―그는 지금 모정의 머리 위편에 있었다.

아까 모정은 장도를 암석에 들이꽂은 덕분에 그 칼자루를 붙잡고 한동안 버틸 수 있었다. 사련은 그 장도 칼자루 위에 반쯤 꿇어앉아 있었다.

사련은 빠르게 약야를 위로 거두면서 아래를 내려다보았다. 그는 모정이 무사한 것을 확인하고 나서야 한숨을 돌렸다.

"다행이다, 다행이야. 안 늦었네."

모정이 나직하게 중얼거렸다.

"……태, 태자 전하?"

너무도 아찔했던 한순간이었다. 모정은 기겁한 나머지 정신이 얼떨떨했다. 궁전에서 여기까지는 거리가 상당했다. 게다가 중간에 용암이 흘러 발 디딜 곳조차 없다. 뛴다고 해도 중간까지가 한계였을 텐데 사련은 어떻게 여기까지 왔을까?

멀찍이서 풍신의 목소리가 들려왔다.

"전하! 두 사람 다 무사합니까?"

모정은 목소리를 따라 시선을 옮겼다. 지금 궁전 지붕 위에는 화성과 풍신 두 사람만 서 있었다. 팔짱을 낀 채 이쪽을 응시하고 있는 화성은 사련이 무사한지에만 관심이 있는 것 같았다. 그리고 궁전과 절벽 두 지점 한가운데에 칠흑처럼 새카만 장검이 세차게 흐르는 용암 속에 우뚝 서 있었다.

방심!

그런 거였구나! 모정은 이제야 사련이 어떻게 여기까지 왔는지 알 것 같았다.

사련의 능력으로는 아무리 멀리 뛰어도 중간까지가 한계라 안전한 궁전 지붕에서 절벽까지 단번에 뛰어내릴 수가 없었다. 그래서 그는 방심을 던져 용암 한복판에 꽂고 디딤돌로 삼아 방심을 밟은 다음, 모정의 장도 칼자루 위로 뛰어내렸다. 그러곤 절체절명의 순간에 약야를 던져 모정을 붙잡은 것이다.

사련이 입을 열었다.

"계속 방법을 고민하고 있었거든. 아무리 찾아도 쓸 만한 게 하나도 없어서 시간이 좀 걸렸어. 너도 너무 조급했어. 무턱대고 움직이니까 더 빨리 떨어지지."

모정은 사련이 자신을 구할지 말지 고민하느라 침묵하는 줄 알았다. 그런데 그게 아니라 자신을 구할 방법을 찾고 있었던 모양이다. 방금 그 아슬아슬한 상황에서도 침착하게 머리를 굴릴 수 있다니.

모정의 이마에 땀방울이 거듭 배어 나왔다.

고개를 들자, 손을 내민 채 싱긋 웃고 있는 사련이 보였다.

"아무튼, 시간은 좀 걸렸어도 완전히 늦지는 않았지?"

"……."

방금까지 너무 오랫동안 칼자루에 매달린 탓이었을까. 모정은 팔이 물먹은 솜처럼 무거워 들 수가 없었다. 그러자 사련이 손을 조금 더 아래로 뻗었다.

"이리 올라와."

모정은 마침내 그의 손을 붙잡았다.

모정의 팔이 희미하게 떨려 왔다. 사련은 있는 힘껏 그를 끌어 올렸다. 덕분에 두 사람은 장도 칼자루를 나란히 딛고 설 수 있었다. 사련은 이내 빙글 돌아서서 궁전 지붕 쪽으로 손을 흔들었다.

"삼랑, 성공했어!"

"좋아, 형. 당장 이쪽으로 돌아와!"

"알았어, 금방 갈게!"

짧게 대답한 사련은 모정을 돌아보며 물었다.

"뛸 수 있겠어? 안 되겠으면 내가 데리고 갈까?"

모정은 입술을 달싹였다.

"전……."

그의 안색을 살핀 사련은 단호하게 말했다.

"내가 데리고 갈게!"

그러곤 모정의 등 뒤쪽 옷자락을 움켜쥐었다. 예전의 모정이었으면 왜 예의 없게 사람 뒷덜미를 잡느냐며 눈을 까뒤집었겠지만, 지금 그는 아무런 말도 할 수 없었다.

사련이 도약하려는 순간이었다. 바로 이때, 두 사람은 동시에 발밑이 기우뚱 기울어지는 느낌을 받았다.

암석이 박힌 장도가 더도 말고 덜도 말고 하필이면 지금 헐거워졌다!

화성의 표정이 돌연 굳어졌다.

"형!"

이번에는 두 사람의 인영이 붉은 용암을 향해 나란히 떨어져 내렸다. 발등에 불똥이 떨어진 와중에도 사련은 재빨리 머리를 굴렸다.

"괜찮아!"

그는 공중에서 몸을 뒤집어 위쪽의 장도를 낚아챘다. 그러곤 양손으로 장도를 붙잡고 다시 한번 암석에 꽂아 넣었다.

카앙, 소리와 함께 사방으로 찬란한 불티가 튀었다. 사련이 몸에 두른 영광 바깥으로 불티가 부스러진 금가루처럼 부딪쳤다. 하지만 이 영광이 사라지는 순간에는 불씨 하나만 맞아도 온몸이 벌집이 되어 버릴 터였다.

약야가 모정을 위로 끌어 올렸다. 사련은 진지한 얼굴로 그에게 말했다.

"이 장도는 남자 두 사람의 무게를 못 버텨. 이대로는 안 되겠다. 버티려면 우리 둘 중 하나만 남아야 해."

모정은 어렴풋이 정신을 차렸다.

"그 말씀은……."

"네가 떠나 줘야겠다."

"……예?"

모정의 두 동공이 날카롭게 조여들었다. 그가 무어라 입을 떼려는 순간, 사련이 그를 움켜쥐고 있는 힘껏 위로 내던지며 일갈했다.

"잘 봐!"

절벽 위로 날아간 모정은 자신이 방심이 꽂힌 지점으로 날아왔다는 것을 깨닫고 마음을 가다듬었다. 그는 신중하게 허공에서 몸을 굴려 방심의 칼자루를 정확히 디뎠다.

여기까지 오니 사련이 왜 그를 내던졌는지 이해가 갔다.

이 정도 거리라면 사련은 아래편 칼자루에서 여기까지 단번에 뛰어오를 수 있을 것이다. 하지만 모정은 아니었다.

모정에게는 너무나 먼 거리였다. 그는 사련이 던져 준 덕분에 겨우 올라온 것이다.

풍신은 손에 식은땀을 쥐었다.

"전하가 순발력이 좋아서 살았네요!"

화성은 굳어진 얼굴로 아래를 향해 외쳤다.

"형! 계속 안 오면 내가 그쪽으로 간다!"

경고의 뜻이 담긴 어조에 사련이 황급히 대답했다.

"바로 올라갈게! 괜찮아, 그렇게 곤란한 상황도 아니야. 혼자서 올라갈 수 있어. 넌 내려오지 마."

화성은 겨우 표정을 누그러뜨리면서도 한시도 눈을 떼지 못하고 사련 쪽을 주시했다. 풍신은 그를 흘긋 쳐다보며 입을 열었다.

"……꽤 의외군."

화성은 고개 한번 돌아보지 않고 무심하게 대꾸했다.

"뭐가."

풍신은 머리를 긁적이며 말했다.

"넌 모정을 싫어하잖아. 그래서 구할 가치도 없다고 생각하는 줄 알았는데. 전하가 놈을 구하지 못하게 막고 나설 줄 알았다고."

화성은 그제야 풍신에게 눈길을 주었다.

"반은 틀렸고, 반은 맞았어."

"뭐?"

"네 말대로다. 나는 모정이 구할 가치도 없는 놈이라고 생각하거든. 놈이 어찌 되든 내 알 바 아니야."

만사무심한 그 표정에 풍신은 땀이 삐질 흘렀다.

"너무 솔직한 거 아니냐?"

거기에다 자신도 화성의 머릿속에서 이런 취급을 받을지도 모른다고 생각하니 한층 진땀이 났다.

픽 웃은 화성은 잠시 뜸을 들이다 말을 이었다.

"하지만 선택은 오롯이 그분만의 것이다. 내가 전하께 반대하는 일은 영원히 없어."

"……."

풍신은 이런 말을 난생처음 들어 보았다. 사내가 여인에게는 물론이고 사내가 사내에게 이런 식으로 말하는 건 더더욱 들어 본 적이 없었다. 사련에게 이 말을 들려주면 분명 또 난리가 나지 않을까, 싶었다. 풍신은 어떤 표정을 지어야 할지 몰라, 하릴없이 대답했다.

"……아, 그래."

화성은 다시 고개를 돌렸다. 흐르는 불빛 한가운데서 주위를 살피며 전략을 짜고 있는 사련을 응시하며, 그가 가볍게 웃었다.

"게다가, 전하라면 분명 저러실 줄 알았거든."

같은 시각, 절벽 아래편에서 사련이 입을 열었다.

"모정, 어서 지붕으로 올라가. 도망치면 안 돼. 할 말이 있으면 이따가 위에서 천천히 하자."

모정은 그제야 퍼뜩 정신을 차렸다. 그가 계속 여기 있으면 사련이 디딜 자리가 없었다. 모정이 가까스로 머리를 식히고 지붕으로 뛰어오를 채비를 했다. 웅크린 몸을 일으키는데 아래편에서 사련의 목소리가 울려 퍼졌다.

"누구야?"

사련은 장도 칼자루를 딛고 서서 묵묵히 힘을 비축하고 있었다. 그런데 갑자기 뒤쪽의 용암 폭포가 갈라지더니 두 손이 불쑥 튀어나와 그를 잡아끌었다.

분명 용암 폭포 안에서 튀어나온 손이건만 무서우리만치 차가웠다. 사련은 흠칫 몸서리를 쳤다. 위편에서 화성의 외침이 들려왔다.

"전하?"

그 두 손은 사련을 단단히 끌어안은 채 장도 아래로 몸을 던졌다. 사련의 표정이 경악으로 물들었다. 위편에 있던 세 사람은 뒤에서 사련을 붙잡은 사람을 똑똑히 볼 수 있었다.

흰옷 차림으로 반은 웃고 반은 우는 가면을 쓴 청년.

백무상!

위험을 직감한 약야가 모정의 눈앞까지 날아들었다. 모정은 무심결에 약야를 낚아챘다. 하지만 흰 비단의 힘이 어찌나 강하던지, 모정은 약야를 붙잡기는커녕 덩달아 끌려가고 말았다.

사련은 흩날리는 불티와 함께 빠르게 아래로 추락했다. 누군가의 웃음소리가 귓가에 울려 퍼졌다.

"하하하하하…… 순진하구나! 참으로 순진하구나, 선락! 모두가 행복한 결말이란 게 어디 그리 쉬울 것 같더냐?"

아래편으로 뜨거운 용암이 끓었으나, 마음속은 그저 선득했다. 엇갈리는 오한과 더위를 느끼며 사련은 고개를 들었다. 둥근 지붕처럼 곡선을 그리며 쏟아지는 불빛 속에서 흐릿한 붉은 인영이 이쪽으로 다가붙고 있었다.

화성도 아래로 뛰어내린 것이다.

하지만 이 밑은 다름 아닌 용암이 아니던가!

126장 통천교 위 세 얼간이, 옛날로 돌아가다

죽음에 대한 공포에 빠진 것일까, 실제로 뜨거운 용암 속에 빠진 것일까. 사련의 온몸은 송두리째 어딘가로 가라앉았다.

긴 시간이 흐르고서야 서서히 정신이 들었다.

깨어나고 나니 몸 아래로 딱딱한 바닥이 느껴졌다. 모정이 한쪽에 주저앉아 그를 멍하니 쳐다보고 있었다.

아직도 사련의 눈앞에는 붉은빛이 어른거리고 있었다. 그는 벌떡 몸을 일으켜 앉았다.

"삼랑!"

그가 몸을 일으키자, 넋을 놓고 있던 모정이 정신을 차리고 외쳤다.

"얌전히 계세요!"

사련은 무심결에 그를 밀치려다 헛손질을 했다. 그 탓에 하마터면 중심을 잃고 아래로 굴러떨어질 뻔했다. 흠칫 깨닫고 보니 그가 누워 있던 곳은 땅바닥 따위가 아니었다.

여기는 어떤 다리 위였다.

둥근 천장에 아득한 밤하늘이 새겨진 드넓은 지하 동굴. 그 동굴 안에 다 무너져 가는 다리가 떠 있었다.

나무로 만든 것인지 돌로 만든 것인지, 이 다리는 수천 년 세월 동안 비바람과 흙먼지와 햇빛을 견딘 것처럼 무서울 만큼 새카맸다. 기둥도 없이 허공에 떠서는 앞뒤로 끝없이 펼쳐진 것이, 어디에서 시작해 어디로 향하는지도 모를 노릇이었다. 끝이 보이지 않으니 방향도 가늠할 수가 없었다. 석 장 남짓으로 넓은 부분이 있는가 하면, 또 어느 부분은 한 사람만 겨우 지나갈 수 있을 만큼 좁았다.

부서진 다리의 까마득한 아래로는 지옥 같은 용암이 부글거리며 끓고 있었다.

통천교?

이 세 글자가 사련의 머릿속에 가장 먼저 떠올랐다. 이천 년 전, 오용 태자는 재난에서 사람들을 구하기 위해 하늘로 통하는 다리, 통천교를 만들었다. 설마 이 다리는 그가 남긴 유적인가?

분명 아까 백무상에게 무참히 끌려 아래로 떨어졌는데, 지금은 왜 이 다리 위에 있지?

사련은 몸을 일으키며 중얼거렸다.

"삼랑?"

한쪽에 앉아 있던 모정이 말했다.

"불러도 소용없습니다. 여기 없어요."

사련은 그를 돌아보며 물었다.

"우린 어떻게 여기까지 왔어? 도중에 축지천리를 연 거야?"

"아마도요. 분명 용암으로 떨어지고 있었는데 갑자기 허공에서 이쪽으로 옮겨졌습니다."

세 사람이 아래로 떨어진 바람에 혼자 남아 버린 불쌍한 풍신은 또 욕을 한 바가지로 쏟고 있을 터였다. 하지만 지금은 화성을 찾는 게 급선무였다. 화성은 대체 어디로 옮겨졌을까?

한쪽에 떨어진 방심과 장도가 시야에 걸려들었다. 사련은 두 무기를 줍고 모정에게 향했다. 사련이 심각한 표정으로 검을 들고 다가오자, 모정은 그가 무슨 짓이라도 할 줄 알았는지 긴장한 표정을 지었다.

하지만 사련은 장도를 모정에게 건네고는 손을 내밀었다.

"괜찮아? 괜찮으면 어서 일어나. 빨리 여기를 떠나야겠어."

모정은 그가 내민 손을 바라보며 한참 침묵하다 고개를 가로저었다.

"못 갑니다. 손도 다리도 다쳐서요."

사련은 웅크리고 앉아 모정을 잠시 살펴보았다. 아니나 다를까, 모정의 양 손바닥이 온통 붉었다. 다리에도 화상을 입어 걸음이 더딜 것 같았다. 잠시 고민한 사련이 입을 열었다.

"내가 부축할게."

모정을 일으킨 사련은 그의 팔을 제 어깨에 두르고 앞으로 향했다. 몇 걸음 뗐을 무렵, 모정이 불쑥 물었다.

"왜 그러셨습니까?"

사련은 주변을 둘러보며 되물었다.

"뭐를?"

"제가 무사해서 더 의심하실 줄 알았는데요."

"아. 의심 안 했어."

"어째서요?"

"알았으니까."

"뭐를요?"

"네가 한 말이 거짓말 아니라는 거."

"……."

모정의 얼굴이 뭐라 이루 말할 수 없는 표정으로 물들었다.

사련은 당연하다는 투로 덧붙였다.

"나보고 믿어 달라고 했잖아? 난 널 믿었어. 그게 다야."

"……."

"뭐랄까……."

짧게 운을 뗀 사련이 말을 이었다.

"나도 너를 제법 오래 알았으니까, 네가 그런 사람이 아니라는 점만큼은 확신할 수 있거든. 내가 예전에도 말했지. 너는 남의 물잔에 침은 뱉어도 독을 풀지는 않을 사람이라고."

조금 감동한 듯한 모정의 얼굴이 이어지는 말에 다시 어두워졌다.

"그 비유는 그만두시죠. 정말로요. 다시는 예로 들지 마세요. 저는 침 같은 것도 안 뱉는다고요. 너무 저질스럽잖습니까!"

사련은 손을 홰홰 내저으며 말했다.

"그런 사소한 건 신경 쓰지 말고. 그리고 정말, 정말 만에 하나 내가 재수가 더럽게 없어서 너를 잘못 봤다고 해도 어차피 너는 나와 삼랑을 이길 수 없어. 손바닥 한 대만으로도 때려죽일 수 있는데 무슨 위협거리가 되겠어, 하하하……."

"……."

모정은 가만히 중얼거렸다.

"지금 일부러 이러시는 거죠. 어떻게든 절 울화병으로 죽일 작정이신 거죠……."

"크흠, 농담이야. 아무튼."

웃음을 거둔 사련은 모정의 팔을 붙든 채 앞을 바라보며 말을 이었다.

"네가 정말로 군오의 제안을 거부해서 주가를 차게 된 거라면, 그런 선택을 하고도 나쁜 대가를 치르게 놔둘 수는 없지."

그가 담담하게 덧붙였다.

"너는 옳은 일을 했으니까."

모정은 그를 뚫어지게 쳐다보다, 끝내 이를 악물고 말했다.

"사련, 당신이란 사람은 정말이지……."

사련이 재빨리 말을 끊었다.

"됐어. 네가 무슨 말을 할지 내가 모를까 봐? 넌 지금 내 부축이 필요한 신세라고. 내가 널 용암으로 떨어뜨리고 싶을 만한 말은 삼가는 게 좋을걸."

모정은 코웃음을 쳤다.

"제가 무슨 말을 할지 아시면서 절 구하셨습니까."

"피차일반이지. 난 내가 지켜 온 원칙대로 널 구했을 뿐이야. 사실 네가 여러 방면으로 미묘하긴 해. 한동안은 진심으로 널 흠씬 패 주고 싶었던 때도 있었고. 그런데 못 때린 채로 시간이 흐르고 나니까 그럴 마음도 없어진 거 있지. 미묘한 사람이긴 해도, 때려 주고 싶은 사람이긴 해도 죽을죄를 지은 건 아니잖아. 구할 수 있으면 당연히 구해야지."

화풀이라도 하듯 코웃음만 몇 번 치던 모정은 짧은 침묵 끝에 입을 달싹였다.

"전하, 사실 저는……."

바로 이때, 발아래가 묵직하게 내려앉았다. 두 사람의 표정이 나란히 변했다.

다친 모정은 빠르게 반응하지 못했지만, 다행히도 사련이 잽싸게 도약해 두어 걸음 떨어진 앞쪽에 가볍게 착지했다. 뒤를 돌아보니, 그들이 서 있던 자리가 난데없이 부서져 아래로 떨어지고 있었다.

쾅!

새카만 다리가 붉은 지옥 연못으로 추락했다. 용암 안에서 한참을 꾸물거리던 원령들이 쌍쌍이 손을 뻗더니, 지옥에서 벗어나려는 것처럼 앞다투어 위로 기어올랐다. 하지만 무너진 다리 잔해는 수많은 머릿수를 감당하지 못하고 아래로 가라앉아 버렸다. 위쪽에 있던 두 사람은 간담이 서늘한 표정으로 서로를 바라보았다. 사련이 말했다.

"다리가 그렇게 튼튼한 것 같지는 않은데!"

모정은 할 말이 있는지 입을 달싹이다 도로 말을 되삼켰다. 아까 사련이 누워 있던 자리는 제법 넓은 편이라 무너지지 않았겠지만 뒤쪽 길이 끊기는 바람에 앞으로 나아갈 수밖에 없었다. 들쑥날쑥 좁아지며 앞쪽으로 이어진 다리는 곳곳이 함정인 것처럼 위험천만했다. 언제 어디를 밟고 아래로 떨어질지 모를 노릇이었다.

사련은 묵묵히 모정을 등에 업고 말했다.

"무너질지도 모르니 같은 곳에 오래 머물면 안 되겠다. 꽉 잡아! 빠르게 지나갈 테니까!"

말이 끝나기 무섭게 사련은 잰걸음으로 뛰어올랐다. 앞으로 향할수록 다리가 숨 막히도록 좁아졌다. 넓어 봤자 고작 문 한 짝 너비였고, 가장 좁은 곳은 거의 사람 허리 폭에 가까웠다.

하지만 이런 위기 속에서도 사련이 스쳐 지나가는 곳은 미동조차 없었다. 그는 제비가 물 위를 스쳐 가듯 발끝을 세우고 가볍게 다리 위를 내디뎠다. 다른 무신들이 이 자리에 있었다면 힘을 절묘하게 다루는 이 보법에 경악했을지도 모른다. 이런 보법을 다룰 줄 아는 무신은 없었기 때문이다. 이는 법력에 의존하지 않고 나날이 무도를 수련한 무인이나 다룰 만한 섬세한 체술이었다.

그런데 난데없이 솟구친 불기둥이 사련의 앞을 가로막았다. 사련이 기민하게 걸음을 멈추지 않았다면 불길에 그대로 휩싸여 타 버렸을지도 몰랐다. 두 사람은 아래를 내려다보았다. 어느새 새까맣게 모여든 용암 속 원령들이 찢어지게 웃으며 두 사람을 향해 양손을 내밀고 있었다. 그 불기둥은 그 원령들이 합심해 쏘아 올린 것이었다. 따가운 웃음소리에 두 사람은 귓가가 다 얼얼했다. 모정이 말했다.

"뭐라는 거죠?"

사련이 중얼거렸다.

"……이리 내려와, 우리와 같이 여기서 뭉그러져 죽자!"

모정은 흠칫하며 그를 쳐다보았다.

"저 말을 알아들으십니까? 저건 오용어일 텐데요."

사련은 고개를 끄덕였다.

"응. 저건…… 통천교가 무너지면서 용암에 빠져 죽은 오용국 백성들이야. 붙잡히지 않게 조심해. 저 원령들은 눈에 보이는 족족 용암으로 끌어들이려고 하니까. 역시 여긴 통천교의 잔해가 맞았어!"

"남을 끌어들이면 성불할 수 있는 겁니까?"

"아니, 성불하려고 저러는 게 아니야. 저 원령들은 영원히 성불할 수 없어. 그저 남들이 자기처럼 되는 걸 보고 싶을 뿐이지.”

바로 그런 연유로 저 백성들은 영영 성불하지 못하고 평생을 이 지옥에서 몸부림쳐야 했다. 모정은 미심쩍은 기색이었다.

“어떻게 그런 것까지 아십니까?”

“나도 모르겠어. 아마…… 그가 알려 준 것 같아.”

기억 속에 심겨 있던 식시쥐의 비명처럼.

두 사람이 떨어지지 않아 불만이었는지, 용암에 녹아든 원령들이 슬그머니 한데 모여들더니 사부작거리며 손에 손을 잡고 새로운 공격을 준비했다. 사련이 도망치기 무섭게 불기둥이 솟구쳤다. 가뜩이나 험하게 부서지고 찌그러진 다리가 한층 너절해졌다.

이대로 당하고만 있을 수는 없는 노릇이라 사련도 아래로 불덩이를 던졌다. 하지만 법력이 거의 바닥나서인지 멀리까지 날려 보내지는 못했다. 법력이 충분했던 모정의 불덩이는 사련의 것보다 멀리 날아갔지만 역시나 간발의 차로 거리가 모자랐다. 불기둥은 몇 번이나 두 사람의 다리를 불태울 뻔했다. 떼 지어 몰려든 원령들의 힘은 무시무시했다. 원령들은 무슨 도주 연극이라도 구경하는 양 낄낄거리며 날뛰었다. 반면에 두 사람은 속수무책으로 당할 수밖에 없었다. 모정은 답답한 마음에 주먹을 불끈 쥐었다.

이윽고 모정은 사련의 등에 업힌 채 분을 참으며 숨을 몰아쉬다가, 어렵사리 결심한 듯 갈라진 목소리로 말했다.

"됐습니다, 태자 전하…… 사련, 그만 내려 주세요!"

사련은 빠르게 내달리며 외쳤다.

"무슨 소리야! 제 목숨을 천금처럼 아끼는 사람이 무슨 그런 말을 해!"

모정의 이마에 핏대가 툭 불거졌다.

"목숨을 천금처럼 아끼는 사람이라 참 죄송하네요. 이러나저러나 죽게 생겼으니…… 마음 바뀌기 전에 빨리 내려 주세요."

"야단 떨지 말고 조용히 좀 해 봐, 정신 산만해진단 말이야. 지금은 이 다리 끝을 찾는 게 더 중요해."

"누가 야단을 떨었다고요? 이 다리가 정말 통천교라도 된다면 얼마나 더 달려야 할지 누가 안답니까? 내려 주세요. 전 저 간사한 잡것들을 처리하겠습니다. 가려면 전하 혼자 가세요!"

그렇게 모정은 사련의 어깨를 가볍게 밀치고 뒤편으로 뛰어내렸다. 사련이 돌아서서 한 걸음 떼자 모정이 말했다.

"오지 마세요. 다리가 좁아서 이쪽으로 오시면 둘 다 떨어질 겁니다!"

사련은 하는 수 없이 멈춰 섰다. 모정은 짧게 코웃음을 치곤 말을 이었다.

"당신 말이 맞습니다. 서로 피차일반이네요. 아까 저더러 미묘하다고 하셨는데, 제가 보기엔 당신도 꽤 미묘한 사람이거든요."

그는 사련을 직시하며 말했다.

"이쯤 됐으니 솔직히 말씀드리죠. 당신에게 할 말이 참 많습니다."

"음…… 그건…… 실은 예전부터 알고 있었어."

모정이 싸늘하게 말했다.

"그렇습니까. 그럼 제가 당신이 운 좋게 태자 전하라는 출신 덕을 봤을 뿐이지, 실력은 저보다 뒤떨어진다고 생각했던 것도 아십니까."

"……."

"그리고 전 당신이 보여 주기식으로 선행을 베풀고 감탄과 찬사를 즐기는 사람이라고 생각했습니다. 심지어 절 도와준 것도 그런 이유 때문이라고 생각했어요. 저는 당신의 동정심과 선의를 널리 보여 줄 절호의 대상이었으니까요. 이런 생각, 실은 지금도 여전합니다. 어쩌면 평생 바뀌지 않을지도 모르겠네요. 억눌렀다 싶으면, 또 튀어나오곤 하니까."

이쯤 되니 사련은 진땀을 흘려야 할지 어째야 할지 감도 잡히지 않았다.

"본인 앞에서 그렇게 자세히 말할 건 없잖아!"

이때, 모정이 생각지도 못한 말을 꺼냈다.

"그래도 전 당신을…… 꽤 존경했습니다."

사련은 한순간 멍해졌다.

모정은 마치 누군가 그의 목을 조르며 협박이라도 하는 것처럼 뻣뻣하게 말을 이었다.

"이상한 일도 아니죠. 당신은…… 확실히…… 대단하니까요.

성격…… 도…… 저…… 보다 좋고요. 사실, 전…… 당신과…… 진심으로…… 치, 친, 친구가 되고 싶었습니다.”

“…….”

모정의 입으로 이런 말을 듣게 될 줄은 꿈에도 생각지 못했다. 비록 떨떠름한 말투로 어색하게 더듬거리기는 했어도, 모정이 이렇게 인간미 넘치는 고백을 다 하다니!

사련은 저도 모르게 두 눈을 휘둥그레 떴다.

“너…….”

이를 악다문 채 겨우겨우 말을 끝마친 모정은 한숨을 내쉬곤 덧붙였다.

“선락국이 멸망한 뒤로 있었던 일 말입니다. 제 처지가 아무리 힘겨웠다고 해도, 잘잘못을 떠나서 항상 당신에게 사과하고 싶었습니다.”

사련은 한순간 말문이 막혔다.

“……다 지나간 옛일이잖아. 됐어. 그것보단 일단 출발하자!”

모정이 목소리를 높였다.

“그자가 제게 그러더군요. 제게 혐의가 생기면, 당신은 내심 제가 범인이 아니란 걸 알면서도 분위기에 휩쓸려 절 구하지 않을 거라고요. 저를 원망해서 믿어 주지 않을 거라고.”

‘그자?’

속으로 중얼거린 사련은 이내 그 사람이 누구인지 깨달았다. 모정의 목소리가 이어졌다.

"물론 그자를 도울 마음은 없었지만, 저도 그렇게 생각했습니다. 지금껏 당신이 저를 미워하고 경멸하는 줄 알았습니다. 그래서 전 항상……. 아무튼, 그런 마음 없으셨다면 다행입니다."

불기둥 하나가 또다시 위로 솟구쳤다. 사련이 뒤로 움찔 물러서면서 두 사람의 거리가 한층 멀어졌다. 모정은 화가 치민 얼굴로 몸을 숙이고는 손바닥으로 다리를 내리쳤다. 사련의 동공이 날카롭게 조여들었다.

"무슨 짓이야?"

당연하게도 다리는 모정을 태운 채 아래로 무너져 내렸다. 모정은 허공에서 사련을 향해 소리쳤다.

"당신 대신 이 잡것들 청소하러 갑니다!"

무너진 다리가 용암에 빠지자 높은 파도가 일었다. 히죽대며 물귀신 작전을 짜고 있던 원령 떼는 갑작스러운 충격에 휩쓸려 산산이 조각났다. 처참한 비명이 울려 퍼지는 가운데, 다리 잔해 한가운데에 선 모정은 눈부신 영광을 두르고 차갑게 비웃었다.

"간사한 잡것들, 불길이나 쏘아 대니 기분 좋던? 여기까지 와 줬으니 도망치지나 마라!"

이제 이 원령들에게 폭격을 퍼부을 차례였다.

모정은 붉게 물든 두 손을 쳐들고 원령 떼를 거침없이 휩쓸었다. 아래쪽에서 불구경하고 있던 원령들마저 아우성을 치며 사방으로 흩어졌다. 모정의 소맷부리와 옷자락에 불이 붙었다. 사련은 위편, 끊어진 다리에 엎드린 채 외쳤다.

"모정? 어디까지 뛰어오를 수 있겠어?"

"무슨 말이 그렇게 많습니까? 아직 못 올라가요!"

사련이 해명했다.

"이게 내 잘못은 아니잖아. 네가 모처럼 사람다운 말을 하고 뛰어내렸는데 어떻게 그냥 가?"

모정이 발끈했다.

"모처럼 사람다운 말이라니……."

말을 끝맺기도 전에 그가 딛고 있는 다리 잔해가 덜컥 내려앉았다. 두 사람의 낯빛이 순식간에 변했다.

이대로라면 정말 뼈도 못 추리고 용암 바닥에 묻혀 버릴지도 모른다!

방금까지만 해도 기세등등하던 모정은 희게 질린 얼굴로 손바닥을 쳐들고 눈을 감았다. 용암에 타 죽느니 먼저 자기 머리통을 터트려 즉사해 버릴 기세였다. 사련이 황급히 외쳤다.

"자, 자, 자, 잠깐, 침착해! 나, 나, 나한테 방법이 있어!"

모정이 눈을 뜨고 물었다.

"무슨 방법이요?"

약야는 맨 밑까지는 닿지 않아도 절반까지는 내려갈 수 있었다. 사련은 약야를 아래로 던지며 말했다.

"최대한 높이 뛰어 봐! 약야를 붙잡는 거야! 그럼 내가 위로 당겨 줄게!"

모정의 얼굴이 한층 창백해졌다.

"뛸 수 있었으면 제가 이러고 있겠습니까?"

그러곤 다시 용기를 내어 머리통을 터트릴 준비를 했다. 사련이 거듭 외쳤다.

"자, 자, 잠, 잠깐! 진짜 잠깐만! 지금 바로 생각날 것 같아!"

"어떤 방법인데요? 뭔데요? 어떤 방법이요? 빨리 말씀해 보세요!"

뾰족한 방법이 없다!

절망이 코앞까지 닥쳐오자 모정이 다시 손을 치켜들었다. 그런데 이때 누군가 그 손을 탁, 내치더니 모정을 움켜쥐었다.

그러곤 얼이 빠진 모정을 낚아채 훌쩍 뛰어올랐다.

흰 비단 끝에서 팽팽한 느낌이 들자 사련은 아래를 내려다보았다. 그는 놀라움 반 기쁨 반으로 외쳤다.

"풍신?"

모정이 원래 서 있던 다리 잔해는 부글거리며 용암 바닥으로 가라앉은 뒤였다. 한 손으로 약야 끄트머리를 붙잡은 풍신이 다른 한 손으로는 새파랗게 질린 모정을 잡고 사련을 향해 소리쳤다.

"전하, 빨리 당겨 주십쇼!"

아래쪽에 빈 껍데기 석상 몇 개가 첨벙거리며 헤엄치고 있었다. 풍신은 이 석상들을 타고 수로 위편에서 여기까지 흘러온 모양이었다. 다만 지금은 더 물어볼 때가 아니었다. 사련은 곧장 넓고 튼튼해 보이는 바닥을 골라 두 사람을 그쪽으로 끌어

올렸다. 얌전히 위로 올라가는 와중에 아래쪽에서 새로운 원령들이 몰려들었다. 원령들은 악랄한 시선으로 위를 올려다보더니 둥글게 뭉쳐선 저들끼리 중얼거렸다. 머지않아 거대한 불기둥이 다시 한번 날아들었다.

허공에 매달린 풍신과 모정은 피할 수가 없었다. 사련은 약야를 붙잡은 채 옆으로 자리를 옮겨 일격을 피했다. 하지만 다른 바닥은 방금 고른 바닥만큼 넓고 튼튼하지 않았다. 잠시 일격을 피한 사련은 하는 수 없이 제자리로 돌아갔다. 불기둥에 휩싸일 뻔한 풍신이 욕을 퍼부었다.

"개똥만도 못한 것들. 남이 죽게 생겼는데 비겁하게 공격을 해? 네놈들 일가족 뒤를 모조리 쑤셔 주겠어!"

그러자 사련이 외쳤다.

"가족들도 다 저렇게 생겼을 텐데 진심으로 하는 소리야?"

원령 떼는 포기하지 않고 공격을 이어 가려는 듯 시시덕댔다. 한껏 열이 받친 풍신은 모정을 위로 끌어 올렸다.

"잡아!"

이제 정말 죽겠구나, 싶었던 모정은 가슴이 졸아든 나머지 얼떨떨한 정신으로 약야를 붙잡았다. 풍신은 자유로워진 한 손으로 등 뒤에서 활을 꺼냈다. 어디서 주워 왔는지 모를 나뭇가지 몇 개도 보였다. 그는 나뭇가지를 화살 삼아 활시위에 메겼다. 그러곤 한 손으로 활을 쥐고, 이를 세워 활시위와 화살 깃을 문 다음 팽팽하게 당겼다. 이윽고 화살 네 대가 일제히 허공으로 날아갔다.

용암에 들이꽂힌 화살이 물보라 같은 불똥을 튀겼다. 놀란 원령들이 아우성을 치며 다시 사방으로 흩어졌다. 풍신은 그제야 속 시원한 기분으로 소리쳤다.

"봤냐? 바로 쑤셔 줬지! 개똥같은 염병할 새끼들! 이 몸은 한 손만으로 네놈들을 터트리고도 남아!"

마침내 세 사람이 통천교 위에 나란히 발을 디디고 섰다. 사련은 연신 땀을 훔쳤다. 아직도 심장이 무섭게 뛰고 있었다.

"풍신, 여긴 왜 왔어?"

이 말이 나오자 풍신은 머리를 감싸 쥐었다.

"왜 왔냐고요? 세 사람이 모조리 떨어졌는데 뭘 더 어쩌겠습니까? 환장할 뻔했다고요! 그래서 어떻게든 절벽 밑까지 돌아가려고 여기까지 흘러왔습니다. 폭발음과 사람 목소리가 들리길래 두 사람인 줄 알았고요. 다들 무슨 생각으로 용암에 뛰어들었습니까? 미친 것도 아니고!"

모정은 겨우 이성을 되찾고 받아쳤다.

"나는 원령들 때문에 떨어진 거라고!"

오는 내내 이성을 잃고 욕지거리를 퍼부었을 풍신을 생각하며 사련이 입을 열었다.

"알았어, 알았어. 진정해. 누가 뭐래도 넌 진정한 구세주야. 정말 큰 도움이 됐어! 그래서 말했잖아. 가끔은 정말로…… 남이 도와줘야만 역경을 빠져나오는 때도 있는 거야. 정말로!"

심장이 떨어질 뻔한 세 사람은 새파래진 얼굴로 숨을 몰아 쉬고는 재빨리 자리를 옮겼다. 풍신은 모정을 등에 업고 통천교 위를 질주했다. 한참 달리고 나서는 자신이 겪었던 일을 털어놓았다. 사련은 풍신도 화성을 보지 못했다는 이야기를 듣고 마음이 불안해졌다. 화성은 대체 어디로 갔을까? 어쨌거나 지금은 이 다리를 따라가며 찾는 게 최선이었다.

이때, 풍신이 제 등에 업힌 모정에게 말했다.

"아 참, 아까 네놈이 했던 말 나도 조금 들었다. 처음에는 열 받아서 패 주고 싶었는데 뒤로 갈수록 의외더라고. 너 이 자식, 내심 그런 생각을 하고 있었다니!"

"……."

모정의 얼굴이 어두워졌다. 풍신은 이어서 사련에게 말했다.

"이 녀석은 궁중 암투하는 후궁들보다 속이 꼬인 사람이라고 제가 예전에 말씀드렸잖습니까. 정말 알다가도 모르겠다니까요!"

"……."

사련은 구겨질 대로 구겨진 모정의 얼굴을 보곤 풍신에게 손사래를 쳤다. 그러거나 말거나, 아무것도 눈치채지 못한 풍신은 모정을 돌아보며 말했다.

"전하와 친구가 되고 싶었으면 솔직히 말하지 그랬냐! 전하가 널 경멸하고 친구 취급도 안 해 준답시고 음침하게 사람 속이나 긁고 말이야. 정말 머릿속에 뭐가 든 거냐, 너는?"

사련은 자포자기한 심정으로 손을 휘휘 내저었다.

"어릴 때부터 그런 아이였는걸, 뭐. 이제 그만해. 모정 얼굴 빨개졌잖아."

"……………."

참다못한 모정이 버럭 고함을 질렀다.

"환장하겠네! 진짜 환장하겠네! 두 사람 다 입 좀 다물지?"

사련이 넌지시 말했다.

"너, 어째 풍신 입버릇이 옮은 것 같아. 험한 말 하면 못써."

풍신은 끝까지 끼어들었다.

"네가 한 말이잖아. 전하와 진심으로 치, 치, 친구가 되고 싶었다면서!"

그는 심지어 모정이 잇새로 더듬더듬 뱉은 말까지 그대로 흉내 냈다. 흉악하게 얼굴을 구긴 모정은 등에 멘 장도로 조용히 손을 가져갔다. 풍신이 말을 이었다.

"됐어, 이제 다 밝혀졌으니까. 아무튼 명심해라. 태자 전하는 한 번도 너를 고까워하신 적 없어. 예전에 네가 좀 심하게 굴어서 잠깐 화를 내셨을 뿐이지, 그 이후로는 네 험담 한마디 들어본 적도 없다고! 너, 앞으로는 멀쩡하게 말하고 똑바로 행동해. 또 음침하게 굴었다간 욕을 퍼부어 줄 줄 알아."

모정은 고개를 숙인 채 묵묵히 듣고만 있다가, 풍신의 말이 끝나갈 무렵에는 눈을 희게 까뒤집었다.

"벌써 몇백 년은 욕 안 한 것처럼 말한다?"

사련이 다시 넌지시 말했다.

"모정, 너는 신관이잖아. 몸가짐에 신경 써야지. 그렇게 함부로 눈 까뒤집으면 못써. 신도들이 보면 기분 나빠할 거야."

"됐어요. 이 자식도 하루가 멀다 하고 상천정에서 욕이나 지껄이는데요."

풍신이 코웃음을 치며 받아쳤다.

"그건 네가 욕먹을 만해서 그랬고."

"옛날이야기 좀 적당히 하지? 너도 전하 놔두고 애 만들었잖아?"

풍신의 이마에도 핏줄이 돋았다. 그는 소매를 걷어붙이고 말했다.

"맞고 싶어서 환장했냐?"

모정이 냉소했다.

"자기 얼굴이나 때려라. 네가 온종일 전하 옆에 붙어서 내 험담을 해 대니까 나도 전하까지 날 미묘하게 무시한다고 착각했잖아?"

또 악순환이 되풀이되자 사련이 끼어들었다.

"이 와중에 흑역사 들추는 건 그만두자. 서로 헐뜯으면 뭐가 남는다고……."

그러거나 말거나, 모정은 다시 눈을 희번덕대며 비웃었다.

"그때 네가 쓸데없이 설레발 쳤던 것도 그래. 강도질이 뭐 어때서? 내가 그 당시 전하였으면 꼭두새벽에 부잣집 열여덟 곳을 연달아 털고도 무덤덤했을 텐데 너 혼자 심각했잖아. 게다가 전하께 무슨 일이냐고 끝까지 캐묻고 말이야."

사련은 진땀을 흘리며 두 사람을 돌아보았다.

"잠깐, 내 과거까지 들출 건 없잖아? 아무튼 삼랑을 찾아야지. 일단 다 같이 삼랑부터 찾아보자! 아하하하……."

127장 혈우탐화와 백무상의 악전고투

이때였다. 세 사람은 아래편에서 뜨겁게 몰아치는 파도를 느꼈다.

“조심해!”

다들 한목소리로 외치곤 걸음에 박차를 가했다. 일고여덟 개에 달하는 불기둥이 하늘로 솟구쳤다. 아래를 내려다보니 아까보다 더 많은 원령 떼가 몰려 있었다.

사련이 목청을 높였다.

“풍신, 모정 이리 줘!”

풍신은 두말없이 등에 업은 모정을 사련에게 넘겼다. 모정은 사련의 등에 업힌 채 외쳤다.

“빨리 저것들 좀 죽여 버려! 성가셔 죽겠네!”

“안 그래도 그럴 생각이다!”

그리 대꾸한 풍신이 활을 들고 연달아 화살을 쏘았다. 이 무기는 사련과 모정이 마구잡이로 날린 불덩이보다 훨씬 멀리 날아갔다. 아래로 날아든 화살에 붉은 파도가 일고 비명이 쏟아졌다. 이를 본 사련이 감탄했다.

"잘했어!"

모정도 사련의 등에 업힌 채 거들었다.

"제법 하네!"

분에 받친 원령들은 한참을 숙덕대더니, 앞쪽 멀리 헤엄쳐 가서는 힘을 합쳐 불기둥을 뿜었다. 우르릉대는 굉음이 울려 퍼졌다. 사련이 말했다.

"앞쪽 다리가 부서졌어! 우리 앞길을 막으려는 거야!"

풍신이 거칠게 고함쳤다.

"환장하네! 한마음으로 손에 손 잡고 좋은 일이나 하지 왜 사람을 공격해! 그런 식이면 팔천 년이 지나도 용암 속에 처박혀 있을 거다!"

그가 활을 치켜들자 용암 속 원령들이 다시 흩어졌다. 사련이 외쳤다.

"그만 욕하고 준비해! 뛴다! 하나, 둘, 셋—!"

하나에 빠르게 도움닫기를 하고, 둘에 거리를 가늠하고, 셋에 훌쩍 뛰어올랐다. 허공을 가르며 부서진 다리 사이를 뛰어넘은 세 사람은 맞은편에 내려앉아 계속해서 질주했다. 원래 '하늘로 통하는' 용도로 만들어진 다리인지라 가면 갈수록 길이 가팔라졌다. 하지만 사련의 몸놀림은 아까보다도 훨씬 민첩했다.

"우리 세 사람, 이러는 것도 오랜만이네!"

모정이 물었다.

"나란히 적과 싸우는 거요? 아니면 살겠다고 도망치는 거요?"

"둘 다!"

풍신도 외쳤다.

"항상 이랬잖습니까!"

"그런가?"

하지만 마음속 무언가를 털어놓기 전과 후는 기분이 완전히 달랐다. 사련은 짧게 웃음을 흘리고는 계속해서 두 눈으로 주변을 살폈다. 내내 붉은 그림자가 보이지 않자 은연중에 애가 탔다.

"삼랑!"

사련의 외침이 드넓은 지하 동굴에 메아리쳤다. 역시나 돌아오는 대답은 없었다. 사련은 바짝 마른 입술을 혀로 핥았다. 모정은 사방을 두리번대는 사련을 지켜보다 입을 열었다.

"전하, 진심으로 놈을 좋아하십니까?"

"……."

사련은 난데없는 질문에 당황했다.

"응. 응? ……으응."

멍한 표정과 달리 사련의 귓불이 붉게 물들기 시작했다. 그 모습에 말문이 막힌 모정은 잠시 머뭇거린 끝에 말을 이었다.

"괜히 전하 걱정시킬 의도는 아닙니다만, 그래도 알아 두셔야 할 것 같아서요. 어쩌면 우리 두 사람만…… 다리로 보내졌고, 혈우탐화는 아닐 가능성도…… 있지 않을까요?"

풍신이 말했다.

"그걸 말이라고 하냐? 두 사람만 여기 왔으니 놈은 당연히 다른 곳으로……."

그는 여기까지 말하고 나서야 모정의 말뜻을 알아차렸다. 모정의 말은 화성이 다른 곳으로 보내진 게 아니라…… 용암에 빠졌을지도 모른다는 뜻이었다.

사련은 거듭 입술을 핥았다.

"그, 그럴 리가 없잖아?"

"단언할 순 없습니다. 혈우탐화는 틀림없는 절경귀왕이지만, 그건 백무상도 마찬가집니다. 게다가 놈은 초대 절경귀왕이자 동로산의 주인이죠. 여긴 놈의 지반입니다. 놈의 법력이 가장 강해지는 주전장이라고요."

풍신은 모정을 따갑게 노려보며 쏘아붙였다.

"퍼뜩 입 다물어! 넌 대체 뭐가 문제야? 이럴 땐 듣기 좋은 소리 좀 할 수 없겠냐? 다른 놈도 아니고 혈우탐화인데!"

순순히 말을 삼킨 모정은 짧게 덧붙였다.

"만에 하나 그런 상황이라면 어떻게 대처해야 좋을지 고민은 해 봐야 하잖아."

화성의 창백한 손바닥 위, 유난히도 붉었던 주사위 1점이 사련의 눈앞에 어른거렸다. 그는 말을 잇지 못하고 입을 달싹이다가 갑자기 제자리에 멈춰 섰다. 뒤를 따라오던 풍신은 하마터면 그대로 사련을 들이받을 뻔했다.

"뭡니까?"

말을 내뱉고 보니, 특별히 대답을 들을 필요가 없었다.

가루 같은 은빛이 앞쪽 허공을 뒤덮은 채 찬란하게 떠다니고 있었다. 누군가가 하늘에서 은가루를 담은 보석함을 뒤엎은 듯한 풍경이었다.

사련은 모정을 내려 두고 앞으로 걸음을 옮겼다. 손을 뻗자 제법 큼직한 은빛 부스러기가 손끝에 닿아 왔다. 사련은 그 조각을 손에 쥐고 천천히 눈앞으로 가져왔다.

나머지 두 사람도 앞으로 가까이 다가왔다. 풍신이 입을 뗐다.

"이, 이건……."

모정이 단도직입으로 말했다.

"사령나비…… 부스러기?"

너무 직접적인 화법이 불만이었는지 풍신은 또 눈을 부라렸다. 사련은 희미하게 떨리는 손으로 옅게 빛나는 은빛 날개 부스러기를 손에 쥐고는 한숨을 내쉬었다.

풍신이 머리를 긁적이며 말했다.

"좋게 생각하면, 정말로 용암에 빠진 게 아니라 여기 왔었다는 뜻이 되겠네요."

모정이 한쪽을 가리키며 말했다.

"그다음엔 저기서 누군가와 맞붙었고. 그것도 거하게."

손가락을 따라 시선을 옮긴 사련은 눈을 크게 떴다.

사면팔방을 감싼 암석에 끔찍한 칼자국이 무성했다.

그건 액명의 흔적이었다.

모든 흔적이 뼈에 사무칠 듯 깊기도 깊었다. 화성이 싸우는 모습이라면 사련도 본 적이 있었다. 다만 그의 풍격은 늘 여유롭고 무심했다. 무기를 다룬다기보다는 장난감 칼을 쥐고 놀리는 것처럼. 그런데 이 칼자국은 살기만 가득했다. 상대가 얼마나 강적이었는지, 이 전투가 얼마나 거칠었는지가 눈에 선했다.

그는 말없이 웅크리고 앉아 주변을 살폈다. 다리 위에는 아무도 추락한 흔적이 없었다. 다리 아래로 몰려들어 환호하는 원령들도 보이지 않았다. 그는 그제야 안심한 마음으로 몸을 일으키곤 대뜸 앞으로 달려갔다. 풍신이 모정을 업고 뒤쫓아 왔다.

"전하!"

사련은 숨을 삼켰다. 조급하고 불안한 제 숨소리를 듣고 싶지 않아서였다. 무술을 다루는 사람에게 흐트러진 호흡은 금기 그 자체였다. 몸에 부담을 줄뿐더러 심리적인 안정까지 무너뜨리기 때문이었다. 하지만 숨을 참아도 별 소용이 없었다. 하다 못해 손발을 벌벌 떨며 달리다가 걸음이 삐끗해 몇 바퀴를 구르고는 다리 아래로 떨어질 뻔했다. 보다 못한 풍신과 모정이 조심하라며 목소리를 높였다. 문득, 사련은 입을 열었다.

"무슨 소리지?"

그는 다시 우뚝 멈춰 서서 두 사람을 돌아보았다.

"다들 들었어? 무슨 소리 들리지 않았어?"

풍신과 모정이 나란히 대답했다.

"네, 들었습니다!"

무기가 맞부딪는 소리와 법력이 충돌하는 굉음. 심지어 통천교까지 희미하게 진동하고 있었다. 앞으로 펼쳐진 새카만 어둠 속에서 빛이 점멸하듯 번득였다.

누군가 앞쪽에서 싸우고 있다!

사련은 서둘러 앞으로 달려들었다. 뒤에서 풍신이 가만히 중얼거렸다.

"환장하겠네. 부디 제천 신선들이 혈우탐화를 보우해야 할 텐데. 저러다 전하가 미쳐 버리겠어!"

"헛소리는. 우리가 제천 신선들인데도 보우 못 하잖아. 빨리 쫓아가자! 저렇게 휘청휘청 달리다간 놈을 찾기도 전에 자빠지겠다!"

사련은 숨 참는 것도 잊고 자신의 흐트러진 숨소리를 들으며 대여섯 리를 내달렸다. 커다랗게 굽이치는 다리를 지나고 또 지나, 마지막 굽이진 길을 돌았을 무렵 별안간 눈앞이 환해졌다.

허공에 떠오른 통천교 끝에서 붉은 인영과 새하얀 인영이 악전고투를 치르고 있었다.

늘씬한 은빛 곡도를 쥐고 섬광이 번득이듯 신출귀몰하게 움직이는 붉은 인영은, 바로 화성이었다. 그는 웃음기 없이 냉랭하게 집중한 얼굴을 하고 있었다. 준수하고 창백한 뺨에 붉은 혈흔이 묻어 냉랭하면서도 묘하게 아름다웠다. 새하얀 인영은 당연히 백무상이었다. 그는 여전히 희비면으로 얼굴을 가린 채, 어디서 가져왔는지 모를 장검을 들고 있었다. 다만 그 가면은 사련이 예전에 봤던 모습과 전혀 달랐다.

가면 가운데에 금이 가 있었다.

어찌나 심하게 갈라졌는지 못 본 체할 수가 없을 정도였다. 이마 중심부터 눈 아래 뺨까지 일직선으로 갈라진 가면은 당장이라도 조각조각 부서질 것만 같았다.

두 사람은 깃털 같은 체술로 요기를 뿜으며 움직였다. 그러나 공격에 담긴 힘이나 기세는 압도적으로 무거웠다. 검과 곡도가 난무하듯 허공을 갈랐다. 용암 위아래로 대치한 사령나비와 원령들도 서로 거칠게 포효하고 있었다. 무기가 맞붙을 때마다 용암이 거친 파도를 일으키니 다른 사람들은 가까이 다가갈 엄두조차 내지 못했다.

뒤쫓아 온 풍신과 모정은 이 광경에 놀란 나머지 제자리에 꼼짝없이 붙박였다.

어느 무신이든 이런 전투를 보게 된다면 마음이 뒤흔들릴 터였다.

화성이 무사한 것을 보고 나서야 목구멍까지 올라온 사련의 심장이 겨우 내려앉았다. 마음 같아선 당장 뒤로 드러누워 마구 소리를 지르고 싶었지만, 가까스로 참았다. 고수들의 싸움은 잠깐만 방심해도 승부가 갈리기 마련이다. 하물며 이는 당대의 두 절경귀왕이 벌이는 교전이 아니던가.

백무상의 뒤편 멀찍이 한 사람이 서 있었다. 다름 아닌 국사였다. 백무상이 여기로 데려온 게 틀림없었다. 국사 역시 사련 일행을 보고, 안심한 기색이면서도 섣불리 목소리를 내지 못했다. 반면에 인기척을 느낀 화성은 날카롭게 곤두선 신경과 표정을 누그러뜨리곤 비로소 활짝 웃어 보였다.

"이번에도 실패한 모양이군. 전하께서 오셨다. 게다가 두 사람 모두 무사히 데려오셨어."

사련은 끝내 참지 못하고 외쳤다.

"삼랑!"

"형."

화성이 고개를 살짝 틀고 화답하더니, 이내 경고가 담긴 어조로 말을 이었다.

"형, 다음에 또 혼자 뛰어내리면 정말 화낼 줄 알아."

사련이 받아쳤다.

"다음에 또 나 따라서 뛰어내리면 내가 더 화낼 줄 알아!"

"……."

그러자 화성의 표정이 굳어졌다. 사련의 이 말에 진심으로 흠칫한 기색이었다. 하물며 백무상을 마주쳤을 때도 이렇게 위축된 표정은 짓지 않았다. 백무상은 위로 도약해 화성을 공격하면서 사련을 향해 말했다.

"선락, 일이 순조롭게 풀렸으니 나는 거들떠보지도 않겠다는 것이냐?"

액명 칼자루에 달린 은빛 눈동자가 사련을 흘끔 쳐다보더니 실성한 양 되록거리기 시작했다. 화성은 액명을 앞으로 뻗어 백무상의 장검을 가로막았다. 쩍, 소리와 동시에 사련의 심장이 내려앉았다.

그건 무기가 부러지는 소리였다.

다들 소리가 들려온 곳으로 시선을 옮겼다. 화성이 든 곡도는 무사했다. 그에 반해 칼날에 부딪친 백무상의 장검은 요란하게 두 쪽으로 부러졌다.

액명 칼자루에 달린 눈동자는 사련을 흘끔대며 정신없이 굴러다녔다. 사련의 앞에서 실력을 뽐내 한껏 뿌듯한 모양새였다. 화성은 하핫, 웃음을 흘리곤 느긋하게 입을 열었다.

"괜찮아. 형, 너무 걱정하지 마."

사련에게 한마디 건넨 화성은 이어서 백무상에게 반문했다.

"왜 네놈을 거들떠봐야 하지?"

백무상은 짧게 코웃음을 쳤다. 지켜보던 국사는 백무상이 격분할까 봐 걱정이었는지 참다못해 외쳤다.

"이봐, 젊은이! 방자한 말은 삼가게!"

그런데 한층 오만방자한 말이 이어질 줄 누가 알았을까. 화성은 한 손으로 액명을 쥐고 서슬 퍼런 칼끝으로 백무상을 겨누며 싱긋 웃었다.

"그래 봐야 질투에 눈먼 늙다리밖에 안 되는데."

이제 국사는 화성의 가식적인 웃음을 지적할 힘도 없었다. 풍신과 모정도 경악했다. 저 인간, 간이 커도 정도가 있지!

군오가 되었든 백무상이 되었든, 누가 감히 이 존재들 앞에서 함부로 입을 놀린단 말인가!

하지만 그게 화성이라면 인정할 수밖에 없었다. 군오든 백무상이든 이런 말을 듣고서도 화성만큼은 건드리지는 못할 테니까.

풍신의 등에서 내려온 모정은 걸음을 떼곤 나직하게 중얼거렸다.

"어쩐지…… 군오가 혈우탐화와 엮일 때마다 최대한 상대하지 말고 피하라고 했던 이유가 있었군."

이때, 어렴풋하게 흔들리는 흰 그림자가 액명의 칼날 앞에 나타났다. 사련은 그 정체를 알아채곤 다급하게 외쳤다.

"삼랑, 베면 안 돼!"

태아령!

그가 똑똑히 봤으니 화성도 마찬가지일 터였다. 화성은 칼끝을 물 흐르듯 비틀어, 흰 덩어리를 찍어 내리는 대신 멀리 튕겨 버렸다. 동공을 날카롭게 조였던 풍신은 태아령이 무사한 것을 보고 겨우 이성을 붙들었다.

"냉큼 이리 와!"

화성은 태아령을 풍신 쪽으로 날려 보낸 참이었다. 풍신은 앞으로 다가가 태아령을 받아 냈다. 호통을 들은 태아령은 몇 가닥 없는 머리털을 바짝 곤두세우곤 목을 그르렁대더니, 풍신의 손에 잡히자마자 몸부림치며 그를 마구 물어뜯었다. 풍신은 목에 핏대를 세웠다.

"염병! 놈을 보면 달라붙고 날 보면 물어뜯고, 대체 누가 네 아비냐!"

모정이 불쑥 말을 얹었다.

"그 애를 아들 취급한 적은 있고? 이름 한번 제대로 불러 준 적이나 있냐?"

이 말에 풍신은 당황한 듯 중얼거렸다.

"그게……."

한편, 사련은 얌전히 지켜보는 것을 포기하고 두 사람에게 재빨리 당부했다.

"둘 다 몸조심하고 있어. 난 저쪽으로 가 볼게!"

모정이 나직하게 말했다.

"전하부터 조심하시죠! 몸에 아직 주가가 있잖습니까……."

움찔한 사련은 무의식중에 목을 감싼 주가를 더듬었다. 어쩐지 백무상이 주가로 자신을 위협하지는 않으리라는 직감이 들었다. 그는 설명할 겨를도 없이 앞으로 내달렸다. 붉은 인영과 흰 인영이 사납게 맞붙고 있었다. 잠시 전투를 지켜본 그는 섣불리 끼어들지 말자는 결론을 내렸다. 그러곤 약야를 휘둘러 국사를 휘감아 자기 쪽으로 데려왔다.

"스승님! 괜찮으세요?"

국사는 이마에 맺힌 식은땀을 훔치며 대답했다.

"……괜찮습니다!"

"괜찮으신데 왜 그렇게 땀을 흘리세요?"

"저 말버릇 나쁜 혈우탐화 녀석 때문에 놀라서 그런 거 아니겠습니까?"

이때 풍신과 모정이 기합하는 소리가 또다시 들려왔다. 사련은 고개를 들었다. 저 멀리 보이는 백무상의 팔이 맥없이 늘어져 있었다.

한쪽 팔에 상처를 입은 것이다.

그는 피범벅이 된 손바닥을 뒤집어 보곤 한숨을 섞어 웃었다.

"……이 정도로 다쳐 보는 것도 오랜만이군."

사련은 불안한 예감이 들었다.

"스승님, 저건…… 화난 건가요?"

누가 뭐래도 국사는 지금 이 세상에서 백무상을 가장 잘 아는 사람이었다. 그가 입을 뗐다.

"아니…… 화난 것보다 더 낭패로군요. 아무래도…… 즐거워진 모양입니다."

잠시 침묵한 백무상은 화성을 돌아보며 흥미롭다는 어조로 물었다.

"네 그 곡도, 없어진 한쪽 눈으로 제련해 낸 것이지?"

화성은 대답해 줄 마음이 눈곱만큼도 없어 보였다. 반면 사련의 심장은 덜컥 튀어 올랐다.

액명이 평범한 곡도가 아니라는 것쯤은 첫눈에 알아보았다. 어쩌면 화성이 잃은 눈으로 제련해 낸 물건일지도 모르겠다고 내심 짐작하기도 했다. 그런데 백무상이 저렇게까지 확신하다니. 설마, 정말 사실일까?

미간을 좁힌 국사가 불쑥 입을 열었다.

"그래, 생각났다."

사련이 물었다.

"뭐가요?"

"아까 두 사람이 이런 얘기를 했거든요. 몇백 년 전 동로산에 악귀가 왔었다고."

모정이 입을 열었다.

"동로산에 온 악귀라면 적어도 몇만 마리는 될 텐데요."

"어디서 끼어들어! —그 악귀는 죽은 지 얼마 안 된 젊은 귀신이었습니다. 심지어 동로산에 도착했을 때는 곧 사라지기 직전이었지요. 그런데도 아득바득 동로산까지 날아온 모양이었습니다."

무슨 영문이었을까, 사련의 심장이 쿵쿵 널뛰기 시작했다.

"곧 사라지기 직전이요? 어째서요?"

"심한 상처 때문에 혼백이 산산이 부서진 것 같았습니다. 의식도 반쯤은 몽롱했지요. 그런데 계속 떠나지 않을 겁니다, 떠나지 않을 겁니다, 그리 중얼거리면서 허공을 떠돌았어요. 염원을 이루지 못해 미련이 남았던 게지요. 좌우간, 그해 동로산이 열리면서 예상치 못한 일이 일어났습니다."

사련은 '떠나지 않을 겁니다'라는 말에 어쩐지 가슴이 뭉클하면서도 서글퍼졌다. 이윽고 그가 물었다.

"어떤 일인데요?"

"동로산에 만귀만 몰려든 게 아니라 산 사람들까지 끼어들었습니다."

"산 사람들이요?"

국사가 말을 이어 갔다.

"동로산은 요괴와 귀신만 득실득실한 곳이지 않습니까. 웬만한 인간은 그대로 놈들의 먹이가 될 수밖에 없지요. 한데 그 악귀는 무슨 까닭인지 산 사람들을 어영부영 이끌고 며칠 밤낮을 도망쳤습니다. 그러다 결국엔 만귀에게 둘러싸여 막다른 길에 몰리고 말았고, 요괴들은 악귀와 산 사람들을 모조리 잡아먹으려 했지요."

외로이 동로산을 떠돌았던 그 망령은 바로 화성일 터였다.

그리 확신한 사련은 계속해서 캐물었다.

"그래서요? 목숨을 건질 방법이 있었습니까?"

"있었습니다. 피로 무기를 제련해 포위를 빠져나가는 방법."

모정은 결국 또 한마디 끼어들었다.

"그 상황에서 가장 믿음직한 제물은 바로……."

곤경에 빠진 산 사람들!

풍신과 모정은 백무상과 악전고투하고 있는 화성을 바라보았다.

"설마…… 설마, 놈이……."

사련도 숨을 죽였다. 국사가 말을 받았다.

"그래요, 손을 댔습니다."

풍신과 모정의 얼굴이 착잡하게 물들었다. 하지만 사련은 국사의 말이 이어지기만을 기다렸다. 아니나 다를까, 국사가 계속해서 말했다.

"자기 자신에게 말입니다. 갑자기 미쳐 날뛰더니 제 눈 하나를 파냈지요."

"……."

"그 악귀는 산 사람들을 죽일 뻔했지만 어째서인지 끝끝내 건드리지 않고 자기 눈을 바쳐 피의 무기를 제련해 냈습니다. 숨만 겨우 붙어 있었으니 눈을 파내면 완전히 무너져야 정상인데, 무슨 계기가 있었는지는 몰라도 오히려 의식을 회복했지요. 그렇게 정체 모를 무기를 제련해 그 전투에서 승리했습니다. 게다가 기이한 일이 하나 더 일어났지요."

사련은 가까스로 평정심을 유지했다.

"무, 무슨 일이요?"

"그 전투가 끝나고 하늘에서 내려온 천겁이 동로산을 내리쳤다는군요. 그게 무슨 뜻인지 아시겠습니까?"

구태여 설명할 필요가 있을까?

하늘이 내리는 천겁. 즉, 하늘은 동로산에 등선할 만한 인물이 있다고 판단한 것이다.

사련은 국사를 붙들고 물었다.

"누군데요? 누가 등선했나요?"

"저도 들은 얘기일 뿐입니다. 다만 상천정에는 동로산 출신 신관이 없지 않습니까. 그러니 둘 중 하나가 되겠지요. 이 얘기가 순전히 허풍이거나, 아니면……."

하늘의 선택을 받은 그 인물이 천계를 거부하고 아래로 뛰어내렸거나.

모정은 못 믿겠다는 얼굴로 아연실색했다.

"귀신의 몸으로 등선을? 그게 가당키나 합니까? 거기에다 등선을 거부하고 뛰어내렸다고요? 설마 놈 얘기입니까? 그때라면 놈이 막 동로산에 들어갔을 시기잖습니까. 하다못해 아직 '절'도 아니었을 텐데요? 그렇게 뛰어내렸다간…… 생사도 보장할 수 없잖아요? 그런데 대체 왜 그랬답니까?"

어떻게 그런 극단적인 선택을 할 수가 있지?

이때 문득, 사련의 귓가에 백무상의 한숨 소리가 들려왔다.

"선락, 무척이나 충실한 신도를 두었더구나."

말끝이 떨어지기 무섭게, 갈라진 희비면이 불현듯이 사련의 눈앞에 나타났다.

백무상이 순식간에 코앞까지 날아들 줄은 꿈에도 몰랐다. 사련의 두 눈동자 속에 그의 모습이 선명하게 엇비쳤다. 약야는 털을 바짝 곤두세운 것처럼 꿈틀거리다 이내 몸을 움츠렸다.

약야의 잘못은 아니었다. 늘 그러했듯 현명한 판단을 내렸을 뿐. 약야는 공격해도 소용없는 적을 만나면 먼저 포기할 줄 알았다.

가면을 쓴 채 웃은 탓인지, 백무상의 희비면이 한층 깊게 갈라졌다.

곧이어 액명의 칼날이 그의 목을 스쳤다. 백무상은 간발의 차이로 화성의 일격을 피했다.

그는 휑하니 끊긴 통천교의 가장 높은 꼭대기에서 모습을 드러냈다. 손을 높이 치켜든 채 그가 입을 열었다.

“긴장할 것 없다. 내 물건을 도로 챙겨왔을 뿐이니.”

투명한 옥처럼 차갑고 새카만 장검이 그의 손에 들려 있었다. 세로줄처럼 길게 새겨진 은빛 상감이 눈에 띄는 검이었다. 사련은 무심결에 등을 더듬었다. 아니나 다를까, 등에 멘 방심이 사라지고 없었다.

방심은 본디 오용 태자의 패검이다. 백무상은 자신의 패검을 가져간 것이다.

한 조각, 두 조각, 세 조각. 천천히 조각난 창백한 가면은 끝내 말끔하게 부서져 내렸다. 이윽고 가면에 가려진 얼굴이 드러났다. 몸에 걸치고 있던 상복도 타오르는 불꽃 안에서 흰 갑옷으로 탈바꿈했다.

마침내 ‘백무상’이 가면을 벗고 ‘군오’로 둔갑했다.

모두가 숨을 죽이고 신경을 곤두세웠다.

분명 이 형태가 훨씬 강하리라는 것은 짐작할 필요조차 없었으므로.

국사가 화성을 향해 고함쳤다.

“젊은이, 적을 얕잡아 보지 말게! 저 형태는 백무상이었을 때보다 녹록지가 않아! 거기에다 방금까지는 무기 덕을 봤다지만 이제는 그러지도 못할 것이네!”

과연, 군오의 상처가 희미하게 빛나더니 언제 다쳤냐는 듯 새롭게 탈바꿈했다. 그는 국사를 흘긋 쳐다보곤 미소를 지었다.

“내가 버젓이 보는 앞에서 공략법을 일러 주다니. 살려 뒀더니 갈수록 담이 커지는구나.”

경고의 뜻이 넌지시 느껴지는 미소였다. 국사는 입을 다물고 군오를 직시했다. 사련이 말했다.

“걱정 마세요. 삼랑은 백무상을 얕본 적 없으니까요.”

사련은 누구보다도 잘 알았다. 화성은 내내 오만하게 웃고 있었으나 한시도 손에서 긴장을 푼 적이 없었다.

군오는 검 끝을 가만히 바라보며 냉담하게 중얼거렸다.

“주심, 오랜만이구나.”

방심— 이제는 주심이라고 불러야 할 그 검이 군오의 손안에서 나직하게 공명했다.

사련은 그동안 방심이 나이가 들어 어느 날 갑자기 부러질지도 모른다고 생각했었다. 그런데 옛 주인의 손에 돌아가고 나니, 자신이 들고 있을 때와는 기세가 전혀 달랐다.

주심과 액명이 맞부딪칠 때마다 통천교가 당장이라도 용암 속으로 무너질 듯 송두리째 진동했다. 군오의 힘과 속도는 아까와는 확연히 다르게 날개를 달았다. 화성은 여전히 밀리는 법이 없었으나 미간을 찌푸리고 안색을 한층 사납게 굳혔다. 멀리서 관전하고 있는 네 사람도 간담이 서늘해졌다.

군오가 내내 화성의 오른눈만 노리고 공격한 탓이었다.

연신 아슬아슬하게 공격을 막은 화성은 군오가 똑같은 수를 거듭하고 있음을 알아챘다. 화성의 약점인 오른눈을 노리고 그마저 파내려는 심산 같았다. 공격이 이어지는 족족 화성도 전력을 다해 막아 냈다. 긴 공방전으로 이어진다면 이대로 발목이 묶일 터였다.

액명에 달린 눈동자가 위험을 느끼고 길길이 날뛰었다. 흑옥 같은 검날이 다시 한번 몰아쳤다. 이때 챙, 하는 맑은 소리가 울려 퍼졌다. 그러자 화성이 일격을 가로막기도 전에 군오가 먼저 검을 거두었다.

사련의 흰 도포가 화성의 앞을 가로막고 있었다.

그가 주심의 살기등등한 검날을 일격에 튕겨 낸 것이다.

인내심이 바닥난 사련은 결국 전투에 끼어들고 말았다. 그는 맨손으로 공격을 흘려보내는 체술에 일가견이 있었지만, 이렇게 사나운 일격은 처음이라 가볍게 튕겼는데도 팔이 반쯤 마비된 기분이 들었다. 특히 손바닥이 심하게 얼얼했다. 뒤로 물러서서 손을 몇 번 털고 나서야 감각이 돌아올 정도였다. 화성이 그의 뒤에서 입을 열었다.

“형?”

“같이 싸워!”

두 사람은 등을 맞대고 서서 각자 다른 방향을 날카롭게 노렸다. 이를 본 군오의 웃음기가 한층 깊어졌다.

“오?”

사련이 나직하게 말했다.

“넌 위쪽, 난 아래쪽!”

말끝이 떨어지기 무섭게 두 사람은 위아래로 갈라져 군오를 공격했다. 군오의 초식을 파악하고 있던 사련은 어떤 움직임이 이어질지 예감하고 본능적으로 외쳤다.

“휘둘러!”

화성은 사련의 말대로 곡도를 둥글게 휘둘렀다. 아니나 다를까, 군오는 하마터면 수에 걸려들 뻔했다. 사련이 거듭 외쳤다.

“장력!”

이번에도 화성은 사련의 말대로 액명을 거두고 맨손에 법력을 끌어모아 장력을 날렸다. 군오는 어깨에 장력을 맞고 가볍게 비틀거렸다. 그의 몸놀림이 기민하지 않았더라면 두 번 모두 급소를 맞았을지도 몰랐다. 그렇게 접전이 이어지던 와중, 사련은 문득 깨달았다. 당세의 ‘절’인 화성에게 자신이 이래라 저래라 참견할 필요가 있을까? 제 버릇 개 못 준다고, 저도 모르게 옛 버릇이 도져 무례한 짓을 저질러 버린 것 같았다. 사련이 황급히 외쳤다.

"미안! 내 말은 무시해도 돼!"

하지만 화성은 눈웃음을 지으며 말했다.

"최선책을 짚어 주는데 왜 무시해?"

이때 화성이 딛고 있던 다리가 별안간 부서져 내렸다. 사련은 화성이 추락하기 직전에 약야를 던져 그를 휘감고 제 쪽으로 끌어당겼다. 곧이어 사련의 목덜미가 서늘해졌다. 뒤편에서 나타난 군오가 한 손으로 그의 어깨를 짚고 말했다.

"선락, 실력이 제법이로구나."

심히 가까운 거리에 사련은 등골이 오싹해졌다. 화성이 외쳤다.

"형!"

화성이 왼손을 휘두르자 액명이 둥근 호선을 그리며 날아왔다. 사련은 기민하게 고개를 숙였다. 그의 머리 위를 스친 액명이 뒤편의 군오에게로 날아들었다. 군오는 그제야 사련의 어깨를 짚은 손을 치웠다. 사련은 이 틈을 놓치지 않고 화성 쪽으로 도약했다. 액명도 빙글 선회하며 화성의 손으로 되돌아왔다. 한 치의 오차 없는 완벽한 협공이었다. 어찌나 숨 막히도록 빠른 몸놀림이었는지, 남들의 눈에는 섬광처럼 번득이는 그림자만 보였을 정도였다. 군오의 웃음소리가 동굴 천장에 메아리쳤다. 이내 그는 두 사람을 격려하듯 말했다.

"좋다. 훌륭해! 계속해라!"

모정은 다리가 무너진 곳을 피해 아슬아슬하게 자리를 옮기곤 오싹한 심정으로 물었다.

"국사! 저…… 저래도 괜찮은 겁니까? 웃고 있는데요?"

"내가 말하지 않았느냐! 화난 것보다 기분 좋은 게 더 문제라고! 이제 시작일 뿐이다!"

주심을 손에 쥔 군오는 날개를 단 범처럼 펄펄 날았다. 그는 끈질기게 화성의 오른눈을 노렸다. 심장이 덜컥 내려앉은 사련은 약야를 내던져 주심 칼자루를 옭아맸다. 그런데 누가 알았으랴. 군오가 손을 뒤로 당기자, 사련의 몸이 송두리째 떠올랐다.

사련은 놀란 마음을 빠르게 가라앉혔다. 애초에 검을 빼앗을 생각이었으니 지레 겁먹을 필요는 없었다. 검을 노리고 덤벼드는 그 짧은 찰나에 수백 번 맞붙을 초식까지 머릿속으로 예행연습을 마친 뒤였다. 그런데 허공을 가르고 날아가던 도중, 난데없이 한 손이 그를 뒤로 잡아끌었다. 바닥에 착지하고 보니 앞을 가로막은 화성이 보였다. 그리고 화성의 가슴을 꿰뚫은 흑옥 같은 검날이 눈에 들어왔다.

이 광경에 사련은 숨이 턱 막혔다.

"삼랑?"

화성의 안색이 어두웠다. 사련이 주심 칼날로 덤벼들기만 기다리고 있던 군오는 계획이 틀어지자 다소 실망한 기색으로 검을 거두고 물러섰다. 물론 화성은 가슴에 주먹만 한 구멍이 뚫려도 멀쩡하게 움직이는 귀신이었으나, 사련은 이 사실조차 깜빡 잊고 말았다. 걱정이 앞선 그는 피도 흐르지 않는 화성의 상처를 양손으로 틀어막았다.

"삼랑…… 갑자기 왜 그랬어?"

"또 내 앞에서 저 검에 찔리는 꼴을 어떻게 봐?"

왠지 모를 격분한 어조에 사련은 조금 멍해졌다. 이때 군오의 온화한 목소리가 들려왔다.

"선락, 무얼 그리 슬퍼하느냐? 이미 죽어 버린 망자라 고통 따위 느끼지 않는 것을."

"……."

하필 지금 그 사실을 일깨워 주다니.

사련은 매섭게 그를 돌아보았다. 가슴속에 뜨거운 울분이 치밀었다.

"전부 네 탓이잖아?"

군오는 차갑게 비웃을 뿐이었다.

"전부 내 탓이다?"

그가 되묻자, 사련은 한순간 말문이 막혔다.

군오가 말머리를 돌렸다.

"그럴지도 모르지. 그런데 선락, 인간계를 오래 떠도느라 네 과거를 잊은 것이냐? 선락국이 멸망하고 네가 무슨 짓을 저질렀는지 기억은 하느냐?"

"……."

그는 의미심장하게 웃으며 천천히 말을 이었다.

"'무명'이라는 망령, 기억하느냐?"

삽시간에 사련의 안색이 희게 질렸다. 그가 덜컥 외쳤다.

"그만!"

국사는 어쩐지 나쁜 예감이 들었다.

"전하, 저게 무슨 소립니까? 선락국이 멸망한 뒤로 뭘 하셨길래요?"

사련은 까닭 모를 두려움에 휩싸인 채 화성과 군오를 번갈아 쳐다보았다. 격분했던 표정도 가시방석에 앉은 듯 불안하게 변했다. 화성은 곧장 사련을 잡아채곤 낮은 목소리로 말했다.

"괜찮습니다, 전하. 겁내지 마세요."

풍신도 말을 보탰다.

"그래요, 일단 진정하십쇼!"

모정이 예리하게 캐물었다.

"저게 무슨 소립니까? 망령? 무슨 망령이요?"

하지만 어떻게 진정할 수가 있겠는가?

그건 사련이 일생에서 가장 꼴사나웠을 때였다. 그간 자신이 저지른 짓 가운데 가장 후회하는 일이라, 본인조차 회상할 용기가 나지 않았다. 빙긋이 웃고 있는 창백한 가면. 그 가면을 떠올리는 것만으로도 밤새 잠을 이루지 못하고 뒤척이곤 했다. 그때마다 이대로 쪼그라들어 사라져 버리고픈 심정이 들었다.

찬란한 영광을 누리고, 전쟁에 패해 낙담하고, 얼빠지게 바보짓을 하고, 살림에 쪼들리고. 이런 사련의 모습이라면 화성도 본 적이 있었다. 그건 아무래도 좋았다.

하지만 진창에서 구르고, 험한 욕을 퍼붓고, 원한에 사무치고, 복수를 위해 영안국을 멸하려 이를 갈았던 사련. 심지어 두 번째 인면역을 퍼트리려 했던 사련의 모습은 본 적이 없을 것이다.

차마 돌이켜볼 자신이 없는 과거였다. 예전이었으면 백무상이 아무리 떠벌려도 그러려니 했을 것이다. 하지만 지금은 자신의 과거를 알게 된 화성이 어떤 표정을 지을지 전혀 알고 싶지 않았다.

애초에 그는 화성이 생각하는 것만큼 좋은 사람이 아니었으니까. 털어서 먼지 한 톨 나오지 않는 완전무결한 사람이 아니었으니까. 화성이 조금이라도 놀란 기색을 보인다면, 그는 한평생 부끄러운 마음에 화성을 마주하지 못할지도 몰랐다.

그런 생각이 들자 사련의 낯빛이 걷잡을 수 없이 창백해졌다. 이마에 식은땀이 배어 나오고 손이 희미하게 떨려 왔다. 이 모습을 지켜보던 화성이 손에 한층 힘을 주었다. 그가 단호하게 말했다.

"전하, 두려워하지 마세요. 기억하십니까? 한없는 영광을 누리는 것도 너고, 먼지 속으로 추락한 것도 너라고. 중요한 건 '너'지, '어떤' 너인지가 아니라고. 전 무슨 일이 있어도 당신 곁을 떠나지 않아요. 제겐 뭐든지 털어놓으셔도 됩니다."

말을 마친 그는 부드러운 목소리로 덧붙였다.

"전하께서 제게 그리 말씀하셨잖습니까."

사련은 가까스로 마음을 다잡았다. 그러자 군오가 픽 웃으며 느긋하게 입을 뗐다.

"'무슨 일이 있어도 당신 곁을 떠나지 않는다'라. 한때 내 가장 충실한 신도이자 절친한 벗들도 그리 말했었지."

국사의 표정이 희미하게 변했다. 군오도 그를 짧게 흘겨보곤 말을 이었다.

"다만 너도 보았다시피, 실제로 그런 일은 일어나지 않았어."

국사는 차마 군오를 쳐다보지 못하고 고개를 피했다. 화성이 사련에게 말했다.

"절 믿으세요, 전하. 제가 못 미더우십니까?"

불신의 문제가 아니었다.

용기가 나지 않을 뿐.

끝내 사련은 목울대를 꿈틀거리곤 억지로 웃어 보였다. 그러다 웃을 때가 아니라는 생각이 들어, 고개를 푹 숙이고 떨리는 목소리로 운을 뗐다.

"……삼랑, 일단…… 미안해. 난, 어쩌면……."

그를 가만히 응시하던 화성도 입을 달싹였다.

"사실……."

말이 이어지려던 찰나, 두 사람은 눈앞으로 끼쳐 오는 강렬한 살기를 피해 나란히 뛰어올랐다. 사련은 정신을 가다듬었다. 희게 질렸던 얼굴도 조금 가라앉았다.

"어떻게 된 거지? 왜 갑자기……."

더 빠르고 강해졌지?

지금 군오는 백무상의 모습이었을 때보다 속도와 힘을 절반 남짓 더 끌어올린 것 같았다. 그뿐만이 아니었다. 날아드는 일격마다 무섭게 성장하는 속도가 느껴졌다.

이상을 느낀 모정이 사련에게 외쳤다.

"전하! 놈이 계획을 바꿨습니다! 혈우탐화가 아니라…… 전하를 공격하고 있어요!"

물론 사련도 이 사실을 알고 있었다. 그의 유일한 무기인 약야는 방심을 보자마자 정면으로 반격하지 못하고 움츠러들었다. 다행히 액명이 군오의 공격을 빈틈없이 막아 주었다.

128장 부서진 갑옷과 끊어진 주가

방심검이 위협적인 기세를 내뿜었다. 멀리서 지켜보고만 있는 세 사람도 간담이 서늘할 지경인데, 이런 공격에 연신 밀리고 있는 사련은 오죽할까?

아까까지만 해도 화성은 혼자서 여유롭게 백무상을 상대했다. 그런데 군오가 등장한 뒤로는 두 사람이 손을 잡아야 겨우 맞비길 수 있었다. 군오에게 유리한 동로산의 법력이 차츰 진가를 발휘하기 시작한 것이다. 이쪽을 묵직하게 내리찍는 위압감마저 어렴풋이 느껴졌다.

게다가 군오가 온몸에 두른 흰 갑옷은 그가 손수 제련한 천년 묵은 법보인지라, 뚫리지 않는 방패에 가까웠다. 몸은 걱정이 없으니 머리만 보호하면 그만이었다. 화성은 무서운 속도로 정확하게 곡도를 휘둘렀다. 사련도 빈틈을 놓치지 않고 군오의 목과 명치, 등, 배, 어깨를 공격했으나 상대는 역시나 요지부동이었다.

모정이 목소리를 높였다.

"괜히 힘 빼지 마세요! 소용없습니다! 저 갑옷은 뚫리지 않아요!"

사련이 외쳤다.

"오른쪽 늑골 아래를 노려!"

다시 한번 나선 곡도가 사련의 말대로 늑골을 노렸지만, 역시나 헛수고였다. 모정이 외쳤다.

"소용없다니까요! 일단 어떻게든 거리를 벌리고 저희가 참전하는 게 낫겠습니다! 풍신! 네 활은?"

혀를 날름대며 침을 뱉는 태아령을 잡으려 암석 위로 기어오르고 있던 풍신은 모정의 말을 듣고 대답했다.

"알았어! 금방 갈게!"

그러자 사련이 말했다.

"멈추지 말고! 이대로 오른쪽 늑골 아래를 노려!"

풍신이 받아쳤다.

"전하! 그 엄청난 갑옷은 백 번을 찍어도 안 부서질 겁니다!"

"괜찮아, 내 말대로 해! 그런 건 아무래도 좋으니까!"

화성도 달리 묻지 않고 곡도를 연속으로 내찔렀다. 이때, 칼끝이 닿은 곳에 가느다랗게 금이 갔다.

핏방울이 사방으로 솟구쳤다. 액명의 칼날이 군오의 오른쪽 늑골 밑을 찌른 것이다.

화성은 군오의 앞에서 한 손으로 곡도를 쥐고 냉혹한 눈빛으로 그를 직시했다. 옆에 자리한 사련은 군오가 방어하지 못하도록 약야를 내보내 그의 양손을 옭아맸다.

지켜보던 모정은 놀라움을 금치 못했다.

"이게 말이 돼?"

군오의 천년 묵은 갑옷이 이렇게 맥없이 부서지다니?

사련은 약야를 단단히 붙들고 군오를 노려보았다.

"……잊었어? 우리, 팔백 년 전에도 맞붙은 적이 있었잖아."

풍신과 모정은 문득 기억을 되살렸다.

"두 번째 등선?"

그때 사련은 군오에게 자신을 폄적해 달라고 제안했다. 거기에다 자신과 겨루는 조건도 덧붙였다.

서로 봐주지 않기로 약속한 싸움이었지만, 생각해 보면 군오는 분명 어느 정도 힘을 아꼈을 것이다.

그에 반해 사련은 전력을 쥐어짰다.

당시 사련은 군오를 수천 번 남짓 공격했다. 그중 군오를 제대로 맞힌 공격은 수백 번에 지나지 않았다. 그리고 그중 백 번은 바로 이 자리를 노렸다.

그렇게 수천 번을 끈질기게 매달린 끝에 천년 묵은 갑옷의 철통같은 방어를 뚫고, 군오의 오른쪽 늑골 아래를 찔렀었다.

지금 화성이 곡도로 꿰뚫은 곳이 바로 그 지점이었다.

팔백 년 전, 사련은 이 갑옷 위에 해묵은 상처를 남겨 놓았다.

덕분에 화성은 세 번의 공격만으로 갑옷을 꿰뚫을 수 있었다.

하물며 화성의 곡도는 사련이 생각했던 것보다 날카로웠다. 이런 곡도가 배에 꽂혔으니 중상을 입었을 게 분명했다.

사련이 속으로 한숨을 내뱉은 순간, 국사의 목소리가 들려왔다.

"소용없습니다! 그분은……."

상식적으로 중상을 입으면 움직임이 제한적이기 마련이다. 하지만 군오는 여상한 표정으로 아래를 흘긋 내려다볼 뿐이었다. 사련이 불안을 직감한 순간, 군오의 두 손이 꿈틀거렸다.

이윽고 천이 찢기는 가벼운 소리가 들리나 싶더니, 손이 가벼워졌다.

약야가…… 끊어졌다.

두 갈래로 찢긴 흰 비단이 맥없이 땅으로 떨어져 내렸다. 다음 순간, 한 손이 사련의 목을 움켜쥐고 그의 온몸을 위로 잡아끌었다.

"전하!"

화성의 목소리가 순식간에 멀어졌다. 이내 군오의 목소리가 바로 눈앞에서 들려왔다.

"선락, 내가 칼에 한두 번 찔려 봤을 것 같더냐? 이런 상처를 신경이나 쓸 것 같더냐?"

멀리서 국사의 목소리가 울려 퍼졌다.

"수백 번을 찌른대도 소용없습니다! 이미…… 고통을 느끼지 못하는 몸이니……."

사련이 장검에 심장을 찔리고도 담담하다면, 그건 군오도 마찬가지였다.

군오를 조준하고 있던 풍신은 이 말에 활을 내려놓았다.

"뭐라고요? 그럼 맞혀도 소용없단 얘기잖습니까?"

모정이 말했다.

"다들 눈치 못 챈 나쁜 소식도 하나 알려 주지. 상처를 치유하는 속도도 아까보다 빨라진 것 같아."

"뭐?"

저 너머에 있는 사련도 모정의 말이 사실임을 알 수 있었다.

다른 사람이었으면 당장에 허리가 잘려 나갔을 끔찍한 상처였으나 지금 보니 피도 멎어 있었다. 군오가 입을 열었다.

"그리 놀랄 것 없다. 자주 뒤에서 칼을 맞는데 자력으로 회복하지 못하면 벌써 천백 번은 죽었으려고? 그래도, 확실히 너희 두 사람은 솜씨가 제법이야."

그는 싱긋 웃으며 덧붙였다.

"팔백 년 동안 날 무기로 찌른 사람은 단 두 사람이다. 그게 바로 너희 둘이란 말이지. 혈우탐화, 멀리 떨어져라. 선락이 목 졸려 죽는 꼴 보고 싶지 않으면."

"……."

화성의 안색이 어둡게 가라앉았다. 두 눈동자에선 살기가 흐르고 있었다. 하지만 사련은 지금 목이 졸린 채 통천교 위쪽 허공에 매달린 신세였다. 군오가 손을 놓는 순간, 사련은 까마득한 용암으로 떨어질 것이다. 이윽고 화성이 곡도를 쥔 손으로 뒷짐을 지고 느릿하게 몇 걸음 물러섰다.

자못 침착해 보이는 화성과 달리 액명은 무언의 감정을 드러내고 있었다. 안달이 난 액명은 눈동자를 정신없이 굴리며 사련을 뚫어지게 쳐다보았다. 화성이 통천교 가장자리로 물러서고 나서야 군오가 말했다.

"그쯤이면 됐다."

그는 사련을 움켜쥐고 눈을 마주 보았다. 그러곤 이내 사련을 바위벽으로 사납게 밀어붙였다.

무지막지한 충격에 사련의 머리가 먹먹하게 울렸다. 입과 코에서 흐른 피가 아래로 후드득 떨어졌다. 멀리서 비명이 들려왔으나 누구의 목소리인지 분간이 가지 않았다. 귓가에 들리는 것이라곤 군오의 목소리뿐이었다.

"선락, 벽에 부딪치니 아프냐?"

귀가 멍해진 사련은 그저 묵묵부답이었다. 그러자 군오는 다시 그를 벽에 내리치며 물었다.

"아프냐? 아프냐? 응?"

그는 한마디가 이어질 때마다 사련을 벽으로 내리찍었다. 참다못한 사련은 목청 높여 고함치기 시작했다. 하지만 그가 외친 말은 이랬다.

"삼랑, 오지 마! 괜찮아, 난 괜찮으니까! 절대 오면 안 돼!"

적어도 지금은 참아야 했다. 아직은 때가 아니다.

화성은 사련이 처음 벽에 부딪치자마자 이쪽으로 달려들고 있었다. 그러나 두어 걸음 내딛기 무섭게 사련의 말을 듣고 제자리에 멈춰 섰다.

이제 그의 얼굴은 완전히 일그러졌다. 손등에 불거진 핏대가 곧 터질 듯했다. 두 팔도 잘게 떨려 왔다.

군오는 담담한 표정을 지었으면서도 실성한 손길로 사련을 바위벽에 내리치며 거듭 되물었다.

"아프냐? 아프더냐?"

"태자 전하!"

국사가 어느 전하를 외치는지도 모를 노릇이었다. 사련은 피로 흥건한 두 손으로 거친 바위벽을 짚고 악다문 잇새로 고함쳤다.

"……아파!"

군오는 그제야 만족한 듯 웃더니, 사련의 안쓰러운 머리를 놓아주고 그를 바닥에 내려놓았다.

사련은 먹먹하게 울리는 머리를 끌어안고 바닥에 주저앉았다. 눈물이며 핏줄기가 걷잡을 수 없이 떨어져 내렸다. 옆에 웅크리고 앉아 그의 얼굴을 한참 들여다보던 군오는 그의 머리를 쓰다듬고는 얼굴에 묻은 피까지 닦아 주었다.

"……."

아버지가 자신이 흠씬 두들겨 팬 아이 옆에 앉아 다독이는 것처럼 따스하고 자상한 손길이었다. 이 모습을 지켜보던 풍신과 모정은 솜털이 곤두섰다.

"저…… 저거…… 완전히 미친 거 아닙니까?"

곡도를 쥔 화성의 손에서 바드득, 소리가 울렸다. 액명의 눈동자 속 동공이 날카롭게 조여들었다. 눈동자에 핏발이 들어찬 것도 같았다.

사련은 그가 피를 닦거나 말거나 가만히 내버려 두었다. 군오의 혼잣말이 이어졌다.

"어리석은 것. 아프면 뒤라도 돌아보지 그랬느냐? 계속 부딪치다 보면 벽이 무너질 줄 알았더냐? 네가 먼저 방향을 바꾸고 돌아섰어야지?"

"그럴 일 없어."

사련이 대꾸하자 군오가 우악스레 손바닥을 휘둘렀다. 사련은 쿵, 소리와 함께 바닥으로 쓰러졌다.

눈앞이 어찔하게 도는 와중에 군오가 다시 그를 끌어냈다. 인내심이 바닥난 듯한 말투가 이어졌다.

"꼭 그렇게 내 속을 뒤집어야겠느냐? 다시 한번 묻겠다. 돌아서겠느냐?"

기침과 함께 피를 토한 사련이 대꾸했다.

"아니."

온화했던 군오의 표정에 언뜻 금이 갔다. 그 사이로 흉악한 빛이 어른거렸다.

국사의 안색이 파랗게 질렸다. 심상치 않은 공기가 흐르자 그가 다급하게 외쳤다.

"태자 전하! 전하께서 언제부터 그 아이를 죽이려 하셨습니까. 그 아이를 많이 아끼셨잖습니까! 전하께서 하셨던 말씀을 잊으신 겁니까!"

군오가 차갑게 웃었다.

"그래서 나도 팔백 년 동안 내 모든 인내심과 관용을 이 아이에게 쏟아부은 것 아니겠느냐. 아니면 진작에 선경 땅에 묻어 수도 없이 짓밟았겠지."

다시 사련을 돌아본 그가 대뜸 분노를 터뜨렸다.

"그런데 이 아이는 끝까지 제 분수를 몰라. 고집스럽고, 방자하고, 어떻게 구슬려도 내 말을 거부해! 끝까지 나와 맞먹으려 든단 말이다! 싫다고? 좋다. 그럼 네 머리가 터지는 날엔 정말로 벽이 무너질지 한번 보자꾸나!"

그가 또다시 사련을 낚아채자 국사가 황급히 외쳤다.

"태자 전하! 태자 전하! 전하…… 아직 세상 물정을 모르는 아이라 그러니 이번만 너그러이 넘어가 주십시오! 언젠간 전하의 깊은 뜻을 알게 될 겁니다……."

군오는 그를 흘긋 쳐다보고 한층 차갑게 웃었다.

"내가 정녕 미친 줄 아느냐? 날 속일 생각 마라. 세상 물정을 모르는 건 이 아이가 아니라 나라고 생각하잖아?"

국사는 당황한 기색이었다. 군오의 말이 이어졌다.

"일편단심으로 이 아이를 기르고 가르친 것 역시, 순전히 이 아이가 날 뛰어넘길 바라서였겠지. 그래야 내가 틀렸고 자네가 옳았다는 걸, 모두가 옳았다는 걸 증명할 수 있을 테니까. 완벽한 오용 태자의 환영을 마음에 품고 오늘날의 군오를 놓아줄 수 있을 테니까. 그게 바로 네 목적 아니더냐? 내가 네 심사를 모를 줄 알았더냐?"

"아닙니다! 부디 잘잘못과 승패에 집착하지 마십시오. 전 한 번도 그리 생각한 적 없습니다!"

군오는 들은 체도 않고 목소리를 날카롭게 높였다.

"어림도 없다! 잘 들어라. 다들 꿈도 꾸지 마라! 날 뛰어넘을 자는 없어! 이 아이는 더더욱!"

이성을 잃고 폭소한 그는 사련을 쳐들고 바위벽으로 찍어 내리며 거듭 몰아붙였다.

"자, 뒤돌아서겠느냐? 뒤돌아서겠느냐? 이래도 뒤돌아서지 않겠다?"

사련도 실성한 사람처럼 그의 팔을 붙들고 고함쳤다.

"아니! 아니! 안 해!"

사련은 끝까지 군오가 원하는 답을 들려주지 않았다. 끝까지 뒤돌아서지 않았다. 심한 고통에 눈앞이 새하얘졌으나 마음만큼은 이렇게 통쾌할 수가 없었다.

그동안 너무도 오래 참았다. 마치 오늘 같은 기회가 오기만 기다리고 있었다는 듯이, 그는 피범벅이 된 얼굴로 울음을 터트리며 악을 썼다.

"안 해! 아파도, 죽어도, 영원히 돌아서지 않겠어!"

이제는 군오가 아니라 사련이 길길이 날뛰며 군오를 몰아붙이기 시작했다.

군오의 두 눈에 핏발이 섰다. 사련에게 다시 교훈을 새겨 주려던 찰나, 그가 갑자기 움찔하더니 고개를 틀었다. 제 어깨를 내리찍은 장도 하나가 시야에 들어왔다. 나무로 깎은 화살 여덟 대도 등에 빼곡하게 꽂혀 있었다.

장도와 화살은 갑옷을 뚫지 못하니 아무래도 좋았다. 다만, 그의 오른손이 사라지고 없었다.

사련을 붙들고 있던 그 손이었다. 손목까지 반듯하게 잘려 나간 뒤였다. 사련 역시 자취를 감추었다.

다시 고개를 돌린 순간, 무언가가 선득한 바람을 휘감고 정면으로 날아들었다. 그는 왼손을 휘둘러 그 물건을 낚아챘다. 붙잡고 보니 그건 자신의 오른손이었다.

통천교 맞은편. 화성은 피를 뒤집어쓴 사련을 품에 안아 들었다. 곡도를 쥔 손으로는 사련의 어깨를, 다른 손으로는 머리에 난 상처를 감쌌다. 이내 화성이 싸늘하게 입을 열었다.

"더러운 손 가져가."

굴복하지 않는 사련의 모습에 격분한 군오가 끝내 빈틈을 보인 것이다.

군오는 제 오른손을 쥐고 잘린 손목에 이어붙이더니 몇 번 움직여 보고는 등에 꽂힌 화살을 뽑았다. 그러다 문득 무언가를 떠올리고 고개를 돌렸다. 창백한 얼굴로 장도를 쥐고 있는 모정이 눈에 들어왔다. 그와 눈이 마주친 모정은 흠칫하면서도 이를 악물고 정신을 가다듬었다. 하지만 침착하게 가라앉힌 마음은 머지않아 무너지고 말았다.

군오가 제 어깨를 흘겨보더니 싸늘하게 말했다.

"역시, 선락에 비하면 실력이 뒤처지는구나."

이 말에 어렴풋이 동요한 모정은 갑자기 손에 쥔 장도를 떨어뜨리더니 놀란 얼굴로 소매를 걷고 손목을 확인했다. 손목을 감싼 검은 주가가 난데없이 조여들기 시작했다. 온몸의 피가 주가를 향해 모여드는 것처럼 팔목의 핏줄이 불거졌다.

미동도 없이 넋을 놓은 모정의 모습에 풍신이 버럭 고함쳤다.

"뭐 하고 있어? 도망쳐!"

그러자 국사가 넌지시 말했다.

"풍신, 이 녀석아. 다리를 다쳤는데 어떻게 도망치라고?"

풍신은 그제야 흠칫했다.

"환장하겠네!"

이 사실을 까맣게 잊고 있었다!

예전의 모정이었으면 풍신의 말에 기막혀하며 눈을 까뒤집었을지도 모른다. 하지만 지금은 도망쳐도 소용없다. 주가에 속박된 이상, 어디로 도망치든 소용없다!

풍신은 욕을 중얼거리며 한걸음에 달려들었다. 이때 군오가 등에서 뽑은 화살을 풍신에게 내던졌다. 풍신은 가슴께가 서늘해졌다. 아래를 내려다보니, 나무로 깎은 화살 여덟 대가 가슴에 고스란히 박혀 있었다.

군오는 화성과 사련을 향해 천천히 걸음을 옮겼다. 화성은 그를 거들떠보지도 않은 채 사련을 끌어안았다.

"형? 형?"

연달아 심하게 머리를 부딪친 사련은 한참이 흐르고서야 어렴풋이 정신을 차렸다. 아직도 머리가 깨질 듯이 욱신거렸다. 그는 눈도 제대로 뜨지 못하고 입을 달싹였다.

"……삼랑? 괜찮아?"

잠시 시선을 붙박은 화성은 사련을 품속 깊이 끌어안으며 나직한 목소리로 대답했다.

"난 멀쩡해. 형 자신부터 챙겨야지."

사련은 그의 품에 푹 안겨 들었다. 단단히 안겼지만 다친 곳은 조금도 눌리지 않았다. 힘겹게 눈을 뜨자 아수라장이 된 주변 풍경이 눈에 들어왔다.

뻣뻣하게 제자리에 선 모정은 피를 빨아들이는 주가와 맞서 싸우는 것처럼 한 손으로 제 손목을 붙잡고 있었다. 하지만 창백한 안색을 보니 오래 버티기는 힘들 것 같았다.

풍신은 화살에 심장이 꿰뚫리진 않았지만 마찬가지로 중상을 입고 다리 위에 쓰러져 있었다. 태아령은 그를 둘러싸고 환호성을 지르며 펄펄 날뛰더니 뒷발로 풍신의 얼굴을 걷어찼다. 풍신은 열불이 치솟았지만 상처가 악화될 게 뻔하니 꼼짝없이 누워 있어야 했다.

저 멀리 통천교가 차례차례 무너졌다. 그들도 언제 다리와 함께 추락하게 될지 몰랐다.

상황을 파악한 사련이 화들짝 몸을 일으키려 하자, 화성이 그를 부축해 일으켜 주었다. 두 사람은 나란히 맞은편을 바라보았다.

어른거리는 불빛 속, 큼직한 그림자를 끌며 두 사람을 향해 느릿하게 걸어오는 군오의 모습이 유난히도 거대해 보였다. 사련은 눈가와 코에 흐른 피를 우악스레 닦고는 다가오는 인영을 노려보았다.

군오는 주심을 비스듬히 들고 있었다. 영광이 주심의 검날로 줄기차게 흘러들었다. 그는 방금까지 사련을 바위벽에 찍어 누르던 군오와는 전혀 다른 사람처럼 차분하게 입을 열었다.

"선락, 끝내 패할 운명이란 것쯤은 너도 잘 알 터인데."

군오는 사련을 너무나 잘 알았다. 사련의 싸움 방식을 훤히 꿰고 있었고 법력도 사련을 압도적으로 능가했다. 거기에다 전투를 향한 의지도 법력도 군오가 자신보다 강하다는 것을 사련은 벌써 느끼고 있었다. 그의 지반인 동로산마저 강한 법력으로 사련을 내리누르고 있었다.

사련은 속으로 중얼거렸다. 어쩌면 저 말이 맞을지도 몰라. 난 패배할지도 몰라.

하지만 이기지 못한대도 반드시 싸우겠어!

이때, 화성이 입을 열었다.

"아니, 전하는 이기실 수 있다."

사련은 멍하니 그를 바라보았다. 화성도 사련을 마주 보며 말을 이었다.

"이길 수 있습니다. 전하는 놈보다 강하시니까요."

안에서 무언가가 타오르듯, 화성의 눈동자가 밝게 빛났다. 그가 단호하게 말했다.

"절 믿으세요. 놈은 틀렸어요. 전하의 말씀이 옳습니다. 전하의 힘이 더 강해요. 전하는 놈보다 훨씬 강한 분입니다!"

군오는 나직이 웃음을 흘렸다. 화성의 말이 순진하고 우습게 들려서 그랬던 걸까. 어쩌면 운명을 뒤엎을 자신의 거대한 힘에 기분이 유쾌해져서 그런 건지도 모른다.

지금 군오의 손안에는 천만 신도가 바친 신앙의 힘이 흐르고 있었다.

그러나 화성은 사련의 어깨를 붙잡고 말했다.

"그게 뭐 어때서요? 어리석은 신도 천만 명이 무슨 소용입니까? 하나같이 폐물에 불과한데! 전하께선 신도 한 명으로도 충분합니다."

한 명이면 충분하다?

사련이 무어라 대답하기도 전에 화성이 그를 끌어당겼다.

사련의 두 눈이 커다랗게 뜨였다.

폭발적인 법력이 안으로 쏟아져 들어오고 있었다.

그동안 사련이 받았던 그 어떤 법력보다도 강력했다. 사령나비와 원령 떼도 이 무서운 힘을 느꼈는지, 주변 곳곳에서 연달아 폭발하며 날카롭게 아우성쳤다.

사련의 손가락이 경련하듯 움찔거렸다. 떨리는 두 다리도 곧 무너져 내릴 것 같았다. 그만, 싫어. 사련이 속으로 외쳤다. 그러나 화성은 그가 물러서지 못하게 두 손으로 그의 목덜미를 단단히 그러쥐고 한 치의 거절조차 용납하지 않았다.

얼마나 지났을까. 문득 사련의 목덜미가 가벼워졌다. 드디어 화성이 그를 놓아준 것이다. 다리의 힘이 풀린 사련은 맥없이 꿇어앉았다. 하마터면 바닥에 쓰러질 뻔했지만 양손으로 힘겹게 바닥을 짚고 겨우 버텼다.

자리에 멈춰 선 군오는 굳어진 표정으로 이쪽을 응시했다. 멀리에 누워 있는 풍신은 믿을 수 없다는 목소리로 중얼댔다.

"저, 전하, 주…… 주가가……."

사련은 떨리는 양손을 들고 목을 쓰다듬었다.

그 자리에는 아무것도 없었다.

화성은 사련에게 너무 많은 법력을 불어넣었다. 실로 엄청난 양이었다. 주가가 감당할 수 있는 범위를 훌쩍 넘어설 만큼.

그렇게 팔백 년이나 사련을 속박했던 주가 두 개가, 산산이 조각났다.

129장 미소 지으며 아른거리는 담홍빛 옷

모정도 가만히 중얼거렸다.

"이게 말이 돼? 어떻게 법력이 이렇게까지……?"

법력으로 주가를 터트려 버렸다는 이야기는 난생 듣도 보도 못했는데?

화성은 주저앉은 사련을 일으켜 주며 말했다.

"형, 다시 싸워!"

마침 군오가 주심을 휘둘렀다. 사련은 본능적으로 손을 쳐들었다. 주심은 캉, 하는 마찰음과 함께 아슬아슬하게 튕겨 나갔다.

아까와는 사뭇 다른 일격이었다.

사련은 얼떨떨한 기분으로 두 손을 내려다보았다. 수백 년을 억눌려 살아왔던 터라 이게 바로 자신의 힘이라는 것도 까맣게 잊고 있었다.

어찌나 강한지 자신조차 통제하기 버거운 힘이었다. 내딛는 걸음마다 산천이 요동쳤다. 그는 단숨에 천 리 하늘까지 닿을 듯 앞으로 내달렸다.

단단히 부르쥔 주먹이 군오의 얼굴에 사납게 들이꽂혔다.

전투가 시작된 뒤로 군오의 얼굴은 한결같이 말끔했다. 일격에 당한 군오의 입가에 마침내 핏방울이 흘렀다. 그는 엄지손가락으로 피를 훔치고 그 혈흔을 흘긋 내려다보았다.

그러곤 주심을 옆으로 툭 내던졌다.

보아하니 사련과 맨손으로 격투를 벌일 심산 같았다.

사련은 다시 주먹을 날렸다. 군오는 사련의 주먹을 가로막고 옆으로 비틀었다. 심한 고통과 함께 사련의 팔이 우두둑, 어긋났다. 곧바로 어긋난 뼈를 맞추고 장력을 쏟아부었으나 역시나 군오의 손길에 가로막혔다. 상황이 여의치 않자, 사련은 군오가 바닥에 던져 놓은 방심을 떠올렸다. 물론 군오도 그의 머릿속을 읽고 앞길을 가로막았다.

하지만 사련은 뒤편에 있는 풍신과 모정의 존재를 깜빡 잊고 있었다. 두 사람은 반쯤 너덜너덜해졌으면서도 슬그머니 방심검을 가지러 갈 채비를 했다. 최대한 숨을 죽이고 움직였지만 군오는 등에도 눈이 달린 사람처럼 뒤로 장력을 날렸다. 발아래 다리가 무너지더니, 두 사람은 나란히 용암을 향해 미끄러졌다.

위기일발의 순간, 누군가 풍신의 신발을 붙잡았다. 풍신은 모정의 신발을 붙잡았다. 그러곤 위를 올려다보며 외쳤다.

"염병! 환장하겠네! 국사 어르신, 절대 손 놓으시면 안 됩니다!"

두 사람을 붙잡은 사람은 바로 국사였다. 국사의 이마에 핏대가 발끈 돋았다.

"그래, 네놈들 말마따나 난 어르신이다! 알면 냉큼 올라오기나 해라!"

사련이 무너지던 다리를 받쳐 들고 허공에 멈춰 세운 덕분에 풍신과 모정은 목숨을 건질 수 있었다. 사련은 다리를 조금 더 위로 밀어 올릴 생각이었으나 군오는 그럴 틈을 주지 않았다. 굽이치는 용암과 고작 두세 장 남짓 떨어진 다리 아래로, 부글거리며 끓는 소리가 생생하게 들려왔다. 이 와중에 모정은 하필이면 맨 밑에 거꾸러진 자세로 매달려 있었다. 조금이라도 방심했다간 용암에 머리가 빠져 얼굴이 벌겋게 익어 버릴지도 몰랐다. 그가 다급하게 말했다.

"빨리 끌어 올려 주세요!"

그런데 무슨 일인지, 위로 몇 번 끌어 올리지도 않았건만 모정이 다시 외쳤다.

"잠깐! 끌어 올리지 마세요!"

국사는 기가 막혔다.

"대체 뭘 어쩌란 거냐!"

"진심이냐? 좋아, 그럼 손 놓는다!"

풍신의 말에 모정이 욕을 퍼부었다.

"환장하겠네, 너 미쳤어? 진짜 손 놓기만 해 봐라! 아래 좀 봐! 검이 있다고!"

두 사람은 그의 손끝을 따라 시선을 옮겼다. 바로 아래편 용암 한가운데에 꽂힌 흑옥 장검이 서서히 가라앉고 있었다. 방금 그들이 몰래 빼앗으려다 군오의 손길에 날아간 방심이었다.

모정은 긴팔원숭이라도 되는 양 그 칼자루로 손을 뻗었지만, 아무리 발악해도 손이 닿지 않았다.

"조금만 더 아래로요! 곧 닿을 것 같습니다!"

국사의 이마에 돋은 핏대가 한층 무섭게 불거졌다.

"젊은 녀석들이, 이 늙은이에게 너무한 것 아니냐!"

국사는 투덜대면서도 풍신의 신발을 쥔 팔을 내뻗어 그들을 아래로 내려 주었다. 모정의 얼굴이 용암에 한층 가까워지자 흘러내린 머리카락 끝에 불이 옮겨붙었다. 풍신이 버럭 소리를 질렀다.

"환장하겠네! 너 머리카락에 불붙었어! 홀랑 타 버리게 생겼다고!"

다행히 모정은 방심을 뽑은 참이었다. 그는 한 손으로 머리카락에 붙은 불씨를 황급히 털면서 나머지 한 손을 휘둘렀다. 방심이 용암을 튀기며 사련을 향해 날아갔다.

"사련, 받아요!"

사련은 한 손을 쳐들고 방심 칼자루를 움켜쥐었다.

한편, 한계에 다다른 국사가 아래를 향해 소리쳤다.

"더는 못 버텨! 얼른 올라와라!"

부들거리는 국사를 보고 아차 싶어진 풍신은 모정을 위쪽으로 사정없이 내던졌다.

"그러니까 누가 꾸물거리랬냐고!"

위로 내동댕이쳐진 모정이 길길이 날뛰려는 순간이었다. 별안간 아래쪽 용암 속에서 수십 마리에 달하는 원령이 줄줄이 솟구쳐 나왔다.

원령 떼는 물 위로 튀어 오르는 물고기처럼 날아오르더니 대뜸 풍신의 가슴팍에 매달렸다. 영광을 두르지 않았다면 온몸이 새까맣게 탔을지도 몰랐다. 이 원령 떼는 아까 풍신에게 화살로 위협받았던 그 원령 떼였다. 앙심을 품고 용암 속에서 그를 몰래 따라다니다 기회를 놓치지 않고 잡아끈 것이었다. 난데없이 무게가 실리자 국사도 덩달아 앞으로 덜컥 끌려갔다. 이제 모정이 맨 위에서 국사의 신발을 붙들 차례였다.

풍신은 깜빡 잊고 뽑지 못한 화살 몇 대를 그대로 몸에 꽂은 채 원령들과 맨손으로 맞붙었다. 다만 싸움이 격렬해지면 위쪽에서 손을 놓칠까 싶어 조심스럽게 움직여야 했다. 용암에 몸을 담근 원령들이 서서히 머릿수를 늘려 가더니, 국사와 모정과 줄다리기라도 하듯이 너도나도 풍신의 몸에 달라붙었다. 양쪽 모두 힘이 만만치가 않았다. 이대로라면 풍신이 두 쪽으로 찢길지도 몰랐다.

풍신이 목에 핏대를 세웠다.

"차라리 한 방에 보내 주면 안 되냐?"

"좀 닥쳐!"

발끈하며 받아친 모정의 손이 문득 가벼워졌다. 드디어 원령 떼가 손을 놓고 물러난 모양이었다. 그는 기회를 놓칠세라 두 사람을 냅다 끌어 올렸다.

위로 올라온 풍신은 놀란 마음도 추스르지 못하고 거친 숨을 몰아쉬었다. 아래쪽에서 원령 떼의 날카로운 비명이 들려 왔다. 아래를 내려다본 모정과 국사가 한목소리로 외쳤다.

"풍신, 네 아들이야!"

"……."

정말이었다. 희고 통통한 무언가가 새빨갛게 물든 원령 떼 사이를 뛰어다니며 놈들을 매섭게 물어뜯고 있었다.

못해도 이천 년은 묵은 귀신들이 손을 잡고 뭉쳤는데 동자귀신도 아닌 태아령 하나를 겁내겠는가? 원령 떼는 태아령을 붙들고 이빨을 세웠다. 방금까지만 해도 새하얬던 태아령은 용암에 데어 피범벅이 되었는데도 사납게 울부짖었다. 안타깝다기보다는 끔찍하기만 한 모습이었다. 하지만 풍신은 머리 꼭대기까지 화가 치밀었다. 그가 발끈한 얼굴로 고함쳤다.

"썩어 문드러진 면상 치워! 다 큰 어른들이 애 하나를 괴롭혀? 착착, 이리 와라!"

머릿수에 밀려 겁에 질린 태아령은 풍신이 제 편을 들어주자 꽥 소리를 지르며 풍신의 어깨 위로 뛰어들었다. 풍신은 활을 꺼내곤, 가슴께에 박혀 있던 화살을 뽑아 활시위에 걸었다. 나무 화살이 줄줄이 아래로 날아들자 용암이 소용돌이쳤다. 그의 어깨에 앉은 태아령은 쌤통이라는 듯 폴짝거리며 괴성을 질렀다. 한편, 세 사람이 무사한 것을 확인한 사련은 그제야 안심하고 군오와 본격적으로 맞붙을 준비를 했다. 이때 갑자기 숨이 턱 막혀 왔다.

뒤에서 나타난 군오가 그를 단단히 옭아맨 것이다.

“네가 누구에게 재주를 배웠는지 잊은 것이냐? 네 초식이라면 뭐든 꿰고 있다고 말했을 텐데!”

이 손길을 벗어나지 못하면 이대로 숨통이 졸려 죽게 된다. 하지만 군오는 그가 시도할 만한 모든 초식을 속속들이 알고 있다.

이때, 화성의 목소리가 들려왔다.

“형, 겁낼 것 없어! 놈이 모르는 초식이 있잖아! 오로지 형만 쓸 수 있는 초식!”

문득 사련의 눈앞이 번뜩였다.

그런 초식이 있었나?

정말로 있다!

벗어날 수 없다면 이대로라도 괜찮았다.

군오의 팔에 갇힌 사련은 힘겹게 돌아서서 그를 마주 보고는, 거꾸로 그를 끌어안으며 이를 악물고 말했다.

“이 기술만큼은, 넌 못해!”

그는 군오를 붙잡은 채로 철옹성 같은 바위벽을 향해 돌진했다.

그렇게 온 힘을 쏟아부어 바위벽을 들이받았다. 이내 바위벽 겉면이 요란하게 무너져 내렸다. 무언가가 바스러지는 소리가 뒤를 이었다. 그건 군오의 몸에서 울리는 소리였다.

새하얀 갑옷이 처참하게 부서졌다.

동시에 군오가 손을 놓고 격분한 목소리로 일갈했다.

“꺼져! 다들 꺼져 버려!”

고개를 든 사련은 등골이 오싹해졌다. 군오의 이성을 뒤흔든 무언가가 사련의 눈동자에 비쳤다. 그건, 얼굴이었다. 인면역의 흔적이 튀어나온 것이다.

사련은 다시 검을 치켜들었다. 일격에 군오의 심장을 꿰뚫은 방심검이 그를 바위벽 위에 송두리째 붙박았다.

군오의 입에서 검붉은 피가 울컥 터져 나왔다.

최대한도의 법력을 쏟아부은 일격이 군오를 꿰뚫고 삽시간에 폭발했다. 아무리 강력한 회복 능력이라도 이 상처를 되돌릴 순 없을 터였다.

산이 무너졌다.

산이 무너지자, 바위벽에 붙박여 있던 군오도 덩달아 아래로 무너져 내렸다.

하지만 그는 끝까지 포기하는 법이 없었다. 그는 방심검 칼자루를 움켜쥐곤 글씨를 쓰려는 듯 검날을 더듬었다. 주술일 게 뻔하니 막아야만 했다. 하지만 사련이 손을 움직인 찰나에 국사가 이쪽으로 달려왔다.

"태자 전하! 그만, 이제 그만두십시오!"

사련은 누구에게 그만두라는 소리인지도 모르고 손을 움찔 멈추었다. 군오는 거듭 피를 토하며 일갈했다.

"꺼지라고 했을 텐데!"

국사는 군오의 곁에 꿇어앉았다.

"전하, 이제 됐습니다! 이제 정말 됐습니다. 이대로 싸우셔도 아무런 의미가 없잖습니까."

"네가 뭘 알아? 당장 비키래도!"

"예, 전 아무것도 모릅니다. 이 긴긴 세월, 신선과 귀왕 자리를 넘나드시며 죽여야 할 놈들은 다 죽이시고 원하는 것도 모두 얻으셨는데 어찌 이리 고생을 자처하십니까? 대체 뭘 더 원하십니까? 뭘 증명하시려는 겁니까?"

이 말을 들은 군오의 얼굴에 망연자실한 빛이 스쳐 갔다.

하지만 머지않아 그는 국사의 목을 거칠게 움켜쥐고 고성을 질렀다.

"함부로 가르치려 들지 마라! 네놈은 날 가르칠 자격이 없어! 그 누구도 날 가르치지 못해!"

군오의 힘이 바닥난 지금이라면 이 손아귀에서 얼마든지 벗어날 수 있었다. 사련이 국사를 도우려 하자, 국사는 됐다는 듯 손짓하고 운을 뗐다.

"전하."

군오는 국사를 서늘하게 바라볼 뿐, 끝까지 손을 놓지는 않았다.

물론 군오는 힘이 바닥났어도 마음만 먹으면 국사의 목쯤은 거뜬히 부러뜨릴 수 있었다. 위험에 처한 상황이었으나 국사는 그대로 말을 이어 갔다.

"저는 성공한 전하의 모습을 키워 내 전하를 조롱할 생각으로 다른 제자를 가르친 것이 아닙니다. 선락 전하와 전하는 애초에 다른 사람이니 다른 길을 걷는 게 당연합니다. 예전에도 이리 말씀드렸으나 전하께선 제 말을 믿지 못하셨지요. 한데 지금은 어떠십니까?"

군오는 묵묵부답으로 그를 빤히 노려보았다. 국사의 목소리가 이어졌다.

"저는 진심으로 태자 전하가 그리웠습니다. 과거의 오용국, 전하와 동료들, 선경에 오르기 전의 그 하루하루가 그리웠을 뿐입니다."

"……."

"한데 이제는요, 전하를 지켜보는 것만으로도 지칩니다. 전하는 어떠십니까? 정녕 지치지 않으십니까?"

삼계의 제일 무신인 군오의 자태는 한평생 티끌 하나 없이 완벽했다. 하지만 그 찬란한 영광이 사라진 지금, 인면역을 감춘 군오의 얼굴은 그저 무섭도록 창백할 뿐이었다.

차갑게 얼어붙은 윤곽, 눈 밑에 잿빛 그림자가 드리운 모습이 한없이 음울했다. 찬란한 영광 아래에서 보았던 그 온화한 모습은 눈 씻고도 찾아볼 수 없었다.

그런데도 지금이 더, 산 사람처럼 느껴졌다. 이토록 지친 모습인데도.

국사가 다시 입을 열었다.

"전하, 전하께선 이미 패하셨습니다. 이제 스스로를 편히 놓아주시지요."

"……."

군오는 조금 망연하게 입을 달싹였다.

"내가, 졌다고?"

강력한 법력에 부서진 석굴 천장 틈에서 옅은 빛살이 부서져 내렸다.

하늘에서 부슬비가 내리는 모양이었다. 사련은 제자리에 선 채 바닥에 쓰러진 군오를 내려다보았다. 놀랍게도, 군오의 얼굴에서 짐을 내려놓은 듯한 홀가분함이 느껴졌다.

사련은 문득 그런 생각이 들었다. 어쩌면 누군가에게 패배해 두 존재를 오가는 피폐한 일상을 끝내는 것이 군오가 가슴 깊이 품어 온 염원일지도 모른다고.

잠시 뒤, 군오가 침묵을 깨고 물었다.

"그 초식, 이름이 뭐지."

"……."

사련은 옷소매로 뺨에 묻은 피를 닦으며 대답했다.

"가슴으로 바위 부수기."

군오는 얼떨떨한 기색이었다. 그러다 무언가 떠올랐는지 희미하게 웃곤 한숨을 지으며 눈을 감았다.

"훌륭하구나."

그는 더 이상 말이 없었다. 누가 보아도 지친 기색이 역력한 얼굴이었다.

사련은 그제야 방심검 칼자루를 놓았다. 이제 어쩌면 좋지, 싶어진 그는 무심결에 화성을 쳐다보았다. 화성은 유일하게 무너지지 않은 통천교 위에 가만히 뒷짐을 지고 서서 한참을 기다린 참이었다. 사련이 그를 돌아보자, 그도 눈길을 보내며 싱긋 웃었다.

국사는 미동조차 없는 군오의 곁에 앉은 채 사련에게 말했다.

"전하, 이만 떠나십시오."

그는 일어설 기미가 없어 보였다. 사련이 물었다.

"스승님은 안 가시려고요?"

국사는 고개를 가로저었다.

"전 태자 전하 곁을 지키겠습니다. 예전에는 그러지 못했으니까요."

굵어진 빗물이 눈을 감은 군오의 얼굴부터 상처에서 흘러나온 피와 생기까지 세차게 씻어 내렸다.

군오의 얼굴에 자라난 인면역도 빗물에 씻겨 옅어진 것 같다고, 쏟아지는 빗속에서 사련은 생각했다. 어쩌면 착각인지도 모르겠지만.

긴 침묵이 흘렀다. 사련은 등에 멘 삿갓을 끌러 군오의 얼굴에 덮어 주었다.

모정의 손목을 조이던 주가도 저절로 풀렸다. 주가를 용암 속으로 냅다 걷어찬 그는 겨우 냉정하고 침착한 본모습을 되찾았다. 태아령은 풍신의 어깨 위에서 뛰어내려 군오의 얼굴 위로 기어가더니, 조심스레 그를 톡톡 건드렸다. 아까 자신의 얼굴을 걷어찰 때와는 확연히 다른 태도에 풍신은 기가 막혀 쓰러질 뻔했다.

다만 남들 사정 같은 것은 아무래도 좋았다. 사련은 죽었다 깨어난 사람처럼 피범벅이 된 얼굴로 화성을 향해 내달렸다. —생각해 보면 실제로도 사활이 걸린 위기에서 살아남은 셈이었다. 그는 단숨에 화성의 품으로 달려들었다.

"삼랑!"

화성도 사련을 향해 손을 뻗었다. 세차게 달려든 사련에게 밀려 한 걸음 주춤한 그는 양팔로 사련을 끌어안고 눈을 접어 웃었다.

"형, 거봐. 형이라면 이길 수 있다고 했잖아?"

말을 마친 그는 사련의 고개를 들어 올리곤, 가만히 살펴보다 한숨을 내쉬었다.

"또 이렇게 다치고 말이야."

그의 손끝이 스치는 곳마다 자그마한 은나비가 날개를 너울

거리며 상처를 보듬어 주었다. 사련도 빙긋 웃으며 말했다.

"다음엔 안 다칠게!"

화성은 눈썹을 까딱 치켜올리곤 짐짓 매섭게 말했다.

"다음은 없어."

짧은 침묵이 흘렀다. 사련은 이내 웃음기를 지우고 진지하게 물었다.

"삼랑. 지난번 동로산에서, 무사히 빠져나가면 네게 할 말이 있다고 했었잖아. 기억나?"

화성이 웃으며 대답했다.

"물론이지. 형이 한 말이라면 뭐든 기억해."

고개를 숙인 사련은 이윽고 힘겹게 용기를 내어 고백했다.

"아까 군오가 언급했던 말도 이 일에 관한 거야. 실은 미리 말하려고 했는데, 자꾸만 마음의 준비가 안 돼서. 네가 그 사실을……."

"전하께서 백의화세가 될 뻔했다는 사실을 알게 될까 봐, 그렇죠?"

"……."

사련은 흠칫 놀랐다.

"너……?"

화성은 솔직히 대답하는 대신, 한쪽 무릎을 세우고 꿇어앉아 고개를 들고는 빙긋 웃으며 말했다.

"어때? 형, 이렇게 하면 기억나려나?"

기억나지 않을 턱이 없었다.

그때, 그 이름 없는 망혼도 이렇게 한쪽 무릎을 세우고 꿇어앉았었다.

한순간, 창백하게 미소 짓던 그 얼굴과 화성의 얼굴이 겹쳐 보였다. 사련은 놀란 나머지 다리가 풀려 바닥에 주저앉고 말았다. 그는 가만히 중얼거렸다.

"……삼랑…… 너, 너였구나!"

화성은 살포시 웃더니, 그대로 한쪽 무릎을 꿇은 채 하나뿐인 눈동자로 그를 응시하며 말했다.

"전하, 저는 늘 전하를 지켜보고 있었습니다."

사련은 여전히 한 글자만 중얼거릴 뿐이었다.

"너…… 너……."

그동안 화성이 무심하게 흘렸던 말들이 무슨 뜻이었는지 이제야 알 것 같았다.

그랬구나. 무명이 바로 화성이었다니. 상상조차 해 본 적 없는 일이었다.

화성은 전부 알고 있었다. 모든 것을 지켜보고 있었다. 화성은, 언제나 곁에 있었다.

한순간 온갖 감정과 언어가 가슴으로 밀려들었다. 고마운 마음, 부끄러움, 애처로움, 기쁨. 속수무책으로 깊어진 연모의 감정까지.

가슴이 당장이라도 터질 것 같았다. 사련은 제대로 말도 잇지 못하고 화성에게 와락 안겨 들었다.

"삼랑!"

아는 말이 이 한마디밖에 없는 것처럼 사련이 거듭 외쳤다.

"삼랑!"

사련이 달려드는 바람에 화성도 덩달아 바닥에 주저앉았다. 그는 사련을 끌어안고 웃음을 터트렸다. 아까까지만 해도 불안했던 기분이 말끔히 사라졌다. 사련은 그의 목을 단단히 끌어안은 채 한참을 웃었다. 문득 눈물이 날 것 같았다.

다만 눈물을 흘리기도 전에, 심상치 않은 사실 하나가 눈에 들어왔다.

화성은 비록 귀신의 몸이지만 겉보기에는 평범한 사람과 다를 바가 없었다.

그런데 지금 그가 껴안은 화성의 붉은 옷이 어쩐지 조금 투명했다.

사련은 화성을 덥석 붙잡고 놀란 얼굴로 물었다.

"삼랑? 이게 어떻게 된 거야?"

화성은 침착하게 대답했다.

"괜찮아. 조금 무리해서 그래."

사련은 그 말에 얼이 빠졌다.

"……그럼 일찍 말했어야지! 이게 뭐가 괜찮아?"

법력. 아까 그 법력이 문제였다.

화성은 언제나 사련에게 다 못 쓰고 남을 만큼 두둑한 법력을 건네주었다. 그러면서도 늘 아무런 부담도 없다는 듯 싱글거렸다. 하지만 그건 결국 화성 본인의 법력이었다. 법력이 마르지 않는 샘물도 아닌데 어떻게 무한정으로 꺼낼 수 있겠는가?

말을 아낀 화성보다는 먼저 알아채지 못한 사련의 탓이 컸다. 사련은 후회스러운 한편 마음이 조급해졌다.

"바로 돌려줄게."

그는 화성의 얼굴을 감싸 쥐고 입술을 겹쳤다. 이쪽으로 다가오려던 풍신과 모정은 이 광경을 보고는 두 사람을 내버려 두고 순식간에 수 장 멀리 뒷걸음질을 쳤다.

주가도 풀렸겠다, 사련은 자신이 끌어모을 수 있는 모든 법력을 화성에게 넘겨주었다. 그래야 한시라도 빨리 화성의 몸을 되돌릴 수 있을 터였다. 한참 입을 맞추고 뒤로 물러났지만, 화성의 붉은 소맷단과 은제 호완은 여전히 불투명했다. 심지어는 아까보다 반쯤 더 투명해진 것 같았다.

넋을 놓고 있던 사련은 더럭 겁에 질렸다. 그는 무심결에 또다시 화성의 얼굴을 감싸 쥐었다. 그러자 화성도 사련의 얼굴을 감싸고 한발 먼저 가볍게 입맞춤을 했다. 그가 웃으며 입을 열었다.

"형이 이렇게 적극적으로 나오면 기쁘긴 한데, 그래도 법력은 돌려줄 필요는 없어. 법력 때문이 아니라 단순히 입을 맞추고 싶은 거라면 얼마든지 괜찮지만. 자주 해 준다면야 아주 환영이지."

"……."

사련은 화성을 단단히 움켜쥐었다. 당장이라도 이성이 마비될 지경이었다.

"왜 이러는 건데?"

"잠깐 쉴 때가 됐나 봐. 형, 그렇게 겁내지 마."

사련은 머리를 부여잡고 말했다.

"어떻게 겁내지 말란 거야? 미칠 것 같다고!"

숨길 수 없을 만큼 심각한 문제가 아니고서야 화성이 사련 앞에서 이런 모습을 보일 리가 없었다.

주가 두 개를 부술 만한 법력이라면 대체 얼마나 될까? 바다처럼 끝이 없다 해도 과장이 아닐 것이다. 당연히 법력을 넘겨준 본인에게 영향이 있겠지?

겨우, 겨우 이렇게 아수라장이었던 일을 깨끗하게 끝맺었는데. 풍신과 모정과도 오해를 풀었는데. 팔백 년을 속박했던 주가도 사라졌는데. 화성에게 차마 알리지 못했던 과거도 전부 털어놓았는데.

그런데 웃으며 달려온 곳에, 화성이 이런 모습으로 그를 맞이했으니, 어떻게 겁나지 않을 수가 있을까? 무섭다 못해 당장이라도 미칠 것 같았다.

풍신과 모정은 심상치 않은 분위기를 느끼고 멀리서 외쳤다.

"전하? 무슨 일입니까?"

두 사람은 이쪽으로 달려오다가, 모종의 이유로 중간에 덜컥 멈춰 섰다. 왠지 선불리 다가가면 안 될 것 같다는 생각이 들어서였다. 사련은 지금 남들은 뒷전이었다. 그는 화성을 붙든 채, 심장이 멈출 것 같아 겁에 질려서는 말했다.

"어떡하지?"

화성은 가만히 한숨을 짓고, 양팔을 뻗어 사련을 다시 품으로 끌어안았다.

"전하, 전 늘 전하를 지켜보고 있었습니다."

두 번째로 꺼낸 이 말은 아까보다 훨씬 부드러웠다. 사련은 그의 붉은 옷섶을 단단히 움켜쥐고 어쩔 줄을 몰랐다.

"알아, 나도 알아. 그런데…… 이제 어떡해?"

화성은 사련의 헝클어진 머리카락을 늘씬한 손가락으로 가볍게 빗겨 주며 물었다.

"전하, 그럼 제가 왜 이승을 떠나지 못했는지 아십니까?"

사련은 화성이 어째서 이 상황에서도 이렇게 침착한지 이해할 수가 없었다. 조급한 마음에 몸이 떨려 왔지만, 그는 겁에 질린 와중에도 맹하게 물었다.

"왜 그랬는데?"

화성의 나직한 목소리가 이어졌다.

"은애하는 사람이 아직 이승에 남아 있었으니까."

이 한마디에 사련은 한순간 멍해졌다.

어쩐지 어디선가 들어 본 말 같았다.

화성이 말을 이어 갔다.

"제가 은애하는 분은, 용감한 금지옥엽의 귀인입니다. 그분은 제 목숨을 구하셨고, 전 어릴 적부터 그분을 흠모해 왔습니다. 하지만 그보다는 그분을 따라잡고 싶었습니다. 그분을 위해 더 번듯하고 강한 사람이 되고 싶었습니다. 비록 그분은 절 기억하지 못할지도 모르지만, 우리는 심지어 말도 몇 번 섞지 않았지만, 전 그분을 지키고 싶었습니다."

그는 사련을 응시하며 한마디 덧붙였다.

"당신의 꿈이 창생을 구하는 것이었다면, 제 꿈은 오직 당신을 구하는 것이었습니다."

"……."

사련은 침묵하다, 기억을 더듬으며 떨리는 목소리로 입을 열었다.

"……하지만…… 그랬다간, 편히 눈감을 수 없을 텐데……?"

화성이 화답해 주었다.

"평생 눈감지 못해도 괜찮습니다."

사련의 숨이 한순간 턱 멎었다. 문답을 주고받는 두 사람의 목소리가 어렴풋이 들려오고 있었다.

– 그 은애하는 사람이 네가 자신 때문에 떠나지 못한다는 사실을 알면 죄책감에 시달릴지도 몰라.

– 제가 이승에 머무르는 이유를 숨기면 됩니다.

– 자꾸 나타나면 언젠간 알게 돼.

– 그럼 몰래 그 사람을 지키면 되겠네요.

그 도깨비불. 연등 축제가 있었던 어느 날 밤, 몇 푼을 치르고 샀던 작은 도깨비불. 추운 겨울밤에 그를 묘지 구덩이에서 끌어내 주었던 도깨비불. 위험을 무릅쓰고 백무상 앞을 가로막았던 도깨비불. 검에 수백 번을 찔렸을 때 그를 대신해 처참하게 울부짖었던 그 도깨비불!

화성이 담담한 목소리로 말했다.

"전하, 저는 전하의 전부를 알고 있습니다. 전하의 용기와 절망, 선량함과 괴로움, 원한과 증오, 현명함과 어리석음까지지요."

그가 거듭 말을 이어 갔다.

"저는 전하께서 저를 디딤돌 삼아 밟고 지나가시길 바랐습니다. 절 이용하고 버리셔도 좋았고, 출셋길을 위해 죽이셔도 좋았습니다. 전하를 위해서라면 죽을죄라도 기꺼이 지을 수 있었습니다. 물론 전하께선 그럴 분이 아니셨지만요."

그가 말을 이어 갈수록 단풍처럼 붉었던 옷이 희미하게 바랬다.

사련은 떨리는 두 손으로 화성을 붙잡고 끊임없이 법력을 불어넣었다. 하지만 화성은 걷잡을 수 없이 희미해져 갔다.

눈물 때문에 눈앞이 가물거렸다. 사련은 횡설수설 말을 더듬기 시작했다.

"……알았으니까 그만해. 알았으니까…… 제발, 제발 이러지 마, 삼랑. 아…… 아직 갚아야 할 법력이 많이 남았잖아. 그리고 아까 하려던 말도 아직 안 끝났어. 아직 할 말이 얼마나 많은데. 그동안 내 말을 들어 준 사람이 없었단 말이야. 넌 옆에 남아 줄 거지? 진짜…… 이러지 마. 나 못 하겠어, 삼랑. 정말 못 하겠어. 두 번, 벌써 두 번이잖아! 세 번은 못 견딘다고!"

화성은 사련을 위해 벌써 두 번이나 세상에서 사라졌었으니까.

그러자 화성이 말했다.

"전하를 위해 전사한 것은, 제 지고무상한 영광입니다."

"……."

이 한마디가 치명타를 안겨다 준 것인지, 사련의 눈에 고여 있던 눈물이 끝끝내 터져 나왔다.

그는 마지막 희망의 줄에 매달리듯이 중얼거렸다.

"떠나지 않겠다고 했잖아."

"세상에 끝마치지 않는 연회는 없다고들 하죠."

사련은 고개를 푹 숙였다. 명치와 목구멍이 욱신거려 말조차 나오지 않았다.

머리 위에서 화성의 목소리가 이어졌다.

"하지만 저는 영원히 전하 곁을 떠나지 않을 겁니다."

이 말에 사련은 황급히 고개를 들었다. 화성이 말을 이었다.

"돌아올게요. 전하, 절 믿으세요."

목소리는 단호했으나 화성의 창백한 얼굴은 서서히 색을 잃어 가고 있었다. 사련은 앞으로 손을 내밀었다. 하지만 화성의 얼굴을 만지려던 손끝은 허공을 더듬었다. 멍해진 그는 다시 한번 고개를 들었다.

화성의 눈빛이 부드럽고 뜨거웠다. 하나뿐인 눈동자가 애틋

한 미련을 품고 묵묵히 그를 바라보고 있었다. 무언가 말한 것 같았지만 목소리는 들리지 않았다. 사련은 굴하지 않고 그의 말을 제대로 들으려는 듯 양팔로 화성을 끌어안았다.

힘껏 끌어안지도 못했건만, 이내 눈앞에서 자신을 껴안고 있던 몸이 사라졌다.

삽시간에 수천 마리 나비로 부서진 화성은 끌어안을 수도, 손에 쥘 수도 없는 찬란한 바람이 되어 사라졌다.

사련은 그대로 허공을 끌어안은 채 꼼짝도 하지 않았다. 아직 상황을 파악하지 못해서였을까, 아니면 몸이 굳어 버린 탓이었을까. 그는 꿈결 같은 은나비 사이에 꿇어앉은 채로 눈을 커다랗게 떴다.

다리 아래로 피신했던 풍신과 모정은 생각지도 못한 광경에 얼굴이 희게 질려선 황급히 사련에게 달려왔다.

"전하!"

먼저 도착한 쪽은 풍신이었다.

"갑자기 이게 무슨 일입니까? 방금까지만 해도 멀쩡했잖습니까? 주가 때문입니까?"

절뚝거리느라 뒤처진 모정은 은나비를 올려다보며 외쳤다.

"혈우탐화! 장난치지 말고, 안 죽었으면 냉큼 나오지 그래!"

물론 은나비들은 아무런 대답 없이 저마다 분주히 날갯짓하며 하늘로 날아갔다. 풍신이 사련을 붙잡고 끌어당겼지만 사련은 바닥에 꼼짝없이 앉아만 있었다. 이제 풍신도 어찌 줄을 몰랐다.

"저희가 도울 만한 일은 없습니까? 법력이라도 보탤까요? 되살릴 수 있습니까? 대체 이를 어쩌면 좋습니까?"

반면에 모정은 내심 짚이는 구석이 있는 눈치였다.

"됐어, 입 좀 다물어! —아무것도 안 해도 되니까."

팔백 년이 흐르고 두 사람이 처음으로 재회했던 그때처럼, 반짝이는 은빛 날개가 온 하늘을 영롱하게 물들였다.

유유히 날아온 은나비 한 마리가 사련의 손등과 뺨, 이마를 애틋하게 스치고 지나갔다. 마치 이별의 말을 속삭이는 것 같았다. 사련은 은나비를 향해 멍하니 손을 내밀었다.

그 은나비는 기쁘다는 듯 날개를 팔랑이며 사련의 손 위에 내려앉았다. 그러나 길게 머무르지 못하고 금세 바람에 날려 흩어졌다.

다만 그 은나비가 내려앉았던 사련의 손가락 위, 그 붉은 실만큼은 여전히 선명했다.

"그리고?"

"끝입니다."

"이게 다라고요?"

"그렇습니다."

배명이 참다못해 말했다.

"아니지. 어떻게 이게 다일 수가 있소? 나 같은 문외한도 이게 다가 아니란 것쯤은 잘 알겠소만?"

모정은 두툼하게 쌓아 올린 장부를 탁자 위에 내려놓으며 싸늘하게 말했다.

"제가 계산한 바로는 그렇습니다. 이게 다예요. 이 자리에서 다시 한번 읊어 드릴 수도 있습니다. 배 장군, 잘 들으십시오. 팔백팔십팔만 공덕 차감, 육백육십육만 공덕 추가, 다시 천칠백이십만 공덕 추가, 그리고……."

풍신이 끼어들었다.

"됐어, 그만 세라. 그 장부에 있는 숫자는 맞겠지만 중간에 잃어버린 장부도 많잖아. 그래서 숫자가 턱없이 모자란 거고!"

"그건 내 잘못이 아니지. 어쨌든 저는 똑바로 계산했습니다. 아니면 여러분이 다른 사람 찾아서 계산해 보시든지요. 이럴 줄 알았으면 쓸데없이 끼어들지 말 걸 그랬습니다."

선경이 무너진 뒤로 뿔뿔이 흩어졌던 신관들은 어렵게 다시 모여 긴 세월 방치된 태창산 꼭대기에 결계를 치고 급한 대로 임시 상천정을 세웠다. 지금 신관들 사이에서는 새로운 선경 재건에 관한 논의가 한창이었다.

다만 불행하게도, 신관들은 지난번 화재로 으리으리한 궁전을 깡그리 잃은 것도 모자라 이제는 황량한 야산에서 집의를 열고 임시로 작은 헛간을 지어 잠을 청해야 했다. 설상가상으로 두루마리까지 불타 상천정의 기록 대부분이 소실되고 말았다. 그 탓에 며칠을 매달렸는데도 지금껏 빚 청산 하나 제대로 끝내지 못했다.

배명은 붕대를 감은 한쪽 팔을 가슴께에 매달고 있었다. 그는 나머지 한 손으로 턱을 쓰다듬으며 말했다.

"내 착각인지는 모르겠소만, 요즘 들어 현진의 말투가 훨씬 음산해진 것 같단 말이지."

풍신이 입을 열었다.

"저놈이 언제는 안 음흉했습니까? 이젠 겉치레하기도 귀찮아서 저러는 겁니다."

모정은 기가 막힌다는 듯 눈을 까뒤집었다. 신관들이 그에게 삿대질을 하며 외쳤다.

"너무하는구만!"

모정은 홱 돌아서서 자리를 떴다. 온몸을 붕대로 싸매 사람 모양 주먹밥이 된 권일진은 곱슬머리로 뒤덮인 머리통만 내밀고 우물거리는 발음으로 말했다.

"이제 어쩌려고? 누가 계산할래?"

다들 서로를 흘끔거리며 헛기침만 하더니 은근슬쩍 뒤로 물러섰다. 다들 사서 하는 헛고생은 사양하고 싶은 모양이었다. 이를 본 배명은 한숨을 푹 내쉬고 입을 열었다.

"하아, 영문이 있었으면 좋았을 것을. 누가 뭐래도 일 처리 하나만큼은 완벽했으니까요. 이런 하찮은 기록 정도야 머리로 기억하고 있을 텐데 영문전이 불탄 게 대수겠습니까. 분명 하루 만에 답을 내놓았을 겁니다."

허름한 야산에서 한참을 시달린 신관들도 차마 입 밖으로 내지 못했을 뿐, 일찌감치 같은 생각을 하고 있었다. 그런데 누군가 먼저 말을 꺼내자 다들 바삐게 맞장구쳤다.

"맞는 말씀입니다!"

"이제 두 번 다시는 영문전이 일 못한다고 욕하지 않을 겁니다!"

"난 진작에 그랬소만……."

이때 바깥에서 누군가 소식을 알려 왔다.

"여러분! 우사 대인이 오셨습니다!"

이 말을 들은 신관들은 화색을 띠며 늦을세라 마중을 나갔다. 혼자서만 미묘한 표정을 지은 배명은 잠시 망설이나 싶더니 결국 제자리에 남는 쪽을 택했다. 그런데 곧이어 또 다른 목소리가 울려 퍼졌다.

"태자 전하! 전하도 오셨군요!"

130장 태창산 꼭대기에서 끝맺는 과거 이야기

한순간 신관들의 표정이 배명보다도 한껏 미묘하게 변했다.

흰 도포를 걸친 도인이 방금 그 외침에 화답하며 모습을 드러냈다. 온화한 표정에 침착하고 고상한 분위기. 다름 아닌 사련이었다. 신관들은 재빨리 그에게 인사를 건넸다.

"태자 전하."

"전하."

표정부터 언사까지 하나같이 조심스럽고 깍듯했다. 사련도 모두에게 깍듯하게 인사를 돌려주고는 우사에게 다가갔다.

"우사 대인."

우람한 호법 영물을 타고 임시로 지은 헛간 앞에 도착한 우사가 신관들이 모인 쪽을 향해 가볍게 묵례를 보냈다.

우사의 영물인 검은 소는 등에 큼직큼직한 특산품 상자를 싣고 있었다. 모두에게 전해 주려고 가져온 선물이었다. 우사촌의 특산품이 건강이나 법력에 효과가 뛰어나다는 소문이라면 신관들도 들어 본 참이었다. 신관들은 한껏 반색하며 달려들어 상자를 하나씩 나눠 가졌다. 한편 우사의 선물을 건드리지 않는 이들도 있었다. 사련이 가만히 서 있자 우사가 말했다.

"전하껜 다른 물건을 드릴까 하오."

사련은 웃으며 대답했다.

"아, 그럼 감사하죠! 어떤 물건인가요?"

우사는 소매 안에서 흰 천으로 감싼 작은 상자를 꺼내 열어 주었다. 사련이 두 눈을 반짝 빛냈다.

"정말 감사합니다, 우사 대인! 안 그래도 찾고 있던 물건이에요!"

풍신도 다가와 살펴보곤 뒤따라 감탄했다.

"최상품 명주실이잖습니까! 잘됐네요! 드디어 녀석을 고칠 수 있겠어요!"

사련은 기쁜 마음으로 소매 안을 뒤져 두 쪽으로 찢어진 비단을 꺼냈다.

"맞아, 드디어 약야를 수선할 재료가 생겼어! 지금 바로 가서 수선해야겠다!"

그러자 풍신이 그를 잡아당겼다.

"직접 하시려고요? 그만두시죠. 바느질도 못하시면서. 그냥 다른 사람 손 빌립시다."

그는 뒤를 돌아보며 목청껏 외쳤다.

"모정! 와서 일 좀 해라!"

뭉그적대며 걸어온 모정이 싸늘하게 받아쳤다.

"뭐? 지금 뭐 하잔 거지? 나보고 수선하라고?"

"바느질은 네 주특기잖아?"

모정은 코웃음을 쳤다.

"사람 잘도 부려 먹네, 또 하인 취급이라니. 이러다 내일이면 비질도 시키겠어."

사련이 웃음을 터트리며 말했다.

"됐어, 됐어. 내가 알아서 할게."

하지만 모정은 사련이 들고 있던 비단을 받아 들더니 눈을 흡뜨고 바늘을 찾으러 갔다. 머지않아 배명도 뒤늦게 인사를 하러 왔다. 검은 소를 토닥여 주려다 소가 사납게 입질을 하는 바람에 손가락이 잘려 나갈 뻔한 그는 망신만 톡톡히 당하고 자리를 떴다. 그를 지켜보던 우사가 사련에게 물었다.

"배 장군의 팔은 아직 완쾌되지 않은 것이오?"

"아직은 그렇네요. 명광검을 쓰는 조건으로 용광에게 사과하고 팔 하나를 바치기로 했었는데, 원기가 사라진 용광이 양심껏 배 장군의 팔을 남겨 주었다나 봐요. 그래도 상처가 꽤 깊어요."

"그런 사정이 있었구려. 어쩐지 배 장군 표정이 괴상하더라니."

사련은 속으로 중얼거렸다.

'그런 이유 때문은 아닐 텐데요.'

사실 배명은 동로산과 선경에서 두 번이나 우사의 도움을 받아 목숨을 부지했던 일을 지금껏 마음에 담고 있었다. 자칭 사내대장부라며 떵떵거리던 배명이 여인 앞에서, 더구나 오랜 원수인 여인 앞에서 체면을 구긴 현실을 받아들일 수 있을 리 만무했다. 우사 앞에서 망신을 당하느니 차라리 선희에게 시달리는 게 나을 정도였다. 좌우간 미련을 떨치지 못하고 싱숭생숭한 와중에 우사를 마주쳤으니 표정이 괴상할 수밖에 없었다.

우사는 배명의 속내 따위 꿈에도 모르고 깍듯하게 미소를 지어 보일 뿐이었다. 판이하게 다른 두 모습이 어쩐지 우스웠다.

우사가 입을 열었다.

"참. 태자 전하, 선희는 어찌 되었소?"

"선희라면 산 밑에 갇혀 있습니다. 보러 가시려고요?"

치열한 전투가 막을 내린 뒤, 각지에서 탈출했던 요괴와 귀신들도 태창산 밑에 지은 임시 감옥에 갇히게 되었다. 사련은 앞장서서 길을 안내했다. 지하 감옥에 도착하기 전부터 멀리서 거친 욕설이 들려왔다. 배숙과 반월은 무표정한 얼굴로 감옥 입구를 지키고 서 있었다.

일손이 빠듯했던 신관들은 배숙과 반월을 상천정 지하 감옥 문지기 자리에 앉혀 놓았다. 감옥에 갇힌 각마는 원수들이 나타나자 눈에 쌍심지를 켜고 날마다 줄줄이 욕설을 퍼부었다.

두 사람은 못 들은 척 목석처럼 나란히 앉아 있을 뿐이었다. 사련과 우사가 안으로 다가오자 두 사람이 자리에서 일어났다.

"태자 전하. 우사 대인."

우사는 특산품 상자를 두 사람에게 건넸다. 사련이 입을 열었다.

"다들 고생이 많네. 우사 대인께서 선희를 좀 보고 싶다고 하셔서."

그러자 배숙이 머뭇거렸다.

"선희는……."

사련은 미묘한 공기를 알아채고 날카롭게 물었다.

"무슨 일 있어?"

선희가 갇힌 곳으로 들어간 두 사람은 한순간 당황했다. 텅 빈 감옥 안에는 붉은 누더기 혼례복만 남아 있었다.

배숙이 말했다.

"어젯밤에 혼백이 흩어졌습니다."

선희의 원기가 사라지다니 참 귀신이 곡할 노릇이었다. 얼마 전까지만 해도 강한 집념으로 배명을 한사코 붙들고 놓아주지 않던 여인이었는데. 사련은 가만히 중얼거렸다.

"드디어 깨달았는지도 몰라."

어쩌다 출신 좋고 늠름한 장군이 수백 년이 흐르며 모두에게 손가락질받는 미치광이 여인이 되어 버렸는지, 그녀도 마침내 깨달은 것이다. 과연 무엇을 잃었고 무엇을 얻었을까. 수치스러운 마음에 차마 돌이켜 보지도 못할 과거였다.

그녀는 언제나 자신을 버린 사내에게 감동을 주거나 그를 협박하는 식으로 마음을 돌리려 애썼다. 하지만 문득, 처음부터 만회할 여지 따위 없었다는 사실을 깨닫고 말았다.

배명을 향한 미련과 억울함 때문에 떠나지 못했으니, 사실을 받아들인 이상 이승을 떠돌 필요가 없었다. 생각해 보면 이승에 남아도 아무런 의미가 없었다.

우사는 제자리에 몸을 숙이고 앉았다. 선희가 잘 천도할 수 있도록 자리를 지켜 주려는 모양이었다. 어쨌거나 선희는 우사 외에 유일하게 세상에 남아 있던 우사국 사람이었으므로. 사련은 방해하지 않고 먼저 물러갔다.

감옥을 나오자, 우사촌에서 난 과일을 먹고 있는 배숙과 반월이 보였다. 사련도 그중 하나를 골라 집고 두 사람 옆에 반쯤 웅크려 앉았다. 그런데 갑자기 어떤 기척이 느껴졌다. 사련은 재빨리 시선을 옮겼다. 사람 허리께까지 오는 먼발치 수풀 속에서 무언가가 확 지나갔다.

"여기 잘 지켜!"

사련은 과일을 내팽개치고, 두 사람에게 당부하고는 앞으로 달려갔다.

수풀 속에 숨어 있던 그 존재는 사련에게 들켰다는 것을 눈치채고 잽싸게 도망쳤다. 여덟 걸음만으로도 따라잡을 속도였으나, 사련은 네 걸음 남짓 달리자마자 상대가 누구인지 알아챘다. 그는 재빨리 생각을 바꾸고 천천히 걸음을 늦추었다.

상대가 한참 도망쳤을 무렵, 사련이 한쪽에서 불쑥 튀어나와 상대의 앞길을 가로막았다.

"검란 낭자, 인사도 안 하고 가시려고요?"

상대는 다름 아닌 은밀하게 태아령을 끌어안고 있던 검란이었다. 그녀는 신출귀몰한 사련의 등장에 화들짝 기겁했다.

"당신이었어?"

새하얗고 통통한 태아령은 이를 드러내고 공격 태세를 보였다. 검란은 태아령을 품 안으로 억누르며 말했다.

"날 막으러 왔어?"

사련은 검란의 경계심을 자극하고 싶지 않았다.

"긴장하지 마세요. 드릴 게 있어서 왔습니다."

그는 무언가를 앞으로 내밀며 말을 이었다.

"낭자의 아이는 원기가 강해서 통제할 필요가 있어요. 벌써 정화 중이라고는 해도, 워낙 낭자보다 드센 아이이니 예상치 못한 사고가 일어날지도 모릅니다. 이 물건이 도움이 될 거예요."

그건 사련이 만든 호신부였다. 사련은 몸소 시범을 보이며 호신부에 이상이 없는지 확인해 주었다. 이를 지켜보던 검란은 그제야 경계심을 누그러뜨렸다. 보아하니 제법 쓸 만한 물건

같았다. 잠시 망설이던 검란은 이내 호신부를 받아 들었다.

"고마워."

"별말씀을요. 대신 사용하면서 '태자 전하, 저를 보우하소서!' 라고 세 번 크게 외치셔야 합니다. 그래야 기복이 제 궁전 실적으로 들어오거든요."

"……."

자리를 뜨려던 검란은 걸음을 떼다 말고 끝내 빙글 돌아섰다.

"날 막지 않는 거야? 어째서?"

그녀가 뒤돌아보자, 사련은 대답하는 대신 되물었다.

"그럼 검란 낭자는 왜 떠나시려는 겁니까? 풍신이 두 사람을 책임지겠다고 했잖아요. 풍신이라면 약조를 지킬 텐데요."

검란은 표정을 가라앉히더니 끝에 가서는 한숨을 내쉬었다.

"나도 알아. 그래도, 역시 됐어. 다시 같이 살 생각 없으니까."

사련은 당황한 기색으로 물었다.

"이제…… 정말로 풍신이 싫어진 거예요?"

검란은 도망치느라 지쳤는지 길가에 털썩 주저앉았다.

"좋고 싫고의 문제가 아냐. 그냥, 무리하면서까지 우리 둘에게 얽매일 필요는 없으니까."

사련도 그녀의 옆에 자리를 잡고 앉았다. 가만 생각해 본 뒤, 그가 입을 열었다.

"풍신은 분명 진심으로 낭자를 좋아했어요. 그렇게 골치 아픈 상황에서도 낭자를 포기하지 못했잖아요."

이 말을 들은 검란은 먼 옛일이 떠올랐는지 웃으며 말했다.

"당신이 그렇게 말하니까 생각나네. 그때만 해도 참 얼빠진 사람이었어. 오랫동안 모은 돈으로 하룻밤을 산 주제에 의자를 끌고 와서 맞은편에 앉더니 밤새도록 아무 짓도 안 하고 수다만 떨더라니까. 다들 얼마나 비웃었는지 몰라. 참 얼마나 우스웠는지!"

사련도 싱긋 웃었다.

"거봐요. 풍신은 낭자를 진심으로 좋아했다니까요."

그러자 검란은 웃음기를 지우고 말했다.

"결국 다 예전 얘기잖아. 그게 영원히 날 좋아한다는 뜻은 아니지. 은혜를 입었던 사람에게 다시 미움받는 건 사절이야."

"풍신이 두 사람을 미워할 리가 있나요? 설마 제가 풍신을 모르겠어요?"

"속세 밥이라곤 먹어 본 적도 없는 태자 전하라 단순하게 생각하는 모양이네. 물론 당장은 미워하지 않을지도 몰라. 하지만 시간이 지나면 어떻게 될지 누가 알겠어. 나도 풍신을 만나고 싶었으면 진작에 찾아갔겠지. 한때는 사방에 널린 게 남양전이었는데. 하지만 난 그러고 싶지 않았어."

검란의 말이 이어졌다.

"풍신은 번듯하게 등선해서 영화를 누린다지만, 우리는 죽어서 귀신이 됐는데 뭐 하러 그를 찾아가겠어? 귀신 두 마리를 데리고 다니는 신관이라니, 풍신이 곤란해질 게 뻔하잖아? 난

내 얼굴이 가장 고왔을 무렵에 그를 차 버렸어. 그때는 그래야 기가 살 것 같았거든. 그래야 끝까지 그 모습으로 기억될 것 같았거든. 지금처럼 눈가에 주름이 자글자글하고 화장도 짙은 모습이 아니라."

그녀는 자신의 뺨을 꼬집어 당기며 말을 이었다.

"풍신이 정말로 우리 둘을 받아들인다면 날마다 이런 얼굴을 봐야 하잖아. 거기에다 착착도 이 모양이고. 우리에게 발목이 잡혀 봤자 갈수록 지치고 지긋지긋해질 뿐이야. 언젠간 우리가 싫어질 텐데, 굳이? 그건 너무 비참하잖아."

대화가 오가는 내내 태아령은 축축한 혓바닥으로 그녀의 얼굴을 핥았다. 미묘하고도 징그러운 장난기와 애교가 느껴지는 모습이었다. 물론 평범한 사람들에겐 징그럽기만 할 뿐, 절대로 통하지 않을 애교였지만.

검란은 아들의 민숭민숭한 머리통을 쓰다듬으며 말했다.

"어쨌든 난 착착만 있으면 돼. 다들 철없는 어린 시절엔 뭣도 모르고 사랑을 맹세하잖아? 툭하면 좋아한다느니 사랑한다느니 영원하다느니 지껄이고 말이야. 그런데 이승에서 오래 굴러먹어 보니까 알겠더라. '영원'이란 건 존재하지 않아. 영원히 존재하지 않는다고. 한번 경험해 본 것만으로도 족하지. 실제로 영원한 사람이 어디 있어. 난 그딴 거 안 믿어."

그녀는 하릴없이 덧붙였다.

"풍신은 좋은 사람이야. 다만…… 철 지난 옛일이잖아. 모든 게 달라졌으니 이쯤에서 그만둘까 봐."

묵묵히 난창의 말을 듣고 있던 사련은 속으로 생각했다.

'아뇨.'

마음의 목소리가 말했다.

'영원은 존재해요. 정말로 영원한 사람도 있으니까. 전 그렇게 믿어요.'

검란은 끝내 착착을 데리고 떠났다.

감옥으로 돌아간 사련은 선희의 천도를 마친 우사를 배웅한 다음 태창산으로 향했다. 풍신에게 검란이 떠났다고 전해 줄 생각이었으나 풍신의 모습은 보이지 않았다. 시끌벅적한 신관들 사이에서 풍신을 찾고 있는데, 누군가가 불쑥 외쳤다.

"태화 전하, 마침 잘 오셨습니다! 시간 괜찮으십니까? 계산 좀 도와주시죠!"

아직도 계산할 사람을 찾아 헤매고 있는 모양이었다. 날벼락을 맞은 낭천추가 멀리서 외쳤다.

"됐습니다! 전 볼일이 있으니 다른 사람 찾아보세요!"

사련은 한숨을 푹 내쉬었다. 차라리 내가 계산해 볼까, 속으로 중얼대면서 앞으로 몇 걸음 뗀 순간이었다. 갑자기 뒤에서 누군가 그를 불렀다.

"스승…… 국…… 태자 전하."

돌아본 뒤에는 낭천추가 서 있었다. 그는 뺨을 긁적이며 말을 이었다.

"잠깐 시간 괜찮으신가요?"

"괜찮지."

그리하여 사련은 낭천추와 초라한 헛간 바깥으로 자리를 옮겼다. 한참 걷던 와중에 사련이 물었다.

"곡자는 어때? 괜찮아?"

낭천추가 쓰게 웃으며 대답했다.

"괜찮다고 해야 할지 저도 잘 모르겠습니다. 하루가 멀다 하고 아빠를 돌려 달라고 하니까 좀 가엽더라고요. 그래서…… 청귀의 혼백 조각을 챙겨 등잔에 넣어 줬습니다. 그랬더니 이제는 매일 그 등잔을 껴안고 제 앞을 뛰어다니면서 어떻게 해야 그 혼백이 자라는지 물어보는 거 있죠! 정말이지……."

낭천추의 울적한 얼굴을 보고 있자니 그의 골치 아픈 처지도 이해가 갔다. 척용에게 일가를 잃은 그가 왜 이런 일까지 겪어야 하는지 알다가도 모를 노릇이었다. 무심결에 그의 어깨를 다독이려던 사련은, 자신이 영안국에 한 짓을 떠올리곤 손을 내리며 상냥하게 말했다.

"고생이 많겠구나. 그래서, 나는 무슨 일로 불렀어?"

잠시 뜸을 들인 낭천추는 품에서 무언가를 꺼내 사련에게 건넸다.

"여기요."

그 물건을 본 사련은 가만히 숨을 삼켰다.

나무랄 데 없이 매끄럽게 빛나는 진홍빛 산호주.

사련의 목소리가 떨려 왔다.

"이건……?"

"이 산호주는 영안국을 세우신 선조께서 남기신 보물입니다."

사련은 그제야 정신을 차렸다. 그건 화성이 머리카락 끝에 달고 다니던 산호주가 아니라, 그가 낭영에게 선물했던 산호주였다.

화성의 물건이 아니었구나. 그는 속으로 실망하면서도 그 산호주를 건네받았다. 이때, 낭천추가 말을 이었다.

"그분께선 이 산호주를 선물한 사람이 당신을 도운 은인이라고 하셨습니다. 정말 좋은 사람이었다고요."

"……."

"하지만 선조께서 어떤 일을 저지르시는 바람에 그 은인이 모든 것을 잃게 됐다고 들었습니다. 다만 반드시 해야만 했던 일이라 후회하지 않는다고 하셨죠. 그런데 나중에 가서는 그 은인에게 조금 미안한 마음이 드셨던 모양입니다."

"……."

묵묵히 듣고 있던 사련이 물었다.

"그런데?"

"그런데, 선경에서 혈우탐화의 머리카락에 달린 구슬을 살펴보니 부황께서 물려주신 산호주와 너무 비슷해 보였습니다. 나중에 현진 장군께 들은 얘기지만, 이 구슬은 사실 한 쌍이고 원래 전하의 물건이었다고 하더군요. 그래서 정말 전하의 구슬이 맞는지 여쭤보고 싶었습니다."

이윽고 사련은 천천히 고개를 끄덕였다.

"맞아. 어렸을 때 부황과 모후께서 선물해 주셨어."

낭천추는 머리를 긁적이며 말했다.

"그럼…… 돌려드리겠습니다."

여전히 사련의 호칭을 정하지 못하고 쩔쩔매는 모습이었다. 구슬을 돌려준 낭천추는 잠시 머뭇거리나 싶더니 조용히 자리를 떴다. 사련은 붉은 산호주를 손에 쥐고 제자리에 서 있었다.

장장 팔백 년. 붉은 산호주 귀고리의 나머지 한 짝도 먼 길을 돌고 돌아 사련에게 돌아왔다. 이제는 온전히 그의 물건이었다.

다만, 원래였다면 나머지 구슬도 지금 여기 있었어야 했다. 원래였다면 한 쌍으로 합칠 수 있었다.

바로 이때, 산 아래에서 기쁨에 겨운 풍신의 목소리가 들려왔다.

"전하! 여러분! 빨리 이리 와 보십쇼!"

131장 그대는 꽃을 아끼고 나는 그대를 아끼네

사련은 구슬을 챙기고 아래로 시선을 옮겼다. 몇몇 신관들도 초라한 헛간 궁전에서 걸어 나왔다.

"남양 장군, 무슨 일입니까?"

풍신의 목소리가 들려왔다.

"제가 누굴 붙잡았는지 좀 보시죠!"

숲속에서 불쑥 나타난 풍신이 서둘러 신관들 쪽으로 달려왔다. 그의 손에 검은 옷을 입은 누군가가 붙들려 있었다. 신관들은 놀라움을 금치 못했다.

"영문!"

풍신에게 붙잡힌 사람은 다름 아닌 영문이었다. 풍신이 사련에게 말했다.

"전하가 예상하신 대로입니다. 정말로 금의선을 가지러 왔어요!"

주가가 풀린 사련의 법력이 군오에 맞먹을 수준까지 치솟았으니 금의선도 사련에게 함부로 해코지하지 못했다. 한편, 화성의 법술에 걸려 오뚝이가 되었다가 격전 중에 떨어뜨린 영문은 시간이 지나고 법술이 저절로 풀리면서 종적을 감추었다. 하지만 그녀는 분명 금의선을 찾으러 올 터였다. 그래서 사련은 금의선을 벗어 두고 귀시장에 부탁해 소문을 흘렸다. 아니나 다를까, 영문은 예상대로 이 수법에 걸려들어 주었다.

도주범이라는 죄명을 단 영문은 미리 세워 둔 회의용 궁전까지 압송되면서도 전혀 당황하는 기색이 없었다. 배명이 대뜸 그녀의 어깨를 짚고는 탁자 앞에 앉히더니 무거운 목소리로 말했다.

"드디어 왔군! 영문, 대가를 치를 차례요!"

"……."

열여덟 명 남짓한 신관들도 탁자를 둥글게 에워쌌다. 하나같이 굶주린 이리처럼 흉흉한 눈빛이었다. 영문은 그제야 조금 불안해졌다.

"……다들 뭘 어쩔 생각입니까."

'쾅' 하는 굉음이 울려 퍼지나 싶더니, 사람 키만큼 쌓인 공문 두루마리가 그녀의 눈앞에 떨어졌다. 그 충격에 탁자부터 의자까지 덜컹거렸다. 배명은 두루마리를 손바닥으로 내리치며 말했다.

"이것들, 당신이 처리하시오."

"……."

영문은 내심 안도한 눈치였지만 한편으로는 기가 막혔다. 그런데 안도의 한숨을 내쉬기도 전에 요란한 굉음이 줄줄이 이어질 줄 누가 예상이나 했을까.

장장 열여덟 번에 달하는 굉음이었다. 이윽고 산더미처럼 쌓인 공문 두루마리 열여덟 뭉텅이가 영문을 겹겹이 포위했다.

신관 열여덟 명이 두루마리 숲 틈새로 한마디씩 말을 보탰다.

"몇 날 며칠을 기다렸습니다! 어서 계산 좀 도와주세요!"

"이것들도 전부 처리해 주시오."

"빠진 부분이 있으면 채워 주시고."

"적어도 한 시진 안에는 끝마쳐야 할 거요!"

"……"

영문은 할 말을 잃었다.

그녀는 꼬박 하루가 지나고 나서야 회의용 궁전에서 풀려날 수 있었다.

얼기설기 뒤엉켰던 두루마리는 하룻밤 고군분투를 거쳐 종류대로 깔끔하게 처리됐다. 신관들은 그제야 기쁜 마음으로 자신들의 두루마리를 찾아 가져갔다. 반면에 영문은 얼굴빛이 파리했다. 한동안 사라졌던 새카만 그림자도 다시 눈 밑에 드리워져 있었다.

저마다 두루마리를 살펴본 신관들은 활짝 핀 얼굴로 배명에게 말했다.

"역시 걸 경이 일을 잘해요! 이제 맞춰 볼 수 있겠습니다!"

"딱 맞는군! 참으로 고맙소이다, 영문 대인!"

죄인인 영문은 신관들에게 둘러싸인 채 하하, 하고 웃었다.

"아뇨, 별말씀을요."

상황이 이렇게 돌아가자, 어제 두루마리를 가져오지 않아 오늘까지도 골치를 앓고 있던 신관들이 영문 주변으로 우르르 몰려들었다.

"그 뭐냐, 실은 이쪽에도 어제 깜빡 잊고 못 드린 장부가 있는데 그것도 좀……."

"……."

영문은 또다시 할 말을 잃었다.

한편, 사련은 회의용 궁전 바깥에 쭈그리고 앉아 찐빵을 먹고 있었다. 식사를 마친 그는 손을 툭툭 털더니, 드디어 영문을 고난 속에서 끌어내 주었다.

"여러분, 장부 계산은 이따가 하시고 영문에게 쉴 시간을 주시면 어떨까요."

"아, 그럼요, 그럼요. 태자 전하 말씀이 맞습니다."

예전에는 모두가 사련의 의견을 무시했지만 이제는 사정이 달랐다. 신관들은 모두 그에게 동조하며 말을 아꼈다. 영문은 의자에 앉은 채 이마를 짚고 눈을 감았다. 다른 신관들이 나가고 회의용 궁전이 한산해지자 그녀가 사련에게 말했다.

"축하드립니다, 태자 전하. 본 실력을 되찾으셨군요. 실로 뛰어난 계략이었습니다. 이제 귀신들까지 신도를 자청하며 전하의 명을 따를 줄은 몰랐습니다."

"그건 제 신도가 아니라 귀시장 친구들이에요. 그 친구들에게 부탁을 좀 했죠."

영문은 짐작이 간다는 표정으로 고개를 끄덕였다. 이윽고 사련이 다시 입을 열었다.

"영문, 물어볼 게 있는데요."

"얼마든지 물어보세요."

"삼랑…… 그러니까, 화 성주요. 화 성주는 영문의 금의선을 입고도 별다른 영향을 받지 않았는데, 혹시 이유를 아세요?"

"그 질문이었군요. 저는 전하께서 벌써 다 아시는 줄 알았습니다만?"

사련은 얼떨떨한 기색으로 물었다.

"자세히 들려주겠어요?"

영문은 옷자락을 반듯하게 펼치고 자세를 바르게 고쳐 앉았다.

"태자 전하, 금의선의 전설에 대해 들어 보셨습니까?"

"네. 영문이 직접 만든 전설이죠."

"그렇게 말할 수도 있겠군요. 물론 저는 그 옷에 엉겨 붙은 원기가 이런 요물을 만들어 낼 줄은 몰랐지만요. 하지만 수려국의 멸망을 도모하려고 백금을 죽인 건 사실입니다."

사련은 이야기에 가만히 집중했다. 영문이 말을 이어 갔다.

"금의선은 인간 세상을 떠돌면서 숱한 손을 거쳤습니다. 금의선을 손에 넣은 수많은 자들이 이 옷으로 사람을 죽이고, 해치고, 속였습니다. 물론 그런 방식으로도 원기를 잠재울 수 있었지만, 백금은 그런 사람이 아니었습니다. 백금은 자신을 악용하는 사람들을 진심으로 싫어했습니다. 그래서 자신과 비슷하거나 특정한 사람을 만나면 원기를 감추고 기뻐했죠."

사련이 물었다.

"비슷한 사람과 특정한 사람은 뭐죠?"

"전하는 혈우탐화에게 금의선을 입혔지만, 그자를 해치려는 마음은 추호도 없었어요. 오롯이 그자를 믿으셨죠. 혈우탐화도 마찬가지였고요. 아니, 더 깊다고 말해야 할까요. 그런 혈우탐화의 면모가 백금을 공명시켰습니다. 그자는 금의선을 입지 않아도 전하가 명령을 내린다면 망설임 없이 따랐을 겁니다. 전하를 위해 죽으라는 명령까지도요."

"……."

"그래서 그때 전하의 곁에 있는 소년이 혈우탐화일 거란 생각이 들었죠. 물론 저는 두 사람 사이를 잘 모릅니다만, 그래도 다른 인물은 전혀 떠오르지 않더군요."

"어째서요?"

영문은 손가락을 치켜들며 물었다.

"태자 전하, 지금 목에 뭘 걸고 계시죠?"

잠시 멈칫한 사련은 무심결에 목을 더듬었다.

"예전에 그것과 비슷한 물건을 봤습니다. 막다른 길에 몰린 귀신들이 정인에게 건네는 자신의 유골이죠."

영문전에서 다루는 두루마리는 종류가 다양하니 이런 물건을 보았대도 이상할 게 없었다. 하지만 사실, 사련도 내심 짐작하고 있었다.

영문이 말을 마치자, 그는 투명하게 빛나는 그 반지를 손안 깊이 그러쥐었다.

영문의 목소리가 이어졌다.

"흔한 물건도 아닌데, 너무 아름답고 처절해서였는지 지금까지도 기억이 생생합니다."

"처절하다고요?"

"사랑에 눈이 멀어 자신의 목숨이 걸린 물건을 연인에게 넘겼다간 비극적이고 끔찍한 결과를 맞게 됩니다. 진심 같은 건 남들에게 짓밟히기 마련이죠. 유골로 만든 증표는 누군가 뺏어 가거나 주인이 직접 부수는 등, 대부분 말로가 좋지 않습니다. 태자 전하의 증표는 예외지만요. 거의 완벽하게 보관하셨어요."

사련은 긴 침묵을 깨고 입을 뗐다.

"'믿음'과 '공명'이라고 하셨죠. 그럼 백금 장군도 그런 사람이었나요?"

영문은 희미하게 웃으며 말했다.

"그러니까 제게 속아 넘어갔겠죠?"

"그걸 속였다고 해야 할까요. 영문은 제가 일부러 퍼뜨린 소문이란 걸 알면서도 백금을 찾으러 왔잖아요."

"제 호신용 무기니까요."

"단순한 호신용 무기였으면 그런 위험을 감수하면서까지 훔치려 하진 않았겠죠. 심지어 그 뒤로는 금의선을 가지고 동로산까지 도망쳤잖아요."

영문은 무덤덤한 투로 대답했다.

"동로산에 가는 것 말고는 뾰족한 방법이 없었습니다. 진실이 들통나 버렸는걸요. 태자 전하께 제대로 덜미를 잡혔잖습니까."

"사실, 영문은 마음만 먹으면 얼마든지 숨길 수 있었어요. 여기저기 뇌물을 찔러 주면 계급이나 공덕은 좀 깎여도 도주범 신세로 전락하진 않잖아요. 그러니까…… 영문은 백금 장군이 '절'로 다시 태어나 이성을 되찾을 수 있게 도와주고 싶었던 거죠."

영문이 빙긋 웃고는 입을 열었다.

"태자 전하, 제가 백금을 위해서라면 물불 안 가리는 사람인 양 말씀하지 말아 주시겠습니까. 저처럼 육친도 몰라보는 냉혈한이 그런 짓을 하겠습니까?"

"그런가요?"

"그렇습니다."

사련은 황극관 태자봉에 무너져 내린 건물 잔해를 치우고 잠시 묵을 오두막을 하나 지었다. 태자봉은 다른 곳에서 제법 외떨어진 편이었다. 그는 일이 생기면 회의용 궁전에 내려가 손을 보태고, 한가해지면 혼자 조용히 거처에 머물렀다.

이레가 지났을 무렵, 마침내 바느질을 마친 모정이 약야를 들고 찾아왔다. 문을 열자마자 얼굴로 덮쳐 온 흰 물건 때문에 사련의 눈앞이 새하얗게 물들었다. 사련은 눈을 가린 천을 끌어당겼다. 약야는 새로 태어난 자신의 아름다운 몸뚱이를 자랑하는 것처럼 몸을 꿈틀거리고 있었다. 사련이 말했다.

"막 고쳐 놨는데 꿈틀대면 어떡해. 그러다 또 끊어질라."

모정은 그 한마디에 곧바로 심기가 불편해졌다.

"그럴 리가 있습니까? 그동안 제가 고쳐 드렸던 옷 중에 또 찢어진 게 있었습니까?"

"그건 그러네."

사련은 수초처럼 꿈틀거리는 약야를 가만히 살펴보았다. 어찌나 깔끔히 기워 놓았는지 찢어진 흔적이 보이지 않을 정도였다. 그는 넌지시 감탄했다.

"역시 네 솜씨가 최고야."

"그런 칭찬 받아도 기쁘지 않습니다. 이번이 마지막이에요. 이런 짓 두 번 다시는 안 할 겁니다."

사련은 속으로 생각했다.

'그런 것 치곤 엄청 뿌듯해 보이는데…….'

모정은 혼자 몇 마디 구시렁대더니 말을 끝맺었다.

"됐습니다. 볼일 끝났으니 이만 가 보겠습니다. 현진전 정리하느라 바빠서요."

"너도 떠나려고? 알았어. 그럼 이따가 도우러 갈게. 갈 때 꼭 얘기하고. 바래다줄 테니까."

영문을 잡아와 엉망으로 뒤섞인 장부 내역을 정리한 신관들은 선경을 재건하기로 의견을 모았다. 이제 태창산에 임시로 지어 둔 회의용 궁전을 떠날 차례였다. 모정은 대답도 거절도 않고 손만 홰홰 내젓더니, 몇 걸음 떼다 말고 멈춰 서서 뒤를 돌아보았다.

"계속…… 태창산에 계실 겁니까?"

사련은 고개를 끄덕이며 대답했다.

"응."

모정이 잠시 머뭇거리다 입을 뗐다.

"그냥 저희와 같이 가시죠."

사련은 웃으며 말했다.

"괜찮아. 기다려야 할 사람이 있어."

"새로운 상천정에서 기다려도 되잖습니까."

사련은 고개를 가로저었다.

"아마 가장 먼저 여기로 올 것 같아서. 그럼 한 번에 바로 만날 수 있잖아. 여기가 아니면 귀시장 천등관일지도 모르는데, 여긴 귀시장에서 가까운 편이니까 새로운 선경보다 움직이기 편해."

"……."

모정은 복잡한 표정을 짓더니 꾹 참았던 말을 꺼냈다.

"정말 그자가 돌아올 거라고 믿으십니까?"

사련은 당연하다는 투로 대답했다.

"믿어."

태창산을 큼직하게 뒤덮었던 단풍나무는 불길에 몽땅 불탄 뒤로 수천 수백 년이 흐르며 다시 자라났다. 사련이 뛰어오르며 수련했던 먼 옛날처럼 울창하지는 않았으나 경치만큼은 똑같았다.

이따금 사련은 혼자서 단풍나무 사이를 거닐곤 했다. 타오르는 불꽃처럼 산천을 뒤덮은 단풍은 거대하고 따뜻한 품속에 서 있는 듯한 느낌을 안겨 주었다.

혼자뿐인 일상이라면 팔백 년을 지내 왔으니 이젠 익숙했다. 그는 틈틈이 산을 내려가 신도들의 기원을 들어주거나 고물을 주웠고, 한가할 때면 채소를 심고 밥을 지었다.

다만 이상하게도, 예전에는 익숙하기만 했던 혼자뿐인 일상이 이제는 조금 버거웠다. 사련은 긴 시간이 흐르고서야 다시 외로움에 적응할 수 있었다.

살면서 쓴맛만 봐 온 사람은 쓴맛에 익숙하다. 그러다 어느 날 누군가 단맛을 보여 준다면, 그 단맛을 떠올리고 다시 쓴맛을 보게 된다면, 그때는 인상이 찌푸려질 것이다.

혼자 쓸쓸하게 지냈던 과거에는 사련도 내심 누군가가 자신을 찾아오기를 기대했다. 같이 이야기를 나누어도 좋고, 일손을 도와줘도 좋으니 조금이라도 사람 사는 느낌을 느끼고 싶었다. 하지만 이제는 그런 기분이 들지 않았다.

이유는 따로 있었다. 그는 문 두드리는 소리가 들리면 언제나 반색하며 기대에 부풀었다. 하지만 앞으로 달려가 문을 열 때마다 그가 기다리는 사람은 보이지 않았다.

때로는 풍신, 때로는 모정, 이따금은 사청현이, 가끔은 '어르신을 공경하는' 귀시장 귀신들이 오기도 했다.

다들 반가운 손님이었다. 사련이 기다리는 사람이 아닐 뿐.

첫째 달, 사련은 꽃나무를 몇 그루 옮겨다 문어귀에 심고 주변을 꾸며 오두막의 궁상맞은 분위기를 숨겨 보았다. 어쩌면 화성이 돌아올 무렵에는 꽃이 필지도 몰랐다.

둘째 달, 사련은 오두막을 헐고 새로 지은 다음 태창산에 자라난 잡초를 몽땅 뽑았다. 돌아온 화성이 이 어수선한 풍경을 본다면 일손을 불러다 대신 치울 게 뻔했으니까.

셋째 달, 꽃나무에 꽃이 피었다. 탐스럽고 붉은 꽃이 온통 만개했다. 사련은 나무 밑에 서서 꽃을 감상하는 한편, 속으로 생각했다. 꽃이 피었으니 이제 곧 돌아올지도 모르겠다고.

넷째 달, 사련은 모든 산길도 새롭게 다듬었다. 그래야 화성이 조금이라도 더 빨리 올라올 수 있을 테니까.

다섯째 달, 풍신과 모정이 또다시 찾아왔다. 두 사람은 사련에게 일단 태창산을 떠나 돌아다녀 보는 게 어떻겠냐고 물었다. 사련이 두 사람에게 음식을 대접하자 두 사람은 꽁무니를 뺐다.

여섯째 달, 꽃 피는 계절이 지나갔다.

…….

기다리고 또 기다렸다. 사련은 초조해하지도, 절망하지도, 통곡하지도 않았다. 오히려 시간이 흐를수록 마음이 평온해지고 인내심이 쌓여 가는 것 같았다.

생각해 보면, 홀로 긴긴 세월을 버틴 사람은 사련뿐만이 아니었다.

화성은 그를 팔백 년이나 기다렸으니 그도 팔백 년인들 더 기다릴 수 있었다.

천 년, 만 년이라도 기다리고 또 기다릴 것이다.

그러니, 고작 일 년 따위 얼마든지 괜찮았다.

이날 사련은 평소처럼 고물을 한 보따리 주웠다. 그는 돈을 모아 새로 장만한 소달구지에 고물을 한가득 싣고 산 위로 향했다.

밤빛에 잠긴 단풍나무 숲을 지나 산길을 반쯤 올라왔을 무렵, 사련은 무심결에 고개를 돌렸다. 고요한 밤공기 속에 빛무리가 떠다니고 있었다.

가만히 빛을 바라보던 사련은 그게 장명등이라는 것을 깨닫고 혼자 중얼거렸다.

"오늘이 정월 대보름날이었구나."

지금 상천정 신관들은 또 연회를 열고 투등을 겨루고 있겠구나. 사련은 저도 모르게 고삐를 당기고 제자리에 멈춰 서서 하늘로 날아가는 장명등을 멍하니 바라보았다.

문득 생각해 보니, 그와 화성도 정월 대보름에 만났었다.

그해, 온 얼굴에 상처와 먼지를 뒤집어쓴 꼬마가 뒤끓는 인파를 비집고 성벽 아래를 내다보았다. 열일곱 살이던 선락 태자 사련은 온몸에 빛을 휘감은 채 고개를 들었다. 허공에서 누군가의 그림자가 떨어지자, 그는 한 치의 망설임도 없이 훌쩍 뛰어올랐다.

풍요로운 정월 대보름, 신무대로. 한순간 스친 만남에 영원히 얽매인 누군가.

그래도 이제는 일방적인 얽매임이 아니라고, 사련은 미소를 지으며 속으로 읊조렸다.

사련은 빙글 돌아서서 고개를 숙이고 다시 산을 오를 채비를 했다. 달구지가 덜컹거리며 한참을 굴러갔을 무렵, 앞쪽 멀리서 환한 빛이 느껴졌다.

거듭 고개를 든 사련은 눈을 커다랗게 떴다.

그 빛은 등불이었다.

흡사 바다를 헤엄치는 물고기 떼처럼, 수많은 등불이 산꼭대기에서 서서히 솟아올랐다.

등불이 어둠 속에서 찬란하게 빛났다. 허공을 맴도는 영혼처럼, 가장 눈부신 꿈결처럼, 장대한 아름다움이 그의 앞길을 환히 비추었다.

사련도 본 적이 있는 장면이었다. 다시 눈앞에 나타난 이 장면에 사련은 호흡과 심장 박동이 멎을 것 같았다. 수레를 끌고 구불구불한 산길을 굽이굽이 휘돈 끝에, 그가 지어 놓은 허름한 오두막이 나타났다.

누군가 있다.

비뚜름한 오두막 앞에 붉은 옷을 입은 늘씬한 인영이 사련을 등지고 서 있었다. 은빛 곡도를 허리춤에 찬 그 사람은 마지막 장명등 하나를 하늘로 날려 보내고 있었다.

사련은 그대로 제자리에 얼어붙었다. 내가 아직도 꿈을 꾸나, 그것도 아니면 환각이 보이는 건가, 싶었다. 소달구지가 앞으로 굴러가자, 그 사람이 빙글 돌아섰다. 눈앞에 펼쳐진 풍경도 점점 선명해졌다.

그 사람은 밤하늘로 떠오르는 장명등 행렬 앞에 서서 사련을 돌아보았다. 단풍잎보다 붉게 물든 옷과 눈처럼 흰 살갗. 눈을 마주칠 엄두도 나지 않는 고운 눈매는 여전히 거칠고 오만했다.

검은 안대가 한쪽 눈을 가리고 있었지만, 별처럼 맑은 나머지 눈동자 하나는 사련을 물끄러미 응시했다.

사련은 황급히 소달구지에서 뛰어내렸다.

한 마디 말도 없었다. 두 사람은 그렇게 서로를 향해 걸어갔다.

한 걸음, 한 걸음. 점점 빨라지던 발걸음이 이내 달리기 시작했다.

몸은 앞으로 달려가고 눈물은 뒤로 떨어져 제자리에 머물렀다. 사련은 속으로 가만히 읊조렸다. 믿고 있었어.

이 사람은 자신을 위해서라면 죽고 또 죽어도 몇 번이고 살아날 거라고. 설령 지옥에 떨어진대도 자신의 '믿음'을 위해 무간을 박차고 나오리라고.

지금껏 서로에게 달려가기까지 팔백 년이 걸렸다.

이제는, 서로를 껴안을 차례였다.

132장 천관이 복을 내리시니 근심할 것 하나 없다

"축하해요!"

"태자 전하, 축하드립니다!"

새로 지은 보제관은 오가는 인파로 북새통이 따로 없었다. 사련은 상다리 부러지도록 차려진 장탁자 사이를 누비며 김이 모락모락 나는 국수와 기름진 국물, 향기로운 쌀밥을 물 흐르듯 나누어 주었다. 그는 정신없이 바쁜 와중에도 틈틈이 손님을 맞이했다.

"감사합니다. 앉으세요!"

난투극으로 불행히 무너졌던 보제관이 새롭게 되살아났다.

재건을 마친 보제관은 다 쓰러져 가던 예전 모습보다 훨씬 으리으리했다. 새로 꾸민 마당도 하나 딸려 있었다. 보제관을 다시 세운 것은 사련이나 화성이 아닌 보제 마을 사람들이었다. 사련이 급하게 떠난 뒤, 폐허 더미를 뒤지던 마을 사람들은 뜻밖에도 금괴 한 상자를 발견했다. 권일진이 날마다 사련의 공덕함에 욱여넣었던 그 금괴였다.

보제 마을 사람들은 그렇게 많은 금괴는 난생처음 보는 터라 놀라 하마터면 나자빠질 뻔했다. 정신을 차린 촌장은 금괴 일부를 꺼내 보제관 재건에 보탰다. 그러곤 나머지는 사련이 돌아오면 줄 생각으로 손도 대지 않고 놔두었다.

그래서 사련이 화성을 데리고 돌아왔을 무렵, '도장님!', '소화!' 하고 외치는 마을 사람들의 따뜻한 환대와 더불어 새로운 도관과 묵직한 금괴 상자가 그를 맞이했다.

사련은 그 금괴를 권일진에게 돌려줄 생각이었으나 권일진은 한사코 거절했다. 이 꼬마는 화성이 '금괴 안 가져가면 혼백을 되돌릴 방법은 평생 모를 줄 알아'라며 협박하고 나서야 남에게 금괴를 찔러 주던 버릇을 고쳐먹었다.

인사를 마친 모정과 대표 신관들은 조심스레 마당으로 들어서서 슬쩍 고개를 들었다. 도관의 전경이 눈앞에 펼쳐지자 다들 한순간 말을 잇지 못했다.

눈이 멀 것 같다.

정말로 눈이 멀 것 같다!

기념일에나 볼 만한 울긋불긋한 배색도, 한껏 과장된 알록달록한 신상도 아주 무서운 축에 속하지는 않았다. 그중 가장 무서운 것은 단연코 현판이었다.

글인지 그림인지, 현판에 쓰인 저건 대체 정체가 뭘까?

새로운 도관이 완공되었으니 응당 축하해야 마땅했다. 그런데 곳곳마다 보이는 저속한 장식에, 절망의 한 획으로 쓰인 현판까지 더해지자 차마 축하할 엄두가 나지 않았다. 미리 생각해 두었던 축하 인사조차 까맣게 잊어버릴 정도였다.

이러나저러나 사련은 전혀 개의치 않았다. 적어도 언제 무너질지 모르는 위험은 덜었으니 오히려 좋았다. 그는 신관들에게 다시 한번 권유했다.

"앉으시겠어요?"

몇몇 신관들은 그다지 앉고 싶지 않은 눈치였다. 그저 예의상 축하하러 들른 것이었는지, 다들 황급히 선물을 내려놓곤 쌩하니 가 버렸다. 사련은 모정에게 물었다.

"왜 다들 벌써 가시는 거야?"

"그걸 질문이라고 하십니까?"

"그럼."

모정은 불퉁하게 받아쳤다.

"그럼 당신이 그렇게 좋아하는 삼랑한테 물어보시죠."

사실 화성이 돌아왔다는 사실을 가장 먼저 알게 된 사람이 사련이라면, 그다음 순서는 새로운 선경에 갓 둥지를 튼 상천정이었다. 얼마 전 그들이 공들여 개최한 정월 대보름 투등 대회가 기점이었다. 그날 화성은 중추연 때처럼 난데없이 등장해서는 장명등 3천 개를 산산이 터트려 버렸다. 그날 밤부터 상천정의 비상종이 실성한 것처럼 울리기 시작했다. 온 상천정에 울려 퍼지는 종소리는 그들에게 이렇게 경고하는 것만 같았다.

'제천 신선들의 악몽이 다시 돌아왔다!'

웬만한 신관들은 눈앞에 나타난 이 악몽에 선불리 다가서지 못했다. 그렇다곤 해도 지금 상천정에는 화성과 사련에 관한 온갖 자극적인 소문이 떠돌고 있었다. 때문에 신관들은 훗날 화성에게 조금이나마 잘 보이고픈 마음으로 사련과 친분을 다지려 들었다.

이 이야기를 들은 사련은 과거 화성이 군오에게 내걸었던 '천계에 혈우탐화의 업적을 통보해 사시사철 칭송할 것'이란 조건을 떠올리고 웃으며 말했다.

"장난기도 많지."

그러자 모정이 대꾸했다.

"이게 장난이라고 뭉뚱그릴 일입니까? 그 조건 좀 철회하라고 하시죠. 해도 해도 너무하잖습니까. 종이 매일같이 울려 대는 통에 도무지 일을 할 수가 없어요. 거기에다 시도 때도 없이 사람 위로 떨어진다고요. 겨우 재건한 선경을 이런 식으로 또 무너뜨릴 순 없습니다."

사련이 말했다.

"알았어, 나중에 얘기해 볼게. 그나저나, 먹어 볼래?"

그는 마당 탁자에 놓인 요리를 가리키며 한마디 덧붙였다.

"내가 만든 거 아니야."

살벌한 표정으로 얼굴 한가득 '거절'을 써 붙인 모정은 사련이 덧붙인 말을 듣고서야 인상을 폈다. 이때 풍신도 이쪽으로 다가왔다. 마당에 들어선 그는 마침 자리를 떠나려던 소신관들과 어깨를 스치고 지나갔다. 소신관들은 풍신에게 인사를 건네곤 저들끼리 속삭였다.

"남양 장군이다."

"맞네. 불쌍해라. 부인이랑 아들이 다른 사람이랑 도망갔다던데……."

풍신은 이마에 핏대를 세우며 버럭 욕을 퍼부었다.

"염병, 환장하겠네! 적당히들 못 해? 대체 몇 달째 우려먹고 있는 거냐? 그리고! '다른 사람이랑 도망'이 아니라 그냥 '도망'이야! 어디서 빌어먹을 헛소리를 지껄여!"

가볍게 입을 놀리던 소신관들은 지레 겁을 먹고 도망쳤다. 모정은 양 소매를 맞붙이고 손을 겹쳐 넣은 채 말했다.

"안 하느니만 못한 변명이군. 듣는 사람이 더 민망해."

화가 난 풍신은 옆에 있는 빗자루를 집어 던졌다. 빗자루를 받아 든 모정이 코웃음을 치며 말했다.

"진부하잖아. 이 수법은 이제 안 통한다고."

풍신이 다시 욕을 쏟아 낼 기세이자, 사련이 다가와 그에게도 빗자루를 쥐여 주며 말했다.

"안 통한다니 다행이네. 그럼 둘이서 마당을 쓸어 줘. 방금 폭죽을 터뜨렸더니 바닥이 붉은 가루로 난리거든. 그럼 수고

해. 심심하면 겸사겸사 끝말잇기라도 하든지."

"???"

반 시진이 지났을 무렵, 도관 바깥으로 웅성거리는 인기척이 다가왔다.

마당에 있던 사람들은 밖을 내다보았다. 이윽고 어마어마한 인파가 보제관 마당으로 몰려들더니 저마다 시끄럽게 소리쳤다.

"여기 맞아?"

"바로 여기야! 이야, 화려한 곳이네."

"진짜 밥이 있잖아! 엄청 많아!"

"고기도 있어!"

풍신과 모정이 말끔히 쓸어 놓은 바닥이 질척한 발자국으로 뒤덮였다. 빗자루를 쥐고 있던 모정은 몸에 벼룩이 옮는 듯한 기분에 두 눈을 부릅떴다.

"……이 거지들은 뭐야?"

앞장서서 거지들을 이끌고 들어온 사람은 다름 아닌 사청현이었다. 절뚝거리며 다가온 그가 공수하며 말했다.

"태자 전하, 폐 좀 끼치러 왔습니다! 어때요, 지난번 약속은 지키실 거죠?"

사련은 웃으며 그를 맞이했다.

"어서 오세요. 당연히 지켜야죠! 앉으세요, 앉으세요."

모정이 한마디 던졌다.

"아무리 그래도 사람이 너무 많잖습니까."

그러자 사청현이 말했다.

"많기는요! 다들 작년에 황성에서 진법을 거들어 주신 어르신들이라고요."

황성에서 진법을 만들었을 때 사청현은 일이 잘 풀리면 모두에게 닭 다리를 대접하겠다고 약속했었다. 그런데 일이 잘 풀리고도 사련이 자취를 감추는 바람에 다들 닭 다리를 뜯지 못했었다. 오늘, 드디어 약속을 지킬 수 있게 되었다.

닭 다리 국수가 차례차례 상 위로 올라왔다. 사청현이 말했다.

"다들 오늘은 아무 걱정 없이 먹읍시다!"

탁자부터 땅바닥까지 비집고 앉은 거지 떼는 환호성을 지르더니 사발을 끌어안고 요란하게 면을 빨아들였다. 식사가 한창인 와중에 누군가가 불쑥 외쳤다.

"이상하군! 요사스러운 기운이 느껴지잖아!"

사람들이 한쪽을 쳐다보았다. 한쪽 탁자를 차지한 무리는 다름 아닌 천안개와 법사들이었다. 사련은 어쩐지 머리가 지끈거렸다.

"여긴 왜 오셨어요?"

"우리도 지난번에 도와준 몫이 있는데 왜 못 오겠소?"

짧게 쏘아붙인 천안개는 사발을 높이 들어 보이며 심각한 얼굴로 말했다.

"여러분, 내 말 좀 들어 보시오. 내가 똑똑히 보았소! 지금 이 사발에 담긴 음식에서 요사스러운 기운이 느껴지고 있소. 아무래도 좋은 물건은 아닌 것 같은데. 뭔가 수상하오! 빨리들 내려놓으시오!"

아무도 그를 거들떠보지 않았다. 한 그릇을 다 비운 거지들은 빈 그릇을 쳐들고 외쳤다.

"한 그릇 더!"

빗자루 싸움을 해 가면서 마당에 쌓인 폭죽 부스러기를 처리한 풍신과 모정도 맛있게 식사하고 있는 거지들을 보고는 탁자 앞에 앉아 그릇을 들었다. 때마침 천안개가 씩씩거리며 말했다.

"왜 사람 말을 무시하는 거요!"

천안개가 부엌을 살펴볼 기세로 일어서자, 사청현이 그를 말렸다.

"도장님도 참, 뭔가 오해하신 것 같네요. 여기는 혈우탐화의 지반이잖아요. 요사스러운 기운이 있는 게 정상이지요. 알았어요, 알았어. 그래도 불안하다 이거죠? 제가 보고 올 테니까 흥분하지 말고 앉아 있으세요."

사청현은 정말로 자리에서 일어나 부엌 근처로 향했다. 그는 발을 걷어 올리며 말을 이었다.

"이거 봐요, 수상한 게 어디 있다고—."

사련이 말했다.

"잠깐만요. 저도 한번 봐야겠어요……."

그러나 사련과 사청현, 풍신과 모정은 부엌으로 머리를 들이밀기 무섭게 충격에 휩싸였다.

우람한 돼지 백정이 부엌에서 칼을 들고 도마를 마구 내리치고 있었다. 뒤에 걸려 있는 게 돼지 다리가 아니었으면 깜빡 사람을 자르는 줄 알았을 터다. 옆쪽에 큰불을 지핀 커다란 항아리 안에서는 목이 긴 닭 요괴가 열심히 때를 밀고 있었다. 닭 요괴는 밖에서 누군가 자신을 쳐다보자 비명을 지르며 두 손으로 가슴을 가렸다.

골치가 아파진 사련은 재빨리 안으로 들어가 목소리를 낮추었다.

"제가 이러면 안 된다고 했잖아요?"

닭 요괴는 오옥, 소리를 내며 가슴을 치더니 장담하듯 말했다.

"큰아버지! 저희는 목욕도 다 하고 와서 아주 깨끗합니다! 게다가 이 국물은 장수에 효과가 좋아서 마신다고 나쁠 게 없어요! 남는 장사라니까요! 안심하고 드세요!"

"……."

사청현은 말없이 발을 내려놓았고, 풍신과 모정은 그릇을 냅다 집어 던졌다.

"차라리 전하 요리가 낫겠네!"

사련은 미간을 긁적였다. 웃음이 나오는 한편, 그도 어쩔 도리가 없었다.

"꼭 도와야겠다는데 별수 있나. 좋은 마음으로 그러는 거잖아."

이때, 부엌 앞에서 속닥거리는 사련 일행이 수상하게 느껴졌는지 천안개도 이쪽으로 걸어왔다. 사련은 황급히 그를 가로막고 물었다.

"무슨 일이시죠?"

그는 요괴들을 발견한 천안개가 또 소란을 피우면 어쩌나 싶었다. 그런데 무슨 영문이었을까. 천안개는 부엌이 아니라 사련에게 달려들었다. 그는 사련 주위를 몇 바퀴 돌고는 미심쩍은 듯 중얼거렸다.

"희한하네……."

"뭐가요?"

천안개는 아무리 생각해도 이해가 가지 않는 눈치였다.

"아니, 사 도장. 어찌 귀기가 지난번보다 더 짙어졌소?"

"……."

사련은 가볍게 헛기침을 했다. 모정이 코웃음을 치며 말했다.

"온종일 귀신과 붙어 있으니 안 짙어질 리가 있나."

그러자 천안개가 중얼거렸다.

"아니지. 아무리 그래도 이렇게 변한단 말이오?"

풍신이 끼어들었다.

"이런 게 대체 어떤 건데?"

한참을 고민한 천안개는 결국 솔직히 터놓고 말했다.

"도장 몸에 묻은 귀기 말이오. 어떻게 안쪽에서 바깥으로 옮겨 왔소? 이…… 이건 그냥 당신 몸에서 뿜어져 나오는 거나 다를 게 없잖소."

"……."

"아무래도 엄청난 병에 걸린 것 같소. 무슨 일을 그렇게 한 거요? 병증이 심각해도 너무 심각하오만?"

"……."

사련은 이제 기침도 나오지 않았다. 온 얼굴이 새빨갛게 물들 지경이었다.

어리둥절했던 풍신과 모정은 뒤늦게야 상황을 파악했다. 두 사람은 약속이나 한 듯 사련을 쳐다보며 침묵했다.

"……."

오직 사청현만 다른 쪽으로 머리를 굴리지 못했다.

"왜요? 그래서요? 이게 무슨 일이죠? 태자 전하, 진짜 어디 아프신 거예요? 혈우탐화도 알아요? 혈우탐화한테 치료라도 받아야 하는 거 아니에요?"

아니, 아니다. 바로 그 사람 때문에 이러는 거다!

사련은 우물거리며 말했다.

"그게요, 사실은, 아니, 다들 그렇게…… 제 생각엔, 차라리, 으음……."

머릿속이 엉망진창인 장면들로 가득 찼다. 의미 없는 단어만 어영부영 늘어놓고 있는 와중에, 문득 사련의 등 뒤로 누군가의 가슴이 닿아 왔다. 은제 호완을 찬 팔이 그를 감쌌다. 이윽고 익숙한 목소리가 웃음기를 흘리며 말했다.

"쓸데없는 참견 말고 각자 자리로 돌아가서 밥이나 먹는 게 어떨까 싶은데?"

이런 때에 화성이 등장하다니. 구원을 받았다고 해야 할지 한층 곤란해졌다고 해야 할지 모를 노릇이었다. 사련은 그를 보며 외쳤다.

"삼랑!"

화성이 등장하자 풍신도 모정도 표정이 복잡하게 물들었다. 하지만 사련을 앞에 두고 무슨 말을 하기가 영 곤란했다. 그 와중에, 사청현은 혼자 심각했다.

"혈우탐화, 태자 전하 몸 살펴본 적 있어요?"

사련은 그가 더 이상 묻지 않길 바라는 심정으로 이마를 짚었다. 이때 거지들이 떠들썩하게 끓어올랐다.

"한 그릇 더 달래도!"

"고기 많이 넣고!"

"닭국에 간이 덜 된 것 같은데, 소금 좀 많이 쳐!"

보다 못한 모정이 면박을 주었다.

"당신들, 여기가 도관인지 모르는 건가? 신관을 모시는 곳이니 자중들 하지?"

하지만 거지들은 그의 수법에 넘어가지 않았다. 한때 수많은 신관들과 손을 맞잡고 진을 지켰던 거지들은 그 당시 벌벌거리며 도망친 신관들을 두 눈으로 목격한 바 있었다. 사실 그 모습은 자기들보다도 못나 보였다. 게다가 사청현과 부대끼며 살아서인지 신선도 우리랑 별다를 게 없구나, 생각보다 그렇게 까마득하고 위엄스러운 존재는 아니구나, 싶기도 했다.

이때, 부엌에서 난데없이 비명이 들려왔다.

"누구냐?"

흠칫 놀란 사련이 재빨리 부엌으로 뛰어들었다. 돼지 백정과 닭 요괴가 안에서 마구 고함을 지르고 있었다. 사련은 허겁지겁 두 요괴를 달랬다.

"진정! 진정해요! 무슨 일이에요?"

닭 요괴는 어찌나 놀랐는지 온몸에 닭살이 다 돋아 있었다.

"큰아버지! 귀신이 곡할 노릇입니다요! 어떤 귀신이 저희가 만든 밥과 국을 먹어 치웠어요! 잠깐 머리만 담그고 나왔는데 한 그릇도 안 남았어요! 귀신이 곡할 노릇입니다!"

돼지 백정이 거칠게 쏘아붙였다.

"뭘 겁내고 앉았어! 네놈이 귀신이랑 다르면 뭐가 다르다고!"

사련은 약간 놀란 기색이었다.

"그럴 리가요? 아까 50그릇 넘게 채워 놓은 거 저도 분명히 봤는데요?"

"그러니까요!"

다시 살펴보니, 닭 요괴의 말은 사실이었다. 50개 남짓했던 국수 그릇이 국물 한 방울 남기지 않고 모두 비어 있었다!

문득, 의문에 빠져 있던 사련의 머릿속에 한 사람이 떠올랐다. 그는 문가에 기대어 서 있는 화성을 돌아보았다.

"삼랑, 설마?"

화성이 담담한 목소리로 말했다.

"그런가 보네."

"음……."

짧게 운을 뗀 사련이 말했다.

"아마 축하하러 왔을 거야. 당연히 환영이긴 한데, 그래도 이건 좀 많이 먹었네……. 그 바람에 음식이 동났는데 어떡하지?"

화성은 싱긋 웃으며 말했다.

"어쩌기는. 이자를 올려야지."

실의에 빠진 귀시장 귀신들은 현실을 받아들이고 다시 요리를 시작했다. 이때 대전과 마당에서 싸움이 붙었는지, 시끌벅적한 소리가 들려왔다. 하지만 화성은 싸움을 말리러 가려던 사련의 손을 붙잡고 반대편 문으로 향했다.

두 사람은 손을 잡고 보제관을 빠져나왔다. 곳곳이 나무가 자라난 길이라 손을 놓고 걷는 편이 수월했지만, 손을 놓고 싶지 않았던 두 사람은 먼 길을 쭉 돌아서 가며 걸었다. 길을 걷던 와중에 사련이 물었다.

"삼랑, 우리 지금 어디 가?"

"여긴 너무 시끄러워. 놈들은 알아서 놀게 내버려 두고 우리 먼저 가자."

사련은 내심 걱정이 되어 뒤를 돌아보며 말했다.

"저대로 내버려 두라고? 이제 막 새로 지은 보제관인데, 또 무너지면 어떡해?"

화성이 무심하게 말했다.

"그냥 무너지라지. 또 하나 지으면 되니까. 형이 원한다면 얼마든지 지어 줄게."

"아하하하하하……."

깊은 밤, 천등관. 목욕을 마친 사련은 얇은 흰색 중의를 입고 침상 난간에 기대어 글을 쓰고 있었다.

그건 화성에게 줄 연습용 서첩이었다. 마찬가지로 중의만 걸친 화성은 옷섶을 가볍게 풀어 헤치고 옆에 비스듬히 기대 누워 있었다. 그는 머리카락 끝에 달린 붉은 산호 구슬을 만지작거리며 따분함을 달래는 중이었다.

옥처럼 따뜻한 등불 아래, 그는 사련을 한참 들여다보고서야 만족스러운 듯 눈을 가늘게 뜨더니 한숨을 내쉬었다.

"형, 그거 그만하고 이리 와서 쉬어."

방금까지도 호되게 당한 사련은 불굴의 의지로 속아 넘어가지 않았다. 화성의 미묘한 말투에 귓가가 뜨거워졌지만, 그는 겨우 정신을 가다듬고 다시 글을 쓰며 정색했다.

"안 돼. 삼랑, 오늘도 사람들이 네 글씨가 못생겼다고 하더라. 제대로 연습해야지. 안 그러면 내가 가르친 글씨라고 말할 기분이 안 나잖아."

화성은 가볍게 몸을 일으켜 앉고는 눈썹을 까딱 치켜세웠다.

"형. 예전엔 분명 내 글자가 마음에 든다고 했던 것 같은데."

사련은 화성이 되돌아온 이후로 한동안 화성이 무슨 부탁을 하든 고분고분 들어주었다. 그게 화근이었을까. 나쁜 버릇이 도진 화성은 갈수록 응석이 늘어 갔다. 붓질을 마친 사련은 붓을 내려놓으며 한층 진지하게 말했다.

"입만 살았지. 다 썼으니까 빨리 와서 연습해."

그러자 화성은 꾸물거리며 뒤로 옮겨 앉더니, 사련의 허리를 끌어안고 고개를 숙여 그의 어깨에 얹었다. 머리카락에 묶은 붉은 산호주를 끌러 종이 위에 올려놓은 그는, 사련이 가지고 있던 나머지 산호주까지 꺼내 두 구슬로 술래잡기를 하면서 사련을 방해했다.

화성은 이렇듯 장난스럽고 단호하게 제 존재감을 심었다. 사련은 '머리부터 발끝까지 안쪽에서 바깥쪽으로' 귀기를 풍긴다던 천안개의 말을 떠올렸다. 그건 전부 화성이 남긴 기운이었다. 무심결에 마음이 달뜨고 나른해진 사련은 퍼뜩 정신을 차리고 작은 소리로 말했다.

"……똑바로 써."

"알았어, 형 말 들을게."

그가 붓을 집어 드나 싶더니, 시 두 구절을 쓰고 곧장 내려놓았다. 이를 본 사련은 고개를 내저으며, 벌써 몇 번째 하는지도 모를 말을 속으로 중얼거렸다.

'심각하네.'

잠시 침묵한 사련은 붓을 들어 이어지는 구절을 채워 주었다.

이윽고 그는 가볍게 먹을 불어 말리고 종이를 집어 들었다. 두 사람은 둘이 함께 쓴 시를 바라보았다.

종이를 물들인 먹색은 풍채가 늠름한 네 구절의 시로 번져 있었다.

[창해를 겪고 나면 다른 물이 대수롭지 않고,
무산의 구름을 보고 나면 구름이라 할 것이 없으니.
꽃밭에 들어서도 돌아볼 마음 없는 것은,
반은 수도하기 때문이고 반은 그대 때문이네.]

탁자에 올려 둔 액명도 글을 감상하듯이 눈을 휘둥그레 뜨고 종이를 들여다보았다. 화성이 웃으며 말했다.

"절세의 작품이야. 형, 빨리 서명해. 이 글은 분명 후세에 길이 남을 거야."

안 그래도 사련은 벌써 종이 하단에 화성의 이름을 적어 놓은 참이었다. 그 말을 들으니 차마 자신의 이름을 덧붙일 엄두가 나지 않았다. 실컷 웃은 화성은 짐짓 정색하며 말했다.

"형, 부끄러워서 그래? 내가 도와줄게."

그는 사련의 손을 감싸 쥐고 몇 글자를 써 내려갔다. 물론 말하지 않고는 아무도 이게 두 글자라는 것을, 그것도 사련의 이름이라는 것을 알아볼 턱이 없겠지만…….

내 손이 이런 글씨를 써 내려가다니. 지켜보던 사련은 기가 막힌 심정으로 화성의 가슴에 파묻힌 채 고개를 갸웃거렸다. 그러다 문득, 이 글자가 어딘가에서 본 것처럼 눈에 익다는 느낌이 들었다.

곧 기억을 더듬은 그는 눈을 반짝이며 외쳤다.

"삼랑, 네 팔에!"

사련은 화성의 팔뚝을 덥석 잡고 소매를 걷어 올렸다. 그의 얼굴에 화색이 돌았다.

"이거였어!"

두 사람이 보제관에서 함께 지내던 시절, 사련은 그의 팔에서 이족 문자 같은 기묘한 문신을 발견한 적이 있었다. 무슨 글자일까, 당시에도 속으로 짐작해 보았지만 그건 애초에 '이족 문자'가 아니었다. 그건 단순히 사련의 이름이었다!

화성도 자신의 팔을 내려다보고는 웃으며 말했다.

"형, 드디어 알아봤네?"

"진작 알아봤어야 했는데. 그게……."

그도 그럴 것이, 화성의 이 글자는 사람이 썼다고는 믿기 힘든 수준이었다. 화성도 그가 무슨 생각을 하는지 알아채곤 웃음을 터트렸다. 그는 사련의 허리를 끌어안고 이마에 입술을 맞추며 말했다.

"괜찮아. 형 글씨만 예쁘면 됐지. 내 글씨가 예쁜 것보다 훨씬 더 좋아."

사련은 문신 위를 가만히 어루만졌다. 깊게 물든 것을 보니 이 글자를 새길 때 얼마나 아팠을지 짐작이 갔다. 그는 작은 목소리로 말했다.

"어렸을 때 새긴 거야?"

가볍게 웃은 화성은 소매를 내리고 고개를 끄덕였다.

틀림없이 본인이 직접 새긴 것이리라. 흠모하는 사람의 이름을 남몰래 자기 팔에 새기는 소년의 모습을 상상해 보니, 그렇게 유치하고 용감할 수가 없었다.

깍지를 낀 두 손에 붉은 실이 얽혀 들었다. 문득, 일 년 전 화성이 동로산에서 은나비로 흩어졌던 장면이 사련의 눈앞에 떠올랐다.

그 마지막 순간에 화성은 한마디를 남겼다.

소리 없는 달싹임이었지만 사련은 그가 무슨 말을 했는지 잘 알고 있었다.

화성이 어린 꼬마 시절부터 죽을 때까지 굳게 지켜온 한 구절.

'전 영원히 당신의 가장 충실한 신도입니다.'

《민속 괴담》

민간 전설에는 이런 고물 선인이 등장한다.

고물 선인이라고는 불려도 이 선인이 보우하는 것은 대부분 고물이 아닌 인간의 평안이다. 고물 선인이자 최고의 무신이기 때문이다.

무너뜨리지 못할 마귀도, 베지 못할 사령도 없다. 불멸의 힘을 지녔음에도 꽃을 아끼는 마음을 잃지 않는다.

하지만 무릇 신을 섬기려면 금기나 주의 사항이 뒤따르기 마련이다. 마찬가지로, 이 선인을 모시는 궁관을 마주친다면 절대 함부로 절을 해선 안 된다.

이 고물 선인은 체질이 특이해 불운을 부른다고 한다. 못 믿겠다면 주사위를 하나 가져가서 신상의 손을 만진 다음에 던져보라. 분명 재수가 지지리도 없을 것이다.

그러니 고물 선인의 신상 앞에서 복을 빌면 빌수록 더 재수가 없어질지도 모른다. 물을 마셔도 이에 끼고 도포를 입어도 귀신이 보이는 식으로.

민간 전설에는 이런 붉은 옷의 귀왕도 등장한다.

이 귀왕은 인간도 아니면서 셀 수 없이 많은 신도를 거느렸다. 세상 곳곳마다 남몰래 귀왕 석상을 두고 밤낮으로 모시며 운을 비는 것이 유행할 정도였다.

이게 다 이 귀왕이 지금까지 모든 적을 무너뜨리고 무패 신화를 쓴 데다가 운수도 막강하다는 전설 때문이었다. 못 믿겠다면 주사위를 던지기 전에 이 귀왕에게 절을 해 보라. 운 좋게 도움을 받으면 톡톡한 결과가 뒤따를 것이다.

다만 신보다는 귀신에게 금기가 훨씬 많은 법이다. 이 귀왕은 수완은 뛰어날지언정 성격만큼은 아주 괴팍하고 과격했다.

기분이 좋으면 절을 하지 않아도 도와준다. 심기가 불편하면 천금을 쏟아부어도 거들떠보지 않는다. 그리고 심기가 몹시 불편하면 단숨에 당신의 목숨을 앗아 갈지도 모른다.

그러니, 마찬가지로 가까이하지는 않는 게 상책이다.

그런데 이 신과 귀신을 함께 모시면 기묘한 일이 일어난다.

붉은 옷의 귀왕이 고물 선인을 휘감은 불운을 몰아내면서 고물 선인의 진정한 모습이 드러나는 것이다.

그렇게 사람들은 고물 선인 신상이 잿빛이 아닌 찬란한 금빛이었다는 놀라운 사실을 알게 된다.

으레 전설은 다 근거가 있는 법이다. 하지만 이건 아주 긴 이야기가 될 것이다. 어쩌면 팔백 년 전부터 시작해야 할지도 모른다. 긴긴 시간을 들여 풀어놓아야 할지도 모른다. 사람들이 끝까지 들어 주리란 보장도 없다.

다만 한 가지만큼은 확실하다. 두 사람이 저마다 최고의 힘을 발휘하려면 이들을 함께 모셔야 한다는 것.

그러면 두 배로 운이 따르고 두 배로 무적이 될 것이다.

천관이 복을 내리시니, 근심할 것 하나 없다!

· 완결 ·

天倉賜福

외전

외전 1장 정월 대보름 밤, 연등 수수께끼 놀이

풍성한 정월 대보름 밤.

겨울이 멀리 물러가지 않은 초봄이라 아직 바람이 찼다. 사련은 큼직한 자루를 어깨에 걸쳐 메고 느긋하게 길가를 걷고 있었다. 바람을 맞은 얼굴이 발그스름했다.

자루 안은 잔뜩 주운 고물로 뒤죽박죽이었다. 개중에 정말로 쓸 만한 물건이 있는지도 모를 노릇이었다. 좌우간 쓸모가 어떻든, 오늘도 고물 줍기로 생계를 꾸려 나갈 따름이다.

머지않아 그는 길가에 늘어선 한 노점상을 지나쳤다.

노점 이름은 '하기네 식당'으로 간단한 먹거리를 파는 곳이었다. 주인장 식구로 보이는 세 사람은 노점 안쪽 소반 앞에 앉아 있었고, 탁자 사이를 누비며 일하느라 바쁜 아리따운 소녀가 하나 보였다. 소녀는 그만하고 와서 앉으라는 주인장의 외침도

들은 체 만 체, 꾀꼬리 같은 목소리로 '갈게요' 하고 대답할 뿐이었다. 나머지 탁자에는 손님들이 삼삼오오 앉아 있었다. 하지만 그 아리따운 소녀를 구경하러 왔을 뿐인지, 적당히 자리를 잡고 앉아 떠들다가 금세 집으로 돌아갔다. 그럴 만도 했다. 오늘은 정월 대보름이니까.

노점 앞에 괴어 놓은 솥 안, 옹기종기 모여 있는 희고 동글동글한 무언가가 사련의 발목을 붙잡았다.

사련은 속으로 중얼거렸다.

'경단이네.'

사련이 어릴 적, 정월 대보름 때마다 국주와 황후도 그와 함께 경단을 먹곤 했다. 편식이 심했던 사련은 경단을 싫어했다. 이름난 주방장의 특제 경단을 금 사발이며 옥그릇에 소담하게 담아다 주어도, 너무 달아서 먹으면 이가 시큰거린다며 싫어했다. 속에 들어가는 재료도 이것저것 가리느라 항상 두어 입 먹고 말았었다.

나중에 머리가 자라고 태창산에 올라가 수련을 하면서는, 정월 대보름이 되더라도 황궁에 자주 돌아가지 않아 경단을 먹은 날이 손을 꼽았다. 지금 생각해 보니 경단이 대체 무슨 맛인지 통 기억이 나지 않았다.

노점 옆을 소심하게 흘끔거리던 사련은 꼴사나운 고물 자루를 소심하게 어깨에서 내려놓고, 마지막에는 소심하게 노점 안으로 들어섰다.

그는 삿갓을 벗어 손에 들고 말했다.

"주인장, 경단 한 그릇 먹고 갈까 하는데요. 혹시 파나요?"

나이가 제법 들어 보이는 주인장이 그를 흘긋 쳐다보고 입을 달싹였다. 그러자 그 아리따운 소녀가 웃으며 대신 대답했다.

"그럼요. 일단 들어와서 앉으세요!"

그리 말한 소녀는 서둘러 음식을 준비하러 갔다. 사련이 자리에 앉자 그 주인장은 고개를 설레설레 내저었다. 사련은 내심 의아해졌다. 혹시 내가 더러워서 싫은가, 싶었다. 괜스레 옷자락을 살펴보았지만 아주 더럽지는 않았다. 사련은 그제야 안심하고 주인장에게 물었다.

"왜 그러세요?"

고물 자루를 가지고 들어온 게 탐탁지 않으면 밖에 내다 놓으면 되지, 사련은 그렇게 생각했다. 그런데 주인장은 또다시 그를 쳐다보더니 고개를 가로저으며 중얼거렸다.

"처량해. 참으로 처량하군."

"네? 뭐라고 하셨죠?"

"날도 추운 정월 대보름에 혼자 노점상에서 경단을 먹다니. 이렇게 처량할 수가."

"……."

잠시 침묵한 사련이 입을 열었다.

"어떻게 그런 말씀을. 전 손님인데요……."

그러거나 말거나, 주인장은 한마디 대꾸도 않고 음식을 가지러 가 버렸다. 잠시 앉아 있던 사련은 자신을 훑어보는 주변 사람들의 시선을 느꼈다. 아니면 옆에 내려놓은 거대한 고물 자루를 훑어보고 있다고 해야 할까.

안에 두둑하게 들어찬 물건이 뭔지 궁금했는지, 주인장의 딸 아이도 은근슬쩍 다가와서는 바닥에 웅크리고 앉아 자루를 찔러 보았다. 꼬마는 어머니가 한참을 부르고서야 노점 안쪽으로 돌아갔다. 이때의 사련은 나중처럼 찔러도 피 한 방울 나지 않는 뻔뻔한 가죽의 소유자가 아니었다. 그는 참지 못하고 고물 자루를 탁자 밑으로 꾹꾹 밀었다. 어떻게든 이 고물 자루를 남들에게 보이지 않는 곳에 욱여넣고 싶었다. 하지만 애석하게도 이 노점상은 규모가 작은 곳이라 탁자도 의자도 작아 무언가를 숨길 수가 없었다. 사련은 하는 수 없이 헛기침만 늘어놓으며 남들의 시선을 무시하려고 애썼다.

익숙해지겠지. 별일도 아니잖아.

이때였다. 사련은 한 가지 사실을 퍼뜩 떠올리고 얼른 가슴 안을 더듬었다. 그의 안색이 덜컥 가라앉았다.

'더 처량해지게 생겼네! 날도 추운 정월 대보름에 혼자 노점상에서 경단을 먹는 것만 해도 처량한데, 돈도 부족하잖아!'

재빨리 도망가야겠다고 마음먹은 순간, 주인장이 커다란 사발을 가져와 탁자에 내려놓으며 말했다.

"닷 냥이오."

"……."

사련은 숨이 턱 막혀 왔다.

"어…… 그게……."

그가 주먹을 입가에 대고 한참 헛기침을 하자, 주인장이 물었다.

"설마 없는 거요?"

사련이 체면도 무릅쓰고 일어나 꺼지려는 찰나, 커다란 사발이 탁자 위로 '쾅' 하고 올라왔다.

멍해진 사련의 귓가로 주인장의 목소리가 들려왔다.

"되었소. 처량한 신세 같으니 한 그릇 내드리리다. 나도 노점 정리해야 하니 다 먹으면 어서 돌아가시오. 오늘은 정월 대보름이니 가족들과 같이 보내야지!"

"……."

사련은 다시 자리에 앉았다. 사실 경단을 다 먹어도 마땅히 갈 만한 곳이 없는데. 속으로 그리 중얼거리면서도 그는 작은 목소리로 대답했다.

"고맙습니다."

주인장은 사발을 내려놓고 노점 앞으로 돌아갔다. 그러곤 솥에 남은 경단을 담아다 식구들이 모여 앉은 소반으로 가져갔다. 주인장의 딸아이가 숟가락을 입에 물고 고개를 갸웃거렸다.

"오빠는 언제 돌아와? 오빠 오면 먹고 싶은데."

주인장이 불퉁하게 말했다.

"너무 늦잖아. 정월 대보름인데 이렇게 귀가가 늦어서야. 어처구니가 없군!"

부인이 말을 얹었다.

"그 애도 고생 많잖아요. 이제 곧 올 거예요. 이따가 그 애 야단치지 말고요. 아가, 아가, 이제 그만 일하렴. 항상 도움만 받으니 면목이 없구나. 이리 와서 같이 들려무나."

"별말씀을요!"

소녀는 마지막으로 탁자를 치우고 소반 앞으로 와 주인장 식구와 함께 경단을 나눠 먹었다.

네 사람은 다른 식구 한 사람을 기다리며 웃음꽃을 피웠다. 네 사람을 바라보며 사발을 든 사련은 경단 하나를 떠 입에 넣고 달콤한 국물을 맛보았다.

하지만 여전히 무슨 맛인지 알 수가 없었다.

"형, 형?"

사련은 겨우 정신을 차렸다. 화성이 옆에서 그를 바라보고 있었다. 붉은 옷감이 화성의 이목구비를 한층 곱게 물들였다. 창백한 살결에 연등 불빛이 드리우자 부드러운 생기마저 느껴졌다. 사련은 조금 얼떨떨한 기색으로 물었다.

"왜?"

"힘들어? 못 움직이겠어?"

사련이 어영부영 고개를 끄덕이자, 화성이 말을 이었다.

"미안해. 어제 내가 좀 심했지."

멍하니 있던 사련은 그제야 화성의 말뜻을 알아차리고 황급히 손을 내저었다.

"……무슨 말을 하는 거야. 그런 거 전혀 아니야! 완전 멀쩡해!"

화성은 한쪽 눈썹을 까딱 끌어 올렸다.

"그래? 그렇게 했는데도 완전 멀쩡하다는 건, 내가 어제 별로 심하지 않았다는 뜻인가? 그럼 다음에도……?"

"……."

사련은 여기가 귀시장 거리 한복판이라는 것을 떠올리고 화들짝 주변을 둘러보았다. 아니나 다를까, 어느새 우글쭈글 찌그러진 기이한 귀신들이 사방팔방에서 몰려든 참이었다. 귀가 긴 놈은 귀를 쫑긋 세우고 귀가 짧은 놈은 목을 쭉 뺀 채, 저마다 눈을 구리 방울만큼 동그랗게 뜨고 그들을 빤히 쳐다보고 있었다. 다들 충격에 빠진 나머지 말도 잇지 못했다. 결국 사련이 한마디 외쳤다.

"삼랑!"

화성은 싱긋 웃으며 뒷짐을 지고 말했다.

"알았어, 알았어. 내가 잘못했어. 그만할게."

사련도 정월 대보름 경단을 파는 귀시장 노점에서 눈을 뗐다. 귀시장 대로 양쪽으로 새빨간 연등이 한가득 늘어섰다. 연등마다 수수께끼가 하나씩 적혀 있었다. 귀신들이 그 아래서 목청 높여 호객했다.

"연등 수수께끼! 연등 수수께끼! 정답을 맞히면 상금을 드립니다! 두둑하게 드립니다!"

화성이 사련에게 물었다.

"형, 해 볼래? 상금도 있다는데."

사련도 앞으로 다가갔다.

"그럴까?"

흥분한 귀신들이 서로를 마구 밀치락달치락해 댔다.

"쉿! 쉿! 큰아버지께서 수수께끼를 맞히신대! 큰아버지께서 수수께끼를 맞히신대!"

"……."

푸닥거리라도 하는 양 고래고래 외쳐 대는 통에 사련은 말문이 다 막혔다. 이어서 연등에 매달린 수수께끼 종이를 고르려는 순간, 어디서 뻗어 나왔는지 모를 기다란 촉수가 친절하게 연등을 내밀었다.

"자! 맞혀 보십쇼!"

사실 사련에겐 어느 수수께끼나 다 똑같았다. 그는 연등을 받아 들고 가만히 살펴보았다. 수수께끼의 내용은 이랬다. '조 위에 모자를 씌우면 누구 것이 될까?'

사련은 망설임 없이 대답했다.

"'내' 것."[#2]

#2 내 것 '채울 조(找)' 위에 부수 '삐침별(丿)'을 더하면 '나'를 뜻하는 한자 '아(我)'가 됨

화성은 손뼉을 마주치며 감탄했다.

"형, 대단하네."

귀신들도 뒤따라 우레 같은 박수갈채를 보냈다. 하다못해 정체를 알 수 없는 새카만 물체까지 공중제비를 돌며 환호하니, 과장도 이런 과장이 없었다. 사련은 진땀을 흘리며 중얼거렸다.

"사실, 너무…… 쉬운 문제잖아."

기다란 촉수가 두 번째 연등을 내밀었다.

"자! 맞혀 보십쇼!"

사련은 연등을 받아 들었다. 이번 수수께끼의 내용은 이랬다. '봄에서 하루 날을 빼면 누가 될까?'

사련은 방금처럼 망설임 없이 답을 내놓았다.

"'남편'."[#3]

화성이 또 박수를 칠 기세이자 사련이 입을 열었다.

"됐어, 이것도 쉬운 문제잖아."

화성은 눈웃음을 지으며 말했다.

"그래? 그치만 나는 진심으로 형이 대단하다고 생각하는데."

사련은 속으로 중얼거렸다.

'천만에. 대단하려면 네 손으로 직접 쓴 수수께끼를 푼 정도는 되어야지…….'

이때, 촉수가 세 번째 연등을 내밀며 외쳤다.

"자! 맞혀 보십쇼!"

#3 **남편** '봄 춘(春)'에서 하루 날에 해당하는 한자 '一'와 '日'을 빼면 '지아비 부(夫)'가 남음

사련은 수수께끼를 살펴보다 가만히 미간을 찌푸렸다. 주변 반응도 비슷했다.

"이야! 이번엔 어렵다!"

사련은 고개를 끄덕였다. 역시나, 이번 수수께끼는 내용이 난해했다. '수줍은 풀이 머리를 낮게 숙이고 속마음을 기울이면?'

다만 끝까지 못 맞힐 정도는 아니었다. 이윽고 사련이 대답했다.

"'수줍은 풀'은 미모사를 뜻하잖아요. 그러면 풀에 해당하는 초두머리(艹)를 가져오면 되겠네요. 그다음으로 머리를 낮게 숙인다고 했으니까, '낮을 저(低)'에서 사람인변(亻)을 가져오면 되겠고요. 마지막으로 '속마음을 기울인다'고 했죠. 즉, '기울 경(傾)'에서 가운데에 끼어 있는 비수비(匕)를 가져오면 돼요. 이 세 부수를 합치면…… '화(花)'. 정답은 '화'예요."

말을 마친 사련은 재빨리 귀를 틀어막았다. 예상대로 그가 정답을 맞히자, 주변에서 또 끝을 모르고 날뛰며 그를 치켜세우기 시작했다. 어찌나 지극정성인지 소름이 다 돋았다. 화성은 웃음을 흘리며 그를 바라보았다.

"형, 이번에는 정말로 대단한데."

그 촉수는 또다시 슬그머니 연등을 내밀었다. 사련도 빙긋 웃으며 말했다.

"더 대단한 걸 보여 줄게. 이제는 수수께끼를 안 보고도 정답을 맞힐 수 있어."

화성은 눈을 동그랗게 떴다.

"오, 그래? 형한테 그런 재주도 있었어?"

사련은 연등을 받아 들고 대답했다.

"그럼. 이 수수께끼의 답은 '성'이야. 화성의 성. 맞죠?"

등불을 들고 살펴보니, 역시나 '방패와 창 둘 중 하나를 뒤집은 다음, 방위 남쪽을 가운데에 붙이면?'이라는 수수께끼가 적혀 있었다. 사련이 설명했다.

"방패(干)와 창(戈) 중 하나를 뒤집는다. 그러면 방패를 뒤집어서 흙(土)으로 만들고, 창은 일단 보류. 그다음 방위 남쪽을 가운데에 붙이라고 했죠. 그러니까 방위를 뜻하는 방(方)에서 남쪽에 달린 꺾인 획(𠃌)을 가져와 흙과 창 사이에 붙이는 거예요. 그러면 성(城)이 되죠. 아마 가장 어려운 수수께끼였을 텐데……."

안타깝게도 사련이 먼저 규칙을 알아차려 버렸다. 네 가지 수수께끼의 답을 이어 붙이면 과연 무슨 문장이 나오겠는가?

속셈을 들킨 귀신들은 환호할 엄두도 못 내고 큼큼거리며 먼 곳을 바라보았다. 화성의 눈빛이 느릿하게 날아들자, 간이 쿵 내려앉은 귀신들은 연등 안이며 땅속까지 기어들더니 머리를 끌어안고 외쳤다.

"성주, 부디 화 푸십시오! 전 이런 의견 낸 적 없습니다!"

"저도요, 꽉!"

"웃기네! 네놈이 제일 크게 찬성했잖아!"

화성은 냉담하게 한마디를 던졌다.

"꺼져라."

귀신들로 북적였던 거리가 삽시간에 바람이 휩쓸고 간 것처럼 깨끗해졌다. 사련은 연등을 다시 위에 걸어 두고 살포시 웃었다.

"이만 가자."

두 사람은 나란히 천등관으로 향했다. 걸음을 떼는 와중에 화성이 퍽 진지한 투로 말했다.

"형, 그런 눈으로 보지 마. 정말로 내가 시킨 거 아니야."

사련은 웃으며 말했다.

"알아. 네가 시켰으면 그런 문장이 아니었겠지."

"오? 그럼 어떤 문장이었을 것 같은데?"

사련은 무심코 대답했다.

"당연히 '내 남편은 삼랑'……."

여기까지 말한 사련은 그제야 '말이 씨가 된다'는 속담을 떠올리고 얼른 입을 다물었다. 화성이 하핫, 웃음을 터트렸다.

"형, 걸려들었네! 훌륭해!"

"……교활하기는……."

마침 두 사람은 천등관에 도착했다. 대전에 들어선 사련은 침상 옥 받침대 위에 식사가 차려져 있다는 것을 깨달았다. 멍하니 다가가 살펴보니, 놀랍게도 경단 두 그릇이었다.

사련은 뒤를 돌아보았다. 화성도 이쪽으로 다가오며 말했다.

"아까 형이 길에서 보고 있었던 게 이거 맞지?"

사련이 고개를 끄덕이자, 화성이 말을 덧붙였다.

"앉아서 같이 먹자, 형."

"……."

사련은 자리에 앉는 대신 화성의 품으로 와락 안겨 들어 머리를 가슴팍에 묻었다. 두 팔은 화성을 단단히 끌어안고 놓아주지 않았다.

화성도 손을 뻗어 그를 끌어안았다.

까마득한 세월이 흐른 지금에서야 경단의 맛이 사련의 머릿속에 되살아났다.

외전 2장 태자 전하의 기묘한 기억 표류

눈을 뜨고 보니 사련은 땅바닥에 누워 있었다.

여긴 어느 낯선 방이었다. 그는 한없는 의문에 빠졌다.

난 분명 태창산 황극관에서 수련 중이었는데, 왜 이런 곳에 있지?

사련은 떨떠름한 기분으로 몸을 일으켜 앉았다. 그제야 자신이 소박하고 흰 도포 차림이라는 것을 깨달았다. 너무 멀쑥한 나머지 가난한 백성 차림 같기도 했다. 옷감도 거칠어 살갗이 불편하게 쓸렸다.

사련은 인상을 찡그리며 몸을 일으키려 했다. 그런데 자리에서 일어나기 무섭게 몸 구석구석에서 이상이 느껴졌다.

허리며 다리며 배와 목이 온통 시큰거렸다. 설마 땅바닥에서 하룻밤 노숙해서 그런가?

……그럴 리는 없었다. 사련은 그렇게 연약한 몸이 아니었으니까.

풍신과 모정은 어디 있지? 두 사람을 떠올린 사련은 목청을 높였다.

"풍…… 큼, 크흠……?"

목도 조금 껄끄러웠다.

어젯밤, 풍신과 모정이 또 사소한 문제로 싸우는 바람에 좌선에 집중할 수가 없었던 사련은 두 사람에게 나가서 사자성어 끝말잇기를 하라고 명령했다. 분노 가득한 사자성어가 2백 개 남짓 오갔을 무렵에는 졸음이 쏟아져 그길로 잠들었다. 그런데 이런 정체 모를 곳에서 눈을 뜨게 될 줄 누가 알았을까?

사련은 한쪽에 놓인 탁자를 짚고 가까스로 일어나 주변을 둘러보았다. 여기는 객잔인 모양이었다. 하지만 사련이 길거리가 아닌 객잔을 택했다면 이렇게 궁색한 객잔을 골라 묵지는 않았을 것이다.

손발이 묶이지도 않았고 방문이 잠기지도 않았으니 분명 납치 감금은 아니다. 행여나 누군가, 혹은 어떤 존재가 그를 노리고 음모를 꾸민 것이라면 대체 왜 이런 곳으로 데려왔을까?

사련은 생각할수록 의아했다. 하지만 가장 의아한 것은 온통 쑤시는 자신의 몸이었다. 사련은 몸을 살펴볼 생각으로 시큰거리는 팔을 들어 윗옷을 벗었다. 그런데 옷을 벗고 고개를 숙인 순간, 사련의 얼굴에서 핏기가 싹 가셨다.

배부터 가슴팍까지 모호한 붉은 흔적이 가득했다. 양지옥처럼 흰 살갗이 큼직한 꽃잎에 뒤덮인 듯 발갛게 피어올랐다. 사련은 그 모습에 경악을 금치 못하고 거울 앞으로 달려갔다.

역시! 가슴이나 배가 전부가 아니었다. 목에도 있다. 등에도 있다!

"……."

사련은 이대로 바지를 벗고 아래를 확인할 엄두가 나지 않았다.

보지 않아도 알 것 같았다.

이유도 모르고 의식을 잃은 동안에 누군가 그를…… 겁탈한 것이다.

사련은 난생처음으로 '맥이 풀리는' 기분이 들었지만, 겨우 다리에 힘을 주고 똑바로 섰다.

예전에 사련을 시중들던 궁녀들이 그에게 황궁 바깥에 나도는 괴담을 들려준 적이 있었다. 납치나 간음을 전문으로 하는 불법 객잔 패거리가 낭자들에게 미약을 먹여 몹쓸 짓을 저지른다는 괴담이었다. 하지만…… 하지만…….

사련은 양손으로 머리를 감싸 쥐고 읊조렸다.

"하지만, 나는, 남자라고!"

정말이지 눈 뜨고는 못 봐 줄 꼬락서니였다. 하다못해 입술로 빨아들인 흔적이나 거친 손자국은 물론이고 남사스러운 잇자국까지 보였다. 사련은 손바닥으로 얼굴을 감쌌다. 머리는 펄펄 끓고 몸에는 오한이 드는 기분이었다.

문득, 그는 아주 심각한 사실을 떠올리고 속으로 외쳤다. 망했다!

그가 몸담은 수도자의 길을 걸으려면 반드시 금색(禁色)을 지켜야 했다. 그런데 이대로라면 금기를 깨 버린 셈이 아닌가!

사련은 재빨리 손에 힘을 주었다. 아니나 다를까, 법력이 느껴지지 않았다.

그나마 침착함을 유지하고 있던 사련은 이제 완전히 정신이 나갈 것 같았다.

어찌 된 영문인지 깨어나자마자 이 모양 이 꼴이었다. 풍신과 모정은 사라지고, 혼자 정체 모를 수법에 당해 얼렁뚱땅 동정을 잃다니. 정말이지 정신이 나갈 지경이었다!

사련은 한참이 지나고도 이 현실을 받아들이지 못했다. 마음이 한없이 착잡했다. 하지만 그렇다고 이대로 넋 놓고 있을 수만은 없는 노릇이라, 대충 옷을 주워 걸치고 객잔을 빠져나갔다. 다행히 가는 길에 그를 막아 세우는 사람은 없었다. 겨우 가슴을 쓸어내린 사련은 주변 건물 양식이나 사람들의 복색, 말투가 이상하다는 것 따위 눈치채지 못했다.

그러나 마음 한구석이 켕겨서였을까. 자꾸만 남들이 자신이 무슨 일을 당했는지 알아보고 괴상한 눈빛으로 그를 훑어보는 기분이 들었다. 시선에 쫓겨 빨라진 걸음이, 끝내 정신없이 달리기 시작했다. 어느 숲으로 돌진한 사련은 나무에 주먹을 꽂아 콰직, 부러뜨리곤 분노를 담아 외쳤다.

"나쁜 놈!"

그는 자신에게 이런 짓을 한 사람에게 세상에서 가장 독한 욕을 퍼부어 줄 심산이었다. 그래 봐야 '나쁜 놈, 멍청이, 못된 자식!' 같은 말만 반복할 뿐이었지만. 풀리지 않는 울분에 가슴이 답답했다. 하지만 그렇다고 목 놓아 울 수는 없으니 입을 꾹 다물고 나무만 두들겨 팼다. 나무 열 그루를 연달아 부러뜨렸을 무렵, 이 땅의 토지신이 울며불며 기어 나와 그의 다리를 끌어안고 사정사정했다.

"태자 전하! 태자 전하, 이러지 마십시오!"

난데없이 땅속에서 튀어나온 노인이라면 보통 사람은 아닐 터였다. 분노에 눈이 멀었던 사련도 그를 보고 조금 흠칫했다.

"당신은 뭐야?"

노인이 눈물을 훔치며 말했다.

"저는 이 땅의 토지신입니다, 태자 전하! 이 땅 나무들은 다 저의 노후를 생각해서 심어 둔 겁니다요! 어르신께서 다 무너뜨려 놓으시면 저는 입에 거미줄 쳐야 합니다!"

아무리 그래도 애꿎은 사람에게 화풀이할 수는 없지, 사련은 속으로 생각했다. 하물며 아무리 직책이 낮아도 나름대로 신관이고 나이도 많으니 점잖게 대해야 마땅했다. 그렇게 가까스로 화를 삼킨 그는 주먹을 거두고 숨을 고른 다음 말했다.

"……미안합니다, 흥분해서 그만. 그래도 염려 마세요. 방금 제가 부러뜨린 나무는 전부 배상하겠습니다."

토지신은 사련의 다리를 끌어안았던 손을 치우고 황급히 말했다.

"아, 아, 아, 아닙니다! 괜찮습니다! 어디 어르신께 배상을 바라겠습니까! 제게 말을 걸어 주신 것만으로도 영광이지요!"

사련은 조금 어리둥절했다. 이 토지신은 명색이 신관에 나이도 지긋해 보이는데 왜 이렇게 나를 겁내지? 게다가 '어르신'이라니? 하지만 이런 것에 매달릴 기분이 아니라 그저 깍듯하게 물었다.

"어르신께선 이 땅의 토지신이시니 이 일대를 잘 아시겠지요? 혹시 사람을 찾아 주실 수 있겠습니까?"

그리 말하며 사례금으로 쓸 금 조각을 찾아 소매 안을 더듬거렸다. 이 모습을 지켜보던 토지신은 허겁지겁 손을 내저었다.

"아닙니다, 괜찮습니다요! 누굴 찾으십니까?"

마침 손에 잡히는 물건이 없었던 사련도 소매에서 손을 빼며 대답했다.

"풍신과 모정, 제 시종들이요."

"……."

토지신의 낯빛이 별안간 괴상하게 변했다. 사련이 물었다.

"왜 그러시죠? 어려우시겠습니까?"

"아뇨, 아뇨, 아닙니다. 어려운 일은 아닙니다만……."

그런데 태자 전하가 왜 이러실까. 벌써 팔백 년도 지났는데 아직도 남양 장군과 현진 장군을 시종이라고 부르시다니. 두 장군께서 화내면 어쩌시려고? 에이, 모르겠다. 두 장군께서 화를 내시면 또 어때. 이분을 잘못 모셨다가 그분 심기 건드리는 게 더 무섭지. 속으로 중얼거린 토지신이 말을 이었다.

"여기서 잠시만 기다려 주시면 금방 찾아 드리겠습니다!"

"고맙습니다."

허리를 숙여 예를 표하고 고개를 들자, 그 토지신은 감쪽같이 사라지고 없었다.

사련은 아직도 머리가 펄펄 끓는 기분에 이마를 짚었었다. 얼마나 시간이 흘렀을까, 앞쪽에서 의아해하는 목소리가 들려왔다.

"무슨 일입니까?"

목소리를 따라 고개를 들자, 풍신과 모정이 보였다.

하지만 이건 사련이 아는 풍신과 모정이 아니었다. 물론 생김새는 여전했지만, 어째 분위기가 거칠고 우악스러운 소년들이라기보다는 숱하게 전장을 누빈 장군들 같았다. 거기에다 다들 제법 화려한 장포를 걸치고 있었다. 절대 평범한 사람들이 입을 만한 옷이 아니었다. 적어도 사련은 두 사람이 이런 옷을 걸친 모습은 난생 본 적이 없었다.

목소리의 주인공은 풍신이었다. 그는 사련 쪽으로 걸어오며 거듭 물었다.

"전하, 혼자 여기서 뭐 하고 계십니까?"

"……."

잠시 침묵한 사련이 입을 뗐다.

"그건 내가 할 질문이야. 둘 다 어디 갔었어? 어젯밤에 문밖에서 끝말잇기를 하라고 했더니만 아침에 보니까 없던데?"

풍신과 모정은 아까 토지신처럼 기괴한 표정을 지었다. 사련이 무슨 말을 하는지 모르겠다는 얼굴들이었다. 사련은 머리가 깨질 것 같았다.

"그 옷차림은 또 뭐고? 대체 어떻게 된 거야?"

풍신은 제 차림새를 내려다보더니 어리둥절한 투로 되물었다.

"이 옷이 어때서요? 평소와 다를 게 없잖습니까?"

모정도 입을 열었다.

"지금 무슨 말씀을 하시는 겁니까? 잠이 덜 깨신 모양이군요. 전 어젯밤에 여기 있지도 않았습니다."

마음 같아선 머리를 감싸 쥐고 소리를 지르고 싶었지만, 사련은 겨우 정신을 다잡고 고민 끝에 말했다.

"알겠다. 너희도 나처럼 어떤 존재에 가위눌린 거지?"

풍신과 모정의 안색이 갈수록 괴상해졌다. 풍신이 말했다.

"좀 혼란스럽네요. 전하, 그냥 무슨 일로 부르셨는지 용건을 말씀하시죠."

모정은 눈을 까뒤집으며 구시렁댔다.

"뭘 더 물어. 용건이 있는데 왜 그분이 아니라 나를 부르나 했더니. 역시 제정신이 아니었어."

사련은 두 사람이 나누는 대화를 전혀 알아들을 수가 없었다.

"그분이 누군데? 국사?"

"……."

풍신과 모정은 서로를 멀거니 쳐다보았다. 이윽고 모정이 앞으로 한 걸음 성큼 나섰다.

"태자 전하."

"왜?"

"제가 지금 기억이 가물가물해서 그럽니다만, 혹시 최근 들어 저희가 무슨 일을 했는지 기억하십니까?"

"최근이라면 황극관에서 내내 수련했잖아?"

"화성은 어디 있죠?"

이름이 어쩐지 익숙하게 느껴졌으나 곰곰이 생각해 보니 전혀 모르는 사람이었다. 그리 확신한 사련은 멍하니 되물었다.

"화…… 성…… 이 누군데?"

"……………………."

긴 침묵 끝에 모정이 말했다.

"그래, 이제 알겠네요."

그는 한쪽으로 눈짓을 하더니 충격에 휩싸인 풍신을 데리고 잠시 자리를 옮겼다. 문득 수상한 기분이 든 사련은 경계심을 곤두세웠다.

"뭘 알았어? 무슨 얘기를 그렇게 해?"

상의를 마친 두 사람이 사련을 돌아보았다. 풍신이 입을 열었다.

"전하, 가시죠."

사련은 한층 의심스럽게 물었다.

"어디로 가는데?"

모정이 대답했다.

"이 상황을 해결해 줄 만한 자에게 데려가 드리죠. 따라오세요!"

경계심을 한껏 곤두세우고 있던 사련은 연신 뒤로 물러섰다.

낌새를 눈치챈 모정이 소리쳤다.

"어딜 가시려고요!"

그러고는 사련을 포박할 기세로 영광 줄기를 휘둘렀다.

하지만 사련이 이대로 가만히 있을 인물이던가?

그는 냅다 자리를 박차고 도망쳤다.

사련이 도망치자 풍신과 모정은 머리가 터질 것 같았다. 두 사람은 바람을 가르며 사련을 뒤쫓았다. 풍신이 거친 목소리를 토했다.

"환장하네! 진짜 환장하겠네! 대체 왜 저러시는 거야? 건망증이라도 이건 너무 심각하잖아! 하루아침에 팔백 년을 잊는다고?"

"기어이! 기어이 아무거나 막 주워 먹더니 머리가 고장 난 거야!"

"말이 되냐! 혼자 외출하셨다가 무슨 사고라도 당하셨겠지! 빨리 찾자고! 지금 저 상태면 열일곱 살밖에 안 돼!"

모정은 이 와중에도 빼먹지 않고 꼬박꼬박 비아냥댔다.

"그래, 천진난만하고 어리숙하고 응석쟁이인 열일곱 살 태자 전하시지!"

"잠깐. 일단 놈에게 먼저 알려야겠어. 당장 알리자!"

이런 일이 생긴 이상, 그 사람에게 먼저 알리는 게 급선무다!

단숨에 20리 남짓을 내달린 사련은 그제야 걸음을 멈추고 숨을 몰아쉬었다. 여전히 안개에 휩싸인 거대한 그물 속에서 헤어나지 못한 기분이었다.

이게 도대체 무슨 상황이지?

뭔가 잘못됐다. 잘못돼도 한참 잘못됐다!

모정의 실력을 그가 모르겠는가? 아까 모정이 휘두른 영광은 적어도 몇백 년은 더 수련해야 다룰 수 있는 수준의 것이었다. 그러니 저 모정이 진짜 모정일 리가 있나? 틀림없는 가짜다!

그리고 사련. 사련 본인도 이상했다. 정신없이 도망치고 나서야 그는 자신의 몸이 제비처럼 가볍다는 것을 느꼈다. 원체 민첩한 몸이었다지만, 이 보법은 전보다 훨씬 빠르고 대단했다.

모든 게 정상이 아니다!

머리를 식히고 또 식힌 끝에 문득 모정이 언급했던 이름이 떠올랐다.

사련은 나직하게 중얼거렸다.

"화성."

어째서였을까. 응당 낯설어야 할 이름을 읊조리고 나니 가슴

깊은 구석에 작은 꽃이 피어난 것처럼 마음이 일렁였다. 그렇게 사련은 홀린 듯이 이 이름을 몇 번이고 되뇌었다.

화성, 화성, 화성.

분명 아주 중요한 인물일 것이다. 어쩌면 이번 사건의 중요한 열쇠일지도 몰랐다. 당장은 이 사람부터 찾아야 했다.

결심을 굳힌 사련은 읍내 쪽으로 걸음을 옮겼다.

비록 자신에게 무슨 일이 일어났는지 막 깨달은 참이었지만, 사련은 완전히 현실을 부정했지만, 반 시진도 안 되어 그는 이성을 되찾았다. 아무리 심신이 괴로워도 함정에 빠진 이상 언제까지고 심란해할 수는 없었다. 진짜 풍신과 모정을 감쪽같이 숨겨 놓았으니, 배후에 숨은 범인은 필시 대단한 인물일 터다. 이런 때일수록 정신을 바짝 차리고 진상을 밝혀내야만 했다.

그리하여 읍내에 들어섰을 무렵, 사련은 평소의 모습을 되찾았다.

아무 찻집이나 골라 위층 창가에 자리를 잡고 앉았으나 차를 마실 기분은 들지 않았다. 탁자에 놓인 찻잔을 들어 살펴보니, 해묵은 찻잎 찌꺼기가 눌어붙어 있었다. 보는 것만으로도 지치는 기분이었다. 사련은 찻잔을 내려놓고, 고개를 돌려 외면했다.

찻집 안에는 미색이 뛰어난 묘령의 소녀가 품에 안은 비파를 뜯으며 노래를 부르고 있었다. 나이 불문하고 한 바퀴 둘러앉은 사내들은 히죽거리며 소녀를 감상하기에 바빴다. 소녀가 부르는 노래는 한 낭자가 이른 아침부터 꽃 따러 나간다는 내용의 흔한 지방 민요였다. 노래를 부른 지 얼마 되지 않아 사내들이 웅성거렸다.

"지루해서 못 들어 주겠네! 바꿔!"

"그래, 이 곡조는 별로야. 다른 곡조로 바꿔!"

"다른 곡조로!"

가희는 할 수 없이 그들의 뜻대로 퍽 선정적인 민요를 골라 느릿느릿 비파를 뜯었다. 심장이 떨리고 얼굴이 붉어질 정도로 진득하고 부드러운 곡조였다. 구경꾼들은 그제야 만족해하며 연신 좋다고 외쳤다. 반면에 위층 모퉁이 창가에 앉아 있던 사련은 마음이 불편해졌다.

가사를 자세히 들어 보니, 어느 신혼부부의 농염한 첫날밤을 적나라하게 묘사한 것 같았다. 황성에서는 이런 음란한 속요를 들어 볼 일이 없었다. 예전 같았으면 사련도 한 귀로 흘려들었을 것이다. 어차피 사련과 전혀 상관없는 일이었으니까. 한평생 그런 일은 꿈도 꾸지 않을 테니까. 그런데 지금은 달랐다.

과정은 하나도 기억나지 않지만 동정을 잃은 마당에 이런 곡조를 들으니 기분이 남달랐다. 거기에다 아주 무서운 사실 한 가지. 사련은 이 기분을 전혀 억누를 수가 없었다.

경박한 가사에 마음이 크게 요동쳤다. 머릿속에는 온갖 자잘한 장면들이 끊임없이 밀려들었다. 단단히 깍지를 낀 두 손 사이로 얽히고설킨 붉은 실. 귓가에는 부서지는 신음과 용서를 빌며 흐느끼는 소리, 그리고 홀릴 듯 나직한 사내의 속삭임이 들리는 것 같았다.

……이게 뭐지. 이게 다 뭐야!

사련은 부끄럽고 분한 마음에 아랫입술을 질끈 깨물며 주먹을 쥐었다. 인내심이 바닥난 그는 결국 참지 못하고 탁자를 힘껏 내리쳤다.

쾅, 하는 굉음이 울려 퍼졌다. 근처 탁자에 앉은 손님들이 눈을 휘둥그레 뜨고 그를 쳐다보았다. 사련은 그제야 화들짝 이성을 되찾고 조용히 사과했다. 마음 같아선 아무 소리도 들리지 않게 양손으로 귀를 틀어막고 싶었다. 이대로 노래가 계속된다면 자리를 박차고 나가야겠다는 생각이 들었다.

이때 갑자기 노랫가락이 뚝 끊겼다. 날카로운 비명이 사련을 혼란스러운 생각 속에서 끌어냈다. 재빨리 고개를 돌리자, 가희를 둘러싼 채 집적대며 포위망을 좁히는 사내들이 보였다. 놀란 가희는 비파를 끌어안고 일어나더니 가냘픈 목소리로 말했다.

"어르신들, 곡조만 감상하시지 어찌 손을 대십니까……."

사내 몇 사람이 목청을 높였다.

"손대면 뭐 어때서? 어차피 우리만 건드린 것도 아닐 텐데? 남 접대하는 여자를 아무도 안 건드렸으려고?"

가희는 눈시울을 붉히며 말했다.

"접대라니요? 저는 목소리를 파는 것이지 몸을 파는 것이 아닙니다!"

사내들은 가희의 말을 들은 체도 하지 않았다.

“허! 순결한 열녀 나셨네! 이렇게 꼬장꼬장하게 굴 거면 접대하러 나오질 말았어야지!”

“내 말이 그 말이오! 방금까지 그런 곡조로 사람 꼬여 놓고 이제 와서 싫다니, 어디서 열녀 행세야. 우스워 죽겠군!”

가희는 기가 막혀 혼절할 지경이었다. 그녀가 떨리는 목소리로 받아쳤다.

“당신들이 부르라고 했잖아요. 당신들이 시켜서 부른 거잖아요!”

그러나 심기가 뒤틀린 손님들은 끝까지 말꼬리를 잡았다.

“우리가 시켜서 불렀다? 이렇게 고분고분해? 내심 이런 음란한 노래로 사람 꼬여 내고 싶었던 모양이지!”

사련은 더 이상 들어 줄 수가 없었다.

가뜩이나 가슴 가득했던 울분이 이제 머리끝까지 치밀었다. 한순간 흰 그림자가 앞으로 스쳐 갔다. 소란을 피우던 사내들은 상황도 미처 파악하지 못하고 나란히 뒤로 나가떨어졌다. 앞장서서 소리치던 사내는 엉덩이를 하늘로 쳐들고 거꾸러진 채 욕을 퍼부었다.

“어떤 자식이야? 감히 우리를 건드려!”

사련은 가희의 앞을 막아섰다. 손가락 뼈마디에서 우두둑, 소리가 울렸지만 그는 화난 기색 없이 나직한 목소리로 말했다.

“이쯤 하시지요. 아름다운 여인 앞에 서면 누구든 가슴이 떨리는 법입니다. 하지만 예를 차릴 줄 모른다면 저속하다고 할 수밖에요."

누군가 윽박질렀다.

"분명 이 여자가 먼저 노래를 불렀잖아! 이 여자는 마음대로 노래 불러도 되고, 우리는 마음대로 만지지도 못한다?"

그러자 사련이 또박또박 대답했다.

"그렇습니다. 여인이 마음대로 노래를 부를지언정, 당신들은 마음대로 못 건드립니다!"

말이 끝나기 무섭게 사련은 건장한 사내 일고여덟 명을 아래층으로 내던졌다. 바닥에 요란하게 주저앉은 사내들은 별다른 중상을 입지는 않았지만 지레 겁을 먹었다. 사련이 어떻게 자신들을 내던졌는지도 모르는데 반격할 여지가 어디 있겠는가? 다들 허겁지겁 꽁무니를 뺐다. 한편, 사련이 빙글 돌아서자 가희가 감격한 얼굴로 예를 올렸다.

"도장님, 구해 주셔서 감사합니다!"

"어려운 일도 아니었는걸요. 낭자, 이대로 여기 계실 겁니까?"

가희는 고개를 끄덕였다. 사련도 고개를 끄덕이며 말했다.

"알겠습니다. 그럼 마저 부르세요."

말을 마치고 제자리로 돌아간 그는 옷자락을 단정히 펼치고 앉아 자리를 지켰다.

사련이 꼼짝없이 앉아 이쪽을 지켜보자 나머지 사내들은 섣불리 가희를 희롱하지 못했다. 가희는 사련의 의중을 깨닫고 한층 감격한 마음으로 노래를 시작했다. 아까 부르다 말았던 그 유쾌한 민요였다.

사련은 찻잔에 차를 따르고 입가로 가져갔지만, 이번에도 찻잔 안에 낀 찻잎 찌꺼기가 보이자 잠시 망설여졌다. 결국 마음을 꺾지 못한 그는 찻잔을 내려놓고 한숨을 내쉬었다. 그러다 무심결에 고개를 돌린 순간, 얼이 빠졌다.

거리 맞은편, 또 다른 화려한 주점 위층에 누군가 홀로 앉아 있었다.

붉은 옷을 걸친 훤칠한 사내였다.

한쪽 눈을 덮은 안대는 거친 느낌을 풍겼으나 사내의 준수함까지 가리지는 못했다. 단풍보다 붉은 옷, 눈보다 흰 살갗. 손에 든 은잔이 사내의 두 손목을 감싼 은제 호완처럼 눈부시게 빛났다. 시선이 가닿자마자 눈이 부실 지경이었다. 사내도 이쪽을 바라보고 있던 탓에 멀리서 눈이 마주쳤다. 시선을 느낀 사내는 싱긋 웃더니, 허공에 대고 건배를 청하는 것처럼 가볍게 술잔을 들어 보였다.

"……."

어째서였을까. 사련은 사내와 눈이 마주친 순간 온몸에 전류가 흐른 사람처럼 화들짝 시선을 치웠다.

하지만 애써 아무렇지 않은 척해도 심장은 시끄럽게 뛰기 시작했다.

참 이상한 노릇이었다. 확실히 그 사내는 눈부신 자태로 기이한 흡인력을 풍겼다. 하지만 풍채 좋은 사내라면 예전에도 숱하게 보았는데, 왜 하필 지금에서야 이런 기분이 들지?

잠시 고민해 본 사련은 제 생각을 일축했다. 애초에 잘못 생각했다. 가만 보니 이토록 풍채 좋은 '미남자'는 처음 본 것 같았다.

보기 드문 인물이니 잘 살펴보자, 사련은 그리 생각하며 다시 고개를 돌렸다. 그런데 시선을 옮긴 곳에 그 붉은 옷을 걸친 사내는 없었다.

이런 식으로 사라져 버릴 줄은 몰랐다. 나무에서 유유히 떨어져 얄궂게 눈앞을 스치고 사라져 버린 단풍잎처럼. 실체 없이 눈 깜짝할 새에 스쳐 지나간 덧없는 물거품처럼.

맞은편 화려한 주점을 조심스레 살펴보았지만 사내의 모습은 온데간데없었다. 끝내 마음을 접은 사련은 내심 실망감이 들어, 가볍게 한숨을 내쉬곤 미간을 문질렀다.

'됐어.'

속으로 중얼거리며 고개를 돌린 순간이었다. 언제 나타났는지 모를 사람이 탁자 맞은편에 앉아 한 손으로 뺨을 괴고 그를 응시하고 있었다.

두 사람의 눈빛이 얽혀들었다. 사련은 조금 놀란 기색이었다. 맞은편에 앉은 사내가 싱긋 웃으며 말했다.

"도장님, 술 한잔 얻어 마실 수 있을까요?"

바로 방금 멀리서 그에게 건배를 청했던 그 붉은 옷의 사내였다.

이렇게 제멋대로 맞은편에 앉아 버리다니.

사련은 한참 눈을 끔뻑이고 나서야 확신할 수 있었다. 지금 이 사내는 정말로 자신에게 말을 건 것이다.

그는 재빨리 정신을 차렸다. 이대로 기선 제압을 당할 수는 없지. 속으로 중얼거린 그는 마음을 다잡고는 예를 차려 말했다.

"공교롭게도 금주 중이라서요. 술대접은 어려울 듯합니다."

사내는 하핫, 웃음을 흘리더니 한결 무심한 자세로 고쳐 앉았다.

"그래요? 지금 도장님은 근심을 술로 털어 내셔야 할 것 같은 분위기인데요."

사련은 태연하게 대답했다.

"귀하께서 잘못 보신 것 같군요."

가장 큰 금기가 깨졌을지언정 이대로 자포자기해서 다른 금기까지 깨 버릴 수는 없었다.

시종 담담한 표정에도 사내는 기분 나쁜 내색조차 없었다. 아니, 오히려 여기에 아예 자리를 잡고 앉은 것 같았다.

"도장님께서 사 주지 않으시겠다면야, 뭐. 그럼 제가 알아서 시킵니다?"

사련은 사내를 흘긋 쳐다보곤 주변을 둘러보았다. 참 희한했다. 주변에 빈자리가 없는 것도 아닌데 왜 하필 여기에서 술을 마실까? 하지만 마땅히 거절할 만한 이유가 없었다.

"편하신 대로 하시죠."

사련의 대답을 들은 상대방은 나른하게 손을 까딱거렸다. 찻집 점원은 이토록 기품 넘치는 손님은 난생처음 모시는 터라 숨도 제대로 못 쉬고 냅다 술병과 술잔을 가져왔다. 그러곤 행여나 대접이 부족하면 어쩌나 싶었는지 온 힘을 다해 탁자를 닦았다.

그 사내는 느긋한 표정으로 혼자 술잔을 채웠다. 참다못한 사련이 한마디 물었다.

"설마, 귀하는 초면에 아무한테나 술을 사 달라 청하십니까?"

사내는 눈웃음을 지으며 대답했다.

"응? 그건 아닙니다. 솔직히 말씀드리면, 남들은 웬만해선 절 만나지도 못해요."

퍽 거만한 말투였다. 그런데도 전혀 반감이 들지 않았다.

마주 앉은 두 사람은 각자 저 할 일만 했다. 사련은 냉담한 얼굴로 다른 곳만 하염없이 바라보았다. 잠시 시간이 흐른 뒤, 이번에도 사내가 먼저 말문을 열었다. 그는 한 손으로 뺨을 괴고 물었다.

"도장님은 성씨나 존함이 어찌 되십니까?"

사련은 거침없이 가짜 성씨를 내밀었다.

"화씨입니다."

사내는 눈썹을 까딱이며 말했다.

"아— 화 도장님."

"귀하는 성함이?"

"삼랑이라 불러 주시면 됩니다."

진짜 신분을 밝히고 싶지 않은 모양이니 사련도 더 묻지 않았다. 그러면서도 내심 삼랑이라는 이름을 머릿속에 되뇌어 보았다. 하지만 그가 아는 사람 가운데 집안에서 셋째인 인물은 없었으니, 공연한 어림짐작은 그만두기로 했다. 이때, 문득 무언가가 사련의 시선을 사로잡았다. 사내의 턱선 옆으로 가느다랗게 땋인 머리카락. 그리고 그 끝에 매달린 붉은 산호주.

윤기가 반지르르한 산호주는 척 보아도 값비싼 물건이었다. 하지만 사련은 어쩐지 이 산호주를 어디선가 본 것만 같았다. 바닥에 널린 게 금은보화인 제 침전에서 본 것 같기도 했다.

하지만 확신은 서지 않았다. 사련의 시선을 눈치챈 삼랑이 물어 왔다.

"마음에 들어요?"

그는 희고 늘씬한 손가락으로 산호주를 가볍게 쥐고 굴렸다.

무슨 영문이었을까. 그 모습을 지켜보던 사련은 갑자기 가슴께가 욱신거렸다. 그는 제 몸 한 부분을 손가락으로 꼬집는 것 같은 통증을 느끼곤 뒤로 펄쩍 물러났다.

어찌나 요란하게 움직였는지, 근처에 앉아 있던 손님들도 이쪽을 쳐다보았다. 삼랑은 무심하게 시선을 들더니 의아한 투로 물었다.

"도장님, 왜 그러시죠?"

삼랑은 사련을 붙잡아 주려는 듯이 한 손을 내밀었다. 그 손길을 사양하고 싶었던 사련은 재빨리 자세를 고쳐 앉았다.

"아, 아무것도 아닙니다. 그 구슬……."

"아."

삼랑은 여전히 입가에 웃음기를 머금고 대답했다.

"이 구슬이요?"

그는 눈부시게 빛나는 산호주를 손가락으로 힘주어 굴리며 싱긋 웃었다.

"제 은애하는 부인이 준 선물입니다. 도장님이 보시기엔 어떻습니까?"

"……."

잠시 침묵한 사련이 대답했다.

"어…… 멋져요. 멋지네요."

사실 자기가 무슨 말을 하는지 자각하지도 못했다. 사련은 다리에 올려 둔 손가락을 꽉 오므렸다. 마치 가시방석에 앉은 기분이었다.

이 낯선 사내가 손가락 사이로 굴리고 있는 것은 매끄러운 구슬이었다. 단순하기 그지없는 움직임인데도 사련이 보기엔 어쩐지 음란하게 느껴졌다.

마치 저 손가락이 부드럽게 문지르고 굴리는 것이 붉은 산호주가 아닌 제 몸의 어느 민감한 부분인 것만 같았다. 이유도 없이 얼굴이 달뜨고 숨이 차올라 견디기 괴로웠다.

정상이 아니다. 이건 절대로 정상이 아니다.

자칭 '삼랑'이라는 이 사내는, 얼굴은 퍽 준수해도 묘하게 요사한 기운이 흘러 사람을 전율케 했다. 사련의 머릿속에 시끄러운 경보음이 울렸다. 그는 정신을 가다듬고 숨을 고른 뒤, 대담하게 삼랑을 응시하며 물었다.

"실례지만, 먼저 제게 접근하신 이유가 대체 뭡니까?"

삼랑은 싱긋 웃으며 태연자약하게 말했다.

"그리 경계하실 건 없잖습니까? 대단한 이유는 아닙니다. 도장님의 풍모에 감탄해 저도 모르게 이끌렸습니다. 기분 상하셨다면 부디 너그러이 용서해 주시지요."

"……."

사련은 그를 믿어야 할지 말아야 할지 아리송한 기분으로 시선을 치웠다. 이 사람을 맞은편에 앉히지 말걸, 괜히 머리만 어수선해졌잖아. 내심 후회가 찾아왔다. 마침 이때, 아까 그 가희가 무대를 마치고 손님들에게 인사를 하더니 사련을 바라보며 곱게 웃고는 사뿐히 자리를 떴다. 그렇다면 사련도 여기에 앉아 있을 필요가 없었다. 그는 몸을 일으키며 말했다.

"먼저 실례하겠습니다. 귀하는 혼자 느긋하게 술자리 가지세요."

시비 투로 비아냥대려던 마지막 한마디는 막상 내뱉고 보니 마냥 깍듯했다. 사련은 사내를 차마 쳐다보지 못하고 거의 날아가듯 아래층으로 내려갔다. 한참을 어영부영 돌아다닌 그는 사내가 쫓아오지 않는다는 것을 확신하고 나서야 겨우 한숨을 돌릴 수 있었다.

하지만 다시 뒤돌아선 순간, 눈앞이 막막했다.

옷도, 재물도, 패검도 사라졌다. 시종은커녕 이제 법력도 없다.

십칠 년 인생에서 이렇게 속수무책인 처지는 난생처음이었다. 고개를 내저은 사련은 한 행인을 붙잡고 여기가 어디냐고 물었다. 그러자 행인은 사련이 처음 들어 보는 지명을 알려 주었다. 사련이 거듭 물었다.

"그럼 황성에서 얼마나 멀죠? 여긴 황성 기준으로 어느 방향입니까?"

구태여 선락 황성이라고 말하지는 않았다. 행인이 대답했다.

"황성이요? 여긴 황성 남쪽입니다. 황성에서 제법 멀어요!"

역시. 사람들의 말투나 건물 양식이 조금씩 이상한 것을 보니 황성 근처는 아닌 것 같았다. 예상컨대 여기는 황성에서 아주 멀리 떨어진 곳이다. 범인이 대체 무슨 목적으로 그를 여기까지 데려왔는지 모를 노릇이었다.

다시 한동안 걷던 사련은 새로운 난제에 부딪혔다.

배가 고팠다.

그러나 앞서 말했듯이 그의 재물은 깡그리 사라졌다. 태자라는 신분을 증명할 패물도 감쪽같이 사라졌다. 아까 토지신에게 답례로 금싸라기를 주려 했을 때도 손에 잡히는 게 없었다. 찻집에 잠깐 앉아 있었다고 그나마 가지고 있던 돈을 탈탈 털어야 했다. 그마저도 해묵은 찻잎 찌꺼기 때문에 차 한 모금도 마시지 못했으니 배 속이 허했다.

고작 돈 한 푼에 발목 잡힌 꼴이라니.

간만에 인상이 다 찌푸려졌다. 그런데 이때, 사련은 문득 앞쪽 바닥에 깔린 벽돌 옆에서 반짝이는 무언가를 발견했다.

앞으로 다가간 그는 자리에 웅크려 앉아 그 물건을 들추어 보고 순간 움찔했다.

이런 허름한 골목 한복판에 금싸라기가 떨어져 있다니!

금싸라기 말고도 은 조각과 자잘한 엽전이 보였다. 환한 대낮에 바닥에서 돈을 다 줍다니, 이게 웬 떡이냐 싶었다. 과연 이걸 운이 나쁘다고 해야 할지 좋다고 해야 할지 아리송했다.

사련은 바닥에 떨어진 물건들을 주웠다. 누군가 실수로 떨어뜨린 게 아닐까, 가장 먼저 그런 생각이 들었다. 골목을 빠져나온 그는 거리를 오가는 행인들에게 물었다.

"혹시 여기에 돈 잃어버리신 분 계십니까?"

행인 대부분은 고개를 가로저었다. 이때 퍽 한가해 보이는 건달 하나가 뻔뻔하게 외쳤다.

"나요! 내가 잃어버렸소!"

"얼마를 잃어버리셨죠?"

사련이 묻자, 건달은 우물쭈물 대답을 망설이다가 결국 행인들의 비웃음을 받으며 도망쳤다.

사련은 돈을 잃어버린 주인이 찾아올지도 모른다는 생각에 제자리에 서서 가만히 기다렸다. 한 시진 가까이 흘렀으나 찾아오는 이는 없고 배는 갈수록 고파 왔다. 한참 뒤, 그는 한숨을 푹 내쉬곤 소매 속에 넣어 둔 돈을 살펴보며 속으로 생각했다.

'일단 그냥 빌려 쓰고 나중에 열 배로 갚자.'

달리 뾰족한 수가 없었다. 일 주향을 더 기다린 사련은 길가로 나가 찐빵 하나를 샀다.

사련은 한 번도 찐빵을 먹어 본 적이 없었다. 더구나 이렇게 투박한 찐빵이라니. 거대하고 묵직한 데다 희멀거니 싱거워 보였다. 하지만 남의 돈을 함부로 쓰고 싶지는 않았다. 만에 하나 급전으로 준비한 돈이라면 낭패일 테니 아주 조금만 써야 했다.

사련은 이렇게 커다란 찐빵은 난생처음 사 본 터라 조금 신기한 기분이 들었다. 그는 방금 그 골목을 지나 조용하고 외떨어진 거리로 자리를 옮겼다. 찐빵을 입으로 가져가려던 순간, 난데없이 옆에서 튀어나온 손 하나가 찐빵을 가져갔다.

낚아채는 솜씨가 여간내기가 아니었다. 손이 허전해진 사련은 멍하니 고개를 돌렸다. 옆에 서 있는 사람은, 아까 주점에서 보았던 그 붉은 옷의 사내였다!

사련은 얼이 빠졌다.

이 사람이 여기까지 쫓아왔을 줄은 꿈에도 몰랐다. 심지어 찐빵을 뺏어 가기까지!

한참 넋을 놓은 사련은 찐빵을 돌려받아야 한다는 생각에 손을 휘둘렀다.

"돌려줘요!"

잽싼 손동작이었지만 상대방이 한발 더 빨랐다. 게다가 그는 사련보다 키도 컸다. 순식간에 옆으로 피한 사내가 입을 열었다.

"다른 거 먹어요."

그리 말한 주제에 자기는 그 찐빵을 한 입 베어 물었다. 이제 사련은 찐빵을 먹고 싶어도 먹을 수가 없었다. 존귀하신 태자 전하가 남이 입을 댄 음식을 먹을 순 없지 않은가. 사련은 눈을 부릅뜨고 외쳤다.

"이봐요!"

잠시 말문이 막힌 사련은 발끈한 목소리로 말을 이었다.

"사람이 무슨 이런 식입니까?"

처음 만났을 때는 보기 드문 인물 같아 친교라도 맺을까 했는데, 이렇게 실없는 무뢰한이었다니!

붉고 흰 두 인영이 형체도 보이지 않을 만큼 어지럽게 움직였다. 누구도 이 훌륭한 쟁탈전이 고작 찐빵 하나 때문에 벌어졌으리라곤 생각지 못할 터였다. 사련은 속도를 더 내면 이 '삼랑'의 몸놀림을 충분히 따라잡을 수 있을 거란 생각이 들었다. 그런데 무슨 영문인지, 어딘가 한 박자 모자란 것처럼 손발이 말을 듣지 않았다. 거기에다 온종일 고생하고 고민하며 의심하느라 허리도 다리도 시큰거렸다. 홧김에 방심한 사련은 휘청거리며 바닥에 넘어지고 말았다. 동시에 잇새로 나직한 신음이 흘러나왔다.

아프다.

차마 말 못 할 아픔이, 차마 말 못 할 부위에서 번져 나오고 있었다.

실은 아까부터 통증이 있었다. 다만 상처를 세심하게 치료해 놓았고, 사련도 애써 무시한 덕분에 그다지 뚜렷하게 느껴지지는 않았다. 하지만 바닥에 넘어지자 사련의 낯빛이 돌변했다. 삼랑도 표정을 바꾸더니 곧바로 몸을 숙이고 사련의 팔을 붙들었다.

"형……."

말끝을 흐린 그는 재빨리 말을 바꾸었다.

"도장님, 괜찮으세요?"

곤경에 빠진 사련은 당장이라도 구덩이를 파서 얼굴을 처박고픈 심정이었다. 그는 애써 팔을 뒤로 빼며 붉어진 얼굴로 소리쳤다.

"함부로 부르지 마시죠! 이런 식으로 잡지도 말고요!"

삼랑은 사련의 말대로 팔을 놓아주었다. 다만 잠깐 장단만 맞춰 주었을 뿐, 이번에는 어깨를 붙들었다.

"왜 그래요? 어디 아프신 겁니까?"

가식이라곤 느껴지지 않는 진심 어린 목소리였다. 웃는 낯에 침 뱉는 것은 예의가 아니니 사내의 호의를 흔쾌히 받아들이면 좋았을 터다. 하지만 어디가 왜 아픈지를 생각하면 수치심과 분노가 밀려왔다. 종일 참고 있었던 울적함도 몽땅 솟구쳤다. 사내의 손을 내친 사련은 자리를 박차고 일어났다.

"……아픈 곳 없습니다. 하나도 안 아파요!"

한마디를 남기고 냅다 도망치려는데, 뒤돌아선 순간 뒤편에서 있던 사내가 그의 손목을 붙잡았다. 애를 써도 손을 뿌리칠 수가 없었다. 인내심이 바닥난 사련은 홱 돌아서서 그를 노려보았다. 삼랑은 그를 응시하며 가만히 한숨을 내쉬었다.

"도장님, 제가 잘못했습니다. 다 제 불찰이니 화를 거두세요. 제가 사죄의 뜻으로 한잔 대접하겠습니다."

무슨 영문인지 사련은 이 사람의 얼굴만 보면 가슴이 술렁거렸다. 너무나 낯선 느낌에 당장 도망치고 싶은 생각뿐이었다.

"필요 없습니다. 난 원래 술 안 마셔요! 빨리 놔주시죠."

"알았어요, 알았어. 술 말고요, 밥 먹으러 가는 건 어때요? 시장하실 텐데."

사련은 울화통이 터졌다. 무슨 말투가 이래? 애 취급하면서 달래는 것도 아니고. 이런 치욕은 또 난생처음이었다.

"밥도 필요 없습니다. 배 안 고파요. 무례 저지르지 말고 적당히 하세요!"

다만 난감하게도, 말이 끝나기 무섭게 사련의 배에서 항의의 소리가 쪼르륵 흘러나왔다.

사련은 제자리에서 굳어졌다. 한층 화가 치민 얼굴이 새빨개졌다. 그는 이제 말까지 더듬기 시작했다.

"다…… 다…… 당신, 왜 날 따라다니는 건데요? 더는 따라오지 마세요!"

그러자 삼랑이 그를 빤히 들여다보며 물었다.

"도장님, 설마 모르시는 겁니까?"

삼랑의 표정이 불현듯 진지해졌다. 사련이 되물었다.

"뭐를요?"

"도장님 몸에 사특한 것이 붙어 있습니다."

사련은 한순간 멍해졌다. 이때였다. 손목이 잠깐 느슨해지나 싶더니, 손목을 감싸고 있던 붕대가 흰 뱀처럼 미끄러져 내려왔다. 그러곤 사련의 눈앞에서 몸을 높이 세우고 냅다 달려들었다.

하지만 그 붕대는 사련의 얼굴을 덮치지도 못하고 삼랑의 손에 붙잡혔다.

"여기요."

"……."

약점을 붙잡힌 독사처럼 필사적으로 꿈틀거리는 비단을 보고 있자니 소름이 돋았다.

내 몸에 이런 괴물이 붙어 있었다니!

사련은 이제야 알 것 같았다. 그는 눈을 깜빡거리며 입을 뗐다.

"그러니까…… 제 몸에 이 괴물이 붙어 있는 걸 보고 접근했던 거군요?"

삼랑은 한층 진지한 표정으로 대답했다.

"네. 제법 수상한 놈이라 몰래 눈여겨보고 있었습니다. 그래도 다치지 않으셔서 다행이네요."

이렇게 진실이 밝혀졌다. 생각해 보면 사련은 이 공자 앞에서 인상을 쓰고 손을 내치는 등 아주 무례하게 굴었다. 그런데 실상은 좋은 마음으로 다가온 것이었다니. 미안해진 사련은 진지하게 예를 올렸다.

"정말 고맙습니다. 아까는 제가 오해했네요."

그리 말하며 허리를 숙이려 하자, 삼랑이 손을 뻗어 사련을 만류했다.

"별말씀을요. 어려운 일도 아니었는데요."

고개를 든 사련은 조금 혼란스러웠다. 어쩐지 이 사내가 겉으론 진지해 보여도 눈으로 웃고 있는 것 같은 기분이 들었다. 꼴사나운 추태를 사내에게 낱낱이 보여 준 탓인지 조금 부끄러운 기분도 들었다.

말하고 보니 참 이상했다. 사련은 비슷한 또래 가운데서도 제법 진중한 편에 속했다. 그런데 이 남자를 보면 자꾸만 마음이 술렁이고 불안했다. 반면에 삼랑은 사련의 기분을 눈치채지 못한 모양이었다.

"이제 해결도 됐겠다, 이만 가 보겠습니다. 도장님, 기회 되면 나중에 또 봐요?"

사련은 무심결에 대답했다.

"네, 또 봐요."

삼랑은 손을 흔들고 뒤돌아 떠났다. 사련은 저도 모르게 그를 몇 걸음 뒤쫓았다.

정말 어디로 가야 할지 몰라서 그랬을지도 모른다. 어쩌면 머리가 혼란스러웠던 탓일지도. 사련은 삼랑이 뒤를 돌아보고 서야 화들짝 정신을 차리고 멈춰 서서 괜스레 다른 곳을 쳐다보았다. 하지만 이미 늦었다.

저 앞쪽에서 나직한 웃음소리가 들려왔다. 민망해진 사련의 귓불이 붉게 달아올랐다.

부득이한 심정으로 시선을 옮기자, 삼랑이 팔짱을 끼고 웃으며 말했다.

"역시 나중은 됐어요. 지금이 그 기회인 것 같은데, 어때요? 도장님, 이제 저랑 한잔할 기분이 들어요?"

도착한 곳은 아까 그 화려한 주점이었다.

이제 막 알게 된 이 사내는 씀씀이가 아주 호탕했다. 주점에 들자마자 여기서 가장 좋은 술안주를 한 상 가득 시킨 것이다. 그 자태는 황궁 수라상과 비견해도 손색이 없었다. 거기에다 사련이 처음 보는 신기한 요리도 제법 많았다. 배가 고팠던 사련은 한참 음식을 먹고 나서야 맞은편에 앉은 삼랑이 뺨을 괸 채 자신을 뚫어지게 쳐다보고 있다는 것을 깨달았다. 마치 먹음직한 반찬이라도 보는 듯한 눈빛이었다.

"……."

이런 눈빛이 날아들자 사련은 또다시 가시방석에 앉은 기분이 들었다. 내가 너무 배고픈 나머지 추접스럽게 식사를 했나, 싶었지만 그런 기억은 없었다. 사련은 젓가락을 내려놓고는 헛기침을 곁들여 운을 뗐다.

"……부끄러운 모습을 보였네요."

"응? 이게 뭐가 부끄럽다고? 저는 신경 쓰지 마세요. 자, 자, 계속 들어요."

삼랑은 대답을 마치곤 아까 두 사람이 한참 쟁탈전을 벌였던 찐빵을 꺼내 태연하게 먹기 시작했다. 이를 본 사련은 한층 민망해졌다.

사련은 옷매무새를 고치고 앉아 그 흰 비단을 쳐다보았다. 이제 본격적으로 진지한 이야기를 할 차례였다.

"이 괴물은 대체 언제 제 몸에 붙었을까요? 아예 눈치채지도 못했는데. 이건 뭐랄까……."

오랫동안 지니고 다녀서 익숙한 느낌에 가까웠다.

흰 비단은 자꾸만 꿈틀거리며 사련에게 날아들려 애썼다. 삼랑이 단단히 붙들지 않았더라면 벌써 사련을 둘둘 옭아맸을지도 몰랐다. 이건 오히려…… 사련에게 사족을 못 쓰는 모습처럼 보였다.

삼랑은 비단이 사련을 덮치지 못하게 젓가락 한 짝으로 짓누르며 싱긋 웃었다.

"참 버릇없는 녀석이네요. 따끔하게 혼내 줄 필요가 있겠어요."

"혼내기 전에 정체가 뭔지부터 알아보죠."

뒤이어 잡다한 이야기가 오갔다. 사련은 선락 황궁에서 자라 황극관에서 수행한 지금까지, 이렇게 말재간이 좋고 견문이 넓은 사람은 처음 보았다. 삼랑의 이야기에 환한 얼굴로 두 눈을 빛내느라 마음속 고민거리까지 깜빡 잊을 뻔했다. 그는 한참 뒤에야 자신이 지금 괴상한 소용돌이에 빠진 신세임을 깨닫곤 표정을 굳히며 물었다.

"삼랑, 누구 하나 물어봐도 될까요?"

삼랑은 흰 비단을 바닥에 툭 내던졌다. 어떤 수법을 썼는지는 몰라도 비단은 맥을 못 추고 그대로 늘어졌다. 이윽고 삼랑이 되물었다.

"누구?"

"그게 말이죠, 실은 제가 사람을 찾고 있습니다. 화성이라는 자예요."

이 이름이 나오자, 삼랑은 눈썹을 까딱 치켜올렸다.

"음. 이 사람을 찾는 이유가 뭔지 여쭤봐도 될까요?"

사련은 진지하게 대답했다.

"솔직히 말씀드리면, 저도 잘 몰라요."

말투를 듣자 하니 삼랑은 화성이 누구인지 아는 눈치였다. 사련은 말을 이었다.

"거짓말이라고 생각할지도 모르지만 정말입니다. 저도 제가 뭘 어쩌자고 그 사람을 찾는지 모르겠어요. 오늘 아침에 눈을 떴더니 갑자기 아주 괴상한 곳에 와 있었거든요."

사련은 그 수치스러운 일만 쏙 빼놓고 자초지종을 털어놓았다. 그가 마지막으로 덧붙였다.

"그래서 전 그 사람이 아주 중요한 인물이라고 봐요. 혹시 누군지 알면, 불편하지 않은 선에서 알려 줄 수 있어요?"

삼랑은 웃으며 대답했다.

"아, 딱히 불편한 건 없어요. 도장님과는 벌써 구면 같은 사이인데 당연히 도와야죠. 화성이라는 자는……."

사련은 진지하게 귀를 기울였다.

"어떤데요?"

"미치광이죠."

"어떤 미치광이요?"

삼랑은 혼자 술을 따른 후 그 잔을 손에 쥐고 말했다.

"그놈은 신도예요."

"누구의 신도인데요?"

"선락 태자."

"크흡—."

사련은 재빨리 차를 목으로 넘기고 겨우 숨을 토했다.

"잠깐, 잠깐만요. 저— 우리 선락국 태자 사련은 아직 등선하지도 않았는데 웬 신도가 있어요?"

삼랑은 심드렁하게 대답했다.

"언젠간 등선할 텐데요, 뭐. 게다가 신이라는 게 다 그렇잖아요. 내가 신이라면 신이고, 아니라면 아니고. 그자가 믿는다면 그게 바로 신이죠."

사련은 기가 막혔다.

"순 엉터리잖아요!"

잠시 침묵한 그가 말을 이었다.

"……그나저나, 그 사람은 진심으로 태자 전하가 신이 될 거라고 믿는 거예요?"

느긋한 대답이 돌아왔다.

"믿는 게 아니라."

삼랑은 싱긋 웃으며 덧붙였다.

"확신하고 있죠."

사련도 덩달아 미소를 지었다. 그러곤 속으로 중얼거렸다.

'그럼 절대 그 사람의 기대를 저버리지 말아야지.'

그는 화성처럼 팔짱을 끼며 물었다.

"그래서, 어디로 가야 그 화성이란 분을 만날 수 있죠?"

"도장님, 정말 그자를 만나시려고요?"

"네."

삼랑은 사련의 계획이 영 탐탁지 않은 눈치였다.

"화성은 아주 나쁜 사람이에요."

사련은 가만히 인상을 찌푸렸다.

"나쁘다고요? 어디가 나쁜데요?"

적어도 자신이 신이 되리라고 굳게 믿는 신도가 나쁜 사람이

길 바라진 않았다. 삼랑이 말끝을 흐렸다.

"그건 말이죠……."

바로 이때, 사련의 시선에 무언가가 들어왔다.

아까 전까지 그는 삼랑을 제대로 쳐다보지 못했다. 한참 말을 섞으며 익숙해진 지금에서야 편하게 시선을 내려놓을 수 있었다.

삼랑은 아까부터 한 손을 창턱에 걸치고 그 위를 느긋하게 두드리고 있었다. 그 늘씬한 손가락 한가운데에, 눈부신 인연의 매듭처럼 가느다란 붉은 실이 매여 있었다.

사련은 불현듯 아까 찻집에서 가희가 노래를 부를 때 머릿속에 스쳤던 난잡한 화면을 떠올렸다. 휘장 아래로 단단히 깍지를 끼고 맞잡은 두 손.

위를 선점하고 있던 그 손에도, 이렇게 붉은 실이 매여 있었다.

사련의 두 눈이 화들짝 커졌다.

그가 충격에 빠진 표정을 짓자 삼랑이 물었다.

"왜 그래요?"

사련은 차마 대답할 수가 없었다. 속절없이 기만당했다는 분노와 수치심이 혈기에 뒤섞여 머리끝까지 치솟았다. 그는 탁자를 쾅, 내리치며 이를 악다물고 말했다.

"……당, 신, 이, 었, 어!"

탁자는 사련의 힘을 견디지 못하고 그대로 박살이 났다. 주점 위층에 두 사람밖에 없었기에 다행이었지, 누가 있었다간 분명히 혼비백산하며 도망쳤을 터다. 무기가 없는 사련은 다시 손날을 휘둘렀다. 삼랑은 의자에 앉은 채 가볍게 고개를 기울였다.

사련의 손날은 삼랑 뒤편 벽에 들이꽂혔다. 부서진 벽돌이 후드득 떨어지는데도 삼랑은 요지부동이었다. 그는 팔짱을 낀 채 가볍게 눈꺼풀을 들며 물었다.

"도장님, 왜 이러시죠?"

사련의 얼굴이 홧홧하게 달아올랐다. 얼마나 엉망으로 붉어졌을지 저조차 알 수가 없었다. 그는 나머지 손으로 주먹을 부르쥐고 나직하게 으르렁거렸다.

"당신…… 시치미 떼지 마. 나한테 무슨 짓을 했는지…… 당신이 더 잘 알 텐데."

삼랑이 조금 더 시선을 들고 그를 올려다보았다.

"유감스럽지만 정말 모르겠네요. 제가 도장님께 무슨 짓을 했길래 이렇게 화가 나셨죠? 자세히 들려주시겠습니까?"

"……."

저렇게 억울하다는 표정으로 설명을 요구하다니. 그것을 어떻게 설명하란 말인가? 이 환한 대낮에 그런 일을 입에 담으라고? 이렇게 뻔뻔한 사람은 또 처음이었다. 치미는 울분에 온몸은 떨려 오고 얼굴은 갈수록 달아올랐다. 사련은 횡설수설하며 욕을 늘어놓았다.

"입 다물어! 이 무슨……. 절대 가만 안 둬, 이 파렴치한……

저질…… 비열한 놈 같으니……."

삼랑은 한숨을 푹 내쉬었다.

"도장님, 제 진심 어린 성의를 이렇게 받아들이실 줄은 몰랐는데요. 대체 제 어디가 파렴치하고 저질이고 비열합니까?"

사련은 가까스로 마음을 추스르고 받아쳤다.

"날 속일 생각 마! 당신 손에 묶인 그 붉은 실이 증거라고! 당신이 바로…… 바로……."

"음?"

삼랑이 느긋하게 손을 들어 보였다.

"이거 말씀이십니까? 이 실에 무슨 문제라도?"

사련은 그 붉은 실에 정곡이라도 찔린 사람처럼 움찔했다.

"내가 다 봤어. 그때, 당신 손에…… 이 붉은 실이……."

"그때라니요?"

"……."

뻔히 알면서 묻다니, 이런 악질이 다 있나!

그런데 어쩐 일인지, 마음속에 분통이 터지는데도 손은 꼼짝할 생각을 않았다. 심지어 다른 누군가의 힘에 억눌린 것도 아니었다. 제 몸이 자의로 자신을 억누르고 있었다.

바로 이때, 누군가 허겁지겁 위층으로 달려왔다.

"손님, 지금 뭐 하시는 겁니까? 죄 때려 부수시면 어떡합니까!"

사련이 점원을 돌아보며 말했다.

"여긴 위험합니다! 다들 대피……."

그런데 고개를 돌린 순간, 사련은 얼이 빠졌다.

무슨 영문인지, 다른 사람들의 손에도 똑같은 붉은 실이 매여 있었다!

사련은 넋을 놓고 물었다.

"왜 다들 손에 실을 매고 계시죠?"

한 사람이 대답했다.

"실이요? 실이 뭐 어때서요? 흔한 건데 무슨 이유가 있겠습니꽉…… 큼, 무슨 이유가 있겠습니까."

사련은 혼란스러웠다. 설마 이 지역은 손에 붉은 실을 매는 풍조가 흔한가?

그는 다시 앞을 돌아보았다. 삼랑은 사련의 머릿속을 꿰뚫어 본 것처럼 입을 열었다.

"도장님이 생각하신 대로예요. 손에 붉은 실을 매는 건 이 지역 풍습입니다. 못 믿으시겠다면 아래를 살펴보세요."

사련은 주루 아래를 내다보았다. 아니나 다를까, 파도처럼 넘실대는 인파 대부분이 손에 붉은 실을 매고 있었다. 심지어는 여러 줄을 맨 사람도 보였다. 사련이 물었다.

"이게 무슨 풍습이죠?"

삼랑은 싱긋 웃으며 답해 주었다.

"이것도 그 화성이란 자와 관련이 있어요."

"네?"

"화성과 그의 은인도 손에 붉은 실을 맸거든요. 그래서 다른 사람들도 인연을 찾거나 애정을 표하는 뜻에서 똑같이 따라 하기 시작했죠."

사련은 그 말에 어안이 벙벙해졌다.

"그럼…… 그 화성이라는 분은 역시 대단한 인물인가 봐요? 이 많은 백성이 열심히 따라 할 정도면……."

"대단하고 말고는 누구랑 비교하느냐에 따라 다르죠. 참, 도장님. 바닥에 뭐가 떨어진 것 같은데, 좀 주워도 괜찮을까요?"

그제야 깨달은 사실이지만, 사련은 지금껏 벽에 손날을 들이꽂은 자세를 취하고 있었다. 이번에도 오해로 결론이 나자, 사련은 서둘러 화를 가라앉히고 손을 치웠다.

"미안해요, 미안해요. 삼랑, 정말…… 정말 미안하게 됐습니다. 또 무턱대고 오해를 해 버렸네요……."

삼랑은 한결같이 느긋하게 허리를 숙이더니 무언가를 줍고 물었다.

"괜찮아요, 도장님. 이건 도장님이 떨어뜨리신 물건인가요?"

그가 바닥에 널브러진 잔해 속에서 주워 든 것은 금싸라기였다. 방금 사련이 손날을 날릴 때 소매에서 흘러나온 모양이었다. 사련이 대답하려고 입을 달싹인 순간, 삼랑이 금싸라기를 눈앞으로 가져가더니 눈을 가늘게 뜨고 말했다.

"어라. 어디서 많이 본 조각인데."

말을 마친 그는 느긋하게 허리춤에서 무언가를 꺼냈다. 마찬가지로 금싸라기였다.

두 금싸라기는 완전히 모양이 같았다.

사련이 황급히 물었다.

"이게 삼랑 물건이었어요?"

"아. 하나를 잃어버려서 다시 찾으러 온 거긴 한데……."

여기까지 들은 사련은 그가 오해할까 싶어 재빨리 끼어들었다.

"삼랑, 제가 다 설명할게요."

"뭘 그렇게 긴장해요. 도장님 설명이라면 당연히 들어야죠."

사련은 내심 안심하며 입을 열었다.

"사정은 이래요. 이 금싸라기는 방금 제가 길에서 주운 거예요. 원래는 주인이 돌아올 때까지 기다리려고 했는데 한 시진이 지나도 안 오더라고요. 그리고 배가 좀……."

여기까지 말한 사련은 조금 부끄러운 기분에 고개를 숙이고 조용히 말을 이었다.

"그래서, 그냥…… 멋대로 잠깐 빌렸어요. 먹을 걸 좀 살까 해서요. 그러니까, 아까 그 찐빵 말이에요……. 나중에 배로 갚을 생각이긴 했는데 그래도 결과적으론 허락도 없이 써 버린 거니까, 미안해요."

그러자 삼랑은 가만히 눈웃음을 지었다.

"뭘 그렇게까지 사과해요? 사람이 그럴 수도 있죠. 안 그래도 도장님께 한턱내려고 했는데. 게다가 그 찐빵도 결국엔 제가 먹었잖아요? 이런 사소한 일로 마음 쓰지 마세요. 그나저나 참 신기하지 않아요? 제가 잃어버린 물건을 도장님이 주우시다니. 이거 참, 이뤄질 인연은 천 리 밖에서도 만난다더니.”

그가 너그럽게 이해해 주자 사련도 마음이 놓였다.

“아무튼, 삼랑도 조심해요. 그 번쩍이는 금을 떨어뜨리고도 모르면 어떡해요. 다음엔 이렇게 덜렁대면 안 됩니다.”

이때, 한쪽에서 주춤거리고 있던 점원들이 끼어들었다.

“손님들, 이제 다 진정하셨습니까? 진정하셨으면 부서진 탁자값 얘기나 하실까요, 꽉!”

“…….”

예전이었으면 얼마든 흔쾌히 갚았겠으나 지금 사련은 찐빵 하나조차 못 사는 신세였다. 그러자 삼랑이 입을 뗐다.

“괜찮아요. 내가 낼게.”

분명 먼저 시비를 일으킨 쪽은 사련인데 탁자값을 배상하겠다며 나서 주다니. 사련은 그의 따뜻한 배려심에 감동한 나머지 목이 다 메었다.

“이건…….”

웬일인지 점원들은 가게가 박살 났는데도 벙글거리며 훨씬 화려한 탁자를 가져다주었다. 두 사람은 다시 자리에 앉았다. 사련은 어떤 말로도 표현 못 할 죄책감과 고마움에 몸 둘 바를 몰랐다. 삼랑이 다시 상냥하게 물어 왔다.

“도장님. 아까 말씀을 들어 보니까 무슨 속사정이 있으신 것 같던데, 무슨 일이에요? 대체 무슨 짓을 당하신 겁니까?”

“…….”

그런 일을 어찌 털어놓을 수 있겠는가. 막 가라앉았던 얼굴이 또다시 붉어지기 시작했다. 사련은 우물거리며 대답했다.

"……아닙니다. 아무것도 아니에요."

"괜찮으면 말해 줄래요? 제가 도울 수 있을지도 모르잖아요."

호의가 담긴 질문이라지만 추궁을 당하는 사련은 속수무책이었다. 그는 안절부절못하며 하릴없이 말했다.

"……정말 아무것도 아니에요. 삼랑, 이제 그만 물어보면 안 될까요……."

차마 입이 떨어지지 않는 이야기니까.

이렇게 된 이상 삼랑도 더는 몰아붙이지 않았다.

"알았어요. 우리 아까 어디까지 얘기했죠? 화성을 만나고 싶다고 했나요?"

사련은 정신을 가다듬고 정색했다.

"네. 방법을 알아요?"

"물론 알죠. 그런데 요즘 들어선 만나기 어려워요."

"왜요?"

삼랑은 젓가락으로 그릇에 담긴 채소를 건드려 활짝 웃는 얼굴을 만들며 말했다.

"요 며칠 화성의 연인이 조금 아파서 병간호 중이거든요. 그래서 시간을 낼 틈이 없어요."

역시, 이 화성이라는 인물은 참 정이 많은 사람이구나. 사련은 속으로 중얼거렸다. 연인을 중시하는 모습이 아주 마음에 들었다.

"그렇구나. 그럼 언제까지 기다려야 만날 수 있을까요?"

"많으면 닷새, 적으면 사흘. 서두르지 말고 일단 그 전까지는 푹 쉬어요."

그래 봐야 마땅히 갈 곳이 없었다. 사련이 그리 생각하고 있는데 삼랑이 말을 이었다.

"갈 곳이 없다면 제 쪽으로 와서 잠깐 쉬었다 갈래요? 집도 꽤 크고 사는 사람도 없는데."

사련은 결국 참지 못하고 작은 목소리로 말했다.

"삼랑, 삼랑은 정말…… 정말 좋은 사람이에요."

이렇게 솔직한 말로 사람을 칭찬해 보는 건 처음이라 조금 부끄러웠다. 하지만 이보다 사련의 마음을 대변할 만한 적절한 표현이 없었다. 삼랑은 기분이 좋았는지 눈웃음을 지으며 말했다.

"이게 다 우리가 처음부터 너무 잘 맞아서 그런 거 아니겠어요? 아, 맞다. 물어보는 걸 깜빡했네. 도장님은 나이가 어떻게 돼요?"

"열일곱이요."

"아, 열일곱. 그럼 나보다 어리네."

확실히 삼랑은 스무 살 남짓처럼 보였다. 말을 마친 그는 지나가는 말처럼 한마디 덧붙였다.

"그럼 도장님이 나한테 형이라고 불러야겠다."

사련은 황족 중에서도 존귀해 마지않으신 태자 전하라, 남과 쉽게 호형호제를 하지 않았다. 하지만 사련은 이 삼랑이라는 사람이 정말로 마음에 들었다. 거기에다 그동안 다른 사람을 형이라고 부른 경험이 없어 신선하기도 했다. 사련은 웃으며 대답했다.

"원래 삼랑 형이었구나."

"……."

착각인지는 모르겠지만, 사련이 '형'이라는 호칭을 붙이자 맞은편 삼랑의 웃음기가 미묘하게 변한 것 같았다.

말로 설명하긴 어렵지만, 삼랑의 왼쪽 눈에서 흘러나오는 시선이 마치 불타고 있는 것 같았다. 어찌나 뜨거운지 살갗이 다 뜨거울 지경이었다. 사련은 눈을 깜빡이며 물었다.

"왜 그래요?"

그 무서운 열기는 순식간에 자취를 감추었다. 삼랑은 평소처럼 돌아와 싱긋 웃었다.

"아무것도 아니야. 그냥 너무 좋아서. 집안에 나보다 어린 사람이 없어서 이런 호칭은 처음 듣거든."

"삼랑만 괜찮다면…… 이제 이렇게 불러도 될까요?"

삼랑은 눈을 반짝이며 웃으면서도 입으로는 괜스레 마다했다.

"아, 난 당연히 괜찮은데, 도장님이 괜찮을지가 문제지."

"괜찮죠, 괜찮고말고요. 삼랑 형, 우리 이제 형 집으로 가는 거예요?"

삼랑은 젓가락을 내려놓고 말했다.

"응, 지금 바로 가자."

삼랑의 거처는 심히 넓고 화려한 대저택이었다. 안으로 들어가 보니 선락 황궁의 어느 궁전에 비견해도 뒤처지지 않았다. 역시 삼랑은 평범한 사람이 아니구나, 사련은 한층 확신했다.

저녁 무렵. 혼자 침상에 누운 사련은 자꾸만 몸을 뒤척였다.

어쩐지 옆이 허전한 느낌이 들었다. 몸을 아무리 뒤척여도 잠자리가 불편했다. 심지어 몸도 조금 불편했다. 천장을 보고 누우면 허리가 눌려 시큰거렸고, 엎드려 누우면 무언가가 등을 짓누르는 기분이었다.

잠결에 여러 꿈이 뒤죽박죽 찾아왔다. 움직이고 싶은데 누군가 그를 단단히 억누르고 있었다. 그 사람의 목소리가 귓가에 바짝 들려왔다. 목소리의 주인공은 때로는 사내였고 때로는 소년이었다. 그를 형이라 부르는가 하면 종종 전하, 하고 외치기도 했다. 그러곤 이렇게 말했다. 겁내지 마세요, 전하.

한없이 다정하고도 사악했다. 그러면서도 한없이 진중했다.

화들짝 잠에서 깨어나고 보니 옷이 땀으로 흥건하게 젖어 있었다. 사련은 숨을 몰아쉬며 맥없이 주먹을 쥐고, 분노를 담아 침상을 힘껏 내리쳤다. 그는 축축한 머리카락을 움켜쥐며 속으로 중얼거렸다.

'……이딴 기억은 대체 언제 사라지는 거야! 파렴치한 자식, 잡히기만 해 봐…….'

이때, 언제부터 머리맡에 놓여 있었는지 모를 옷가지가 눈에 들어왔다. 지금 입은 것처럼 흰옷이기는 해도 양식은 마음에 꼭 들었다. 사련은 한껏 반색하며 재빨리 방 뒤편 욕탕으로 향했다.

옷가지를 벗고 물에 몸을 담근 그는 자신의 목에 가느다란 은사슬이 걸려 있다는 사실을 깨달았다.

사실 끝에는 투명하게 반짝이는 반지도 걸려 있었다. 얼마나 매고 다녔는지 몰라도 지금껏 전혀 눈치채지 못했다. 그는 내심 의아해졌다.

'나한테 이런 목걸이가 있었나?'

끝에 매달린 반지는 너무도 아름다웠다. 사련은 반쯤 넋을 놓고 반지를 바라보았다. 이때 난데없이 옆에서 은빛이 번뜩였다. 경계심을 완전히 늦추지 않았던 사련은 조건 반사처럼 고함쳤다.

"누구냐!"

수면을 내리치자 물방울이 강철 구슬이라도 되는 것처럼 벽면을 요란하게 내리쳤다. 그런데 물을 뒤집어쓴 건 사람이 아니라…… 칼이었다.

사련은 그 단단한 칼을 붙잡고 의문에 빠졌다. 갑자기 칼자루에 달려 있던 은빛 선이 눈을 뜨듯 열렸다. 그 안에서 등장한 눈동자가 되록되록 굴러가기 시작했다. 사련은 다시 흠칫했다.

무슨 이렇게 희한한 칼이 다 있지?

칼날이 늘씬한 곡도는 살아 있는 생명체처럼 열정적으로 그의 품에 뛰어들었다. 무심코 빈틈을 보인 사련은 차가운 칼날이 몸에 닿자 악, 하고 소리치며 소스라쳤다.

하지만 살기가 느껴지지 않아서인지 위험한 칼은 아니라는 직감이 들었다. 힘겹게 밀어내면 밀어냈지, 이 칼을 거칠게 다루고 싶지는 않았다. 예컨대 저 하늘 바깥까지 후려쳐 날려 버린다든지. 그런데 다음 순간, 붉은 그림자가 나타나 그 칼을 낚아챘다. 이윽고 서늘한 목소리가 뒤를 이었다.

"여기 있었군……."

가만히 들여다보니 삼랑이 손에 그 곡도를 쥐고 목욕통 옆에서 있었다. 얼굴은 웃고 있지만 이마에는 얕게 불거진 핏대가 보였다. 그는 곡도를 무자비하게 내리치며 말했다.

"지금은 안 된다고 했을 텐데?"

"삼랑 형. 이 곡도, 삼랑 형의…… 법기였어요?"

삼랑은 그를 돌아보았다. 이마에 돋은 핏대가 순식간에 사라지나 싶더니, 느긋한 표정이 그의 얼굴을 차지했다.

"그냥 덜 돼먹은 구닥다리야. 형…… 형인 내가 우스운 꼴을 보였네."

하지만 사련은 진지했다. 그는 눈을 빛내며 삼랑의 붉은 옷자락을 붙잡고 말했다.

"아냐, 아니에요. 삼랑 형, 정말 대단해요! 이렇게 자아를 지닌 법기를 제련해 내다니!"

삼랑에게 호되게 얻어맞아 울상이 된 곡도는 사련이 자신을 칭찬하자 눈동자를 의기양양하게 굴리더니 은근슬쩍 사련에게 몸을 기울였다. 그러자 삼랑은 또다시 매정하게 손바닥을 날렸다.

두 손 두 발 다 든 곡도는 퉁, 하고 바닥에 엎어지더니 마구 뒹굴기 시작했다. 어째 어른에게 맞아 바닥을 뒹굴며 엉엉 우는 꼬마 같았다. 정말이지 곡도의 서러운 울음소리가 귓가에 다 들리는 기분이었다. 그 모습을 안쓰럽게 지켜보던 사련은 황급히 삼랑을 말렸다.

"잠깐, 삼랑 형! 그만, 때리지 마요. 친해지고 싶어서 잠깐 장난친 것 같은데 그렇게 매정하게 혼낼 건 없잖아요."

그런데 몸을 일으키고 깨달은 사실이지만 그는 지금 죄 헐벗은 맨몸이었다. 어쩐지 얼굴이 홧홧해진 사련은 도로 어색하게 앉았다. 삼랑은 자연스럽게 한발 먼저 돌아서서 자리를 피해 주었다.

사련은 잽싸게 목욕통에서 나와 새 옷으로 갈아입었다. 몸에 닿는 촉감이 아주 부드러웠다. 드디어 살갗이 쓸리는 고통에서 벗어난 그는 새삼 고마운 마음이 들었다. 방을 빠져나와 손님을 맞이하는 대청에 도착하자, 먼저 상석에 앉아 그를 기다리고 있는 삼랑이 보였다.

방금 왜 그 곡도를 혼냈는지는 잘 모르겠지만, 지금 곡도는 삼랑의 허리춤에 조용히 매달려 있었다. 얌전히 있으니 의외로 냉혹해 보였다. 아까 바닥을 구르며 생떼를 쓰던 모습은 조금도 떠오르지 않을 만큼. 사련이 들어오자 삼랑이 웃으며 입을 열었다.

"왔어? 어제 잠자리는 괜찮았고?"

사련은 솔직하게 대답했다.

"왠지는 모르겠는데 초저녁엔 계속 꿈에 시달리다가…… 나중엔 푹 잠들었어요."

"너무 피곤했나 보다."

간단히 몇 마디를 주고받은 두 사람은 가볍게 무예 연습과 대련을 했다. 그렇게 하루가 흘렀다. 그 화성이라는 사람이 여유가 생기기 전까지는 이런 나날이 반복될 것 같았다.

하지만 밤이 되자, 사련은 또다시 혼자 침상에 누워 뜨겁고 괴로운 꿈에 시달려야 했다.

그는 꿈속에서 엎치락뒤치락 시달린 끝에 화들짝 깨어났다. 이번에도 온몸이 땀에 흠뻑 젖어 있었다. 부아가 치민 그는 반쯤 체념하고 자리에서 일어났다. 밖을 돌면서 머리를 식힐 생각이었다. 그런데 저 멀리 떨어진 방에서 기척이 느껴졌다.

그건 삼랑이 지내는 안방이었다. 방음이 완벽해 아주 작게 들려온 기척이었으나, 사련의 예민한 오감을 피해 가지는 못했다. 그는 숨을 죽이고 조용히 방을 빠져나와 그곳으로 다가갔다.

문틈으로 안을 들여다보자, 방 안 윗자리에 앉아 토끼털 붓을 쥐고 있는 삼랑이 보였다. 아무래도 글을 쓰고 있는 것 같았다. 사련을 대할 때와는 달리 표정이 사뭇 싸늘했다. 옆에는 귀면을 쓴 사람이 허리를 굽힌 채 무언가를 조용히 보고하고 있었다.

귀면을 쓴 사람은 존재감이 어찌나 희미하던지, 하마터면 있는 줄도 모를 뻔했다. 사련은 귀를 기울였지만 그 사람은 이미 보고를 마친 뒤였다. '오랫동안 농간을 부리고 다녔던 괴물입니다', '기원을 받고 처리하러 가셨다가 사고를 당하신 것 같습니다', '이건 방금 막 찾아낸 위치입니다' 같은 말이 드문드문 이어졌다.

사련은 머릿속으로 천천히 말을 끼워 맞춰 보았다. 이때 삼랑의 목소리가 이어졌다.

"지금은 그분을 모셔야 해서 움직일 여유가 없어. 내일 밤까지 그 괴물을 잡아 와라."

귀면을 쓴 사내가 나직하게 대답했다.

"그리하겠습니다. 놈을 살려 두실 겁니까?"

삼랑은 붓을 내려놓고 자신이 쓴 글을 흘긋 보더니, 영 성에 차지 않는지 손으로 구겨 내던지고 나서야 느긋하게 대답했다.

"삼킨 걸 토해 낼 때까지는 살려 두고, 그다음 천천히 머리통을 으깨 줘야지."

이 말을 내뱉는 삼랑의 표정과 말투가 오한이 끼치도록 섬뜩했다. 하지만 사련은 어쩐지 반감이나 경계심은 들지 않았다.

귀면을 쓴 사내는 대답을 남기고 떠날 채비를 했다. 사련은 잽싸게 몸을 숨겼다.

방으로 돌아온 사련은 잠이 완전히 깬 바람에 한참을 서성이다 속으로 생각했다.

'삼랑은 대체 정체가 뭘까? 삼랑이 말한 괴물은 또 뭐지?'

들은 내용으로 유추해 보면, 삼랑은 오랫동안 농간을 부린 어떤 괴물이 중요한 물건을 삼킨 탓에 단단히 화가 난 모양이었다. 하지만 사련을 손님으로 모시느라 그 괴물의 머리를 뭉개러 갈 시간을 뺏기고 말았다.

여기까지 생각한 사련은 무척 미안해졌다. 이 삼랑은 자신을 정말 지극정성으로 대접해 주고 있었다.

문득 사련의 머릿속에 좋은 생각이 떠올랐다. 이렇게 한가하게 앉아 있을 필요가 없잖아? 당장은 화성을 만날 수도 없는데. 어차피 이 좋은 형에게 뭔가 보답하고 싶었으니까, 차라리 내가 대신 그 괴물을 잡아 주면 어떨까?

쇠뿔도 단김에 빼랬다. 마음을 정한 사련은 '삼랑 형, 련이는 금방 돌아올 테니 걱정하지 마세요' 따위의 서신을 한 장 남기고 화려한 저택을 조용히 빠져나갔다.

귀면을 쓴 사람이 말한 위치는 생각보다 간단했다. 바로 남쪽으로 몇 리 떨어진 어느 산의 동굴이었다. 사련은 평범한 사람에게 속도로 지지 않을 자신이 있었다. 확신컨대 그는 삼랑의 수하보다 먼저 도착할 터였다.

역시나 사련은 한 시진 만에 목적지에 도착했다. 산에 쳐들어가 온갖 산 요괴들이 울부짖도록 무자비하게 주먹을 휘두른 끝에, 산에 숨겨진 동굴을 찾아낼 수 있었다.

제법 기세가 넘치는 요괴 삼사백 마리가 동굴 입구를 지키고 있었다. 물론 사련에게는 서너 마리나 다를 바 없었지만, 그는 아직 적의 실력을 모르니 섣불리 움직이는 대신 동굴 근처에서 진득하게 기다렸다. 졸개들의 대화를 듣고 나서야 알게 된 사실이지만, 사련이 찾는 요괴는 불과 며칠 전에도 호되게 봉변을 당한 모양이었다.

"……그렇다니까. 산주(山主)님께서 겨우 그 망할 도사 손에서 도망치셨는데, 정신이 반쯤 나가신 거야. 게다가 다쳐서 오신 거 있지. 오시자마자 허겁지겁 원래 소굴을 버리고 여기로 도망치셨고."

"그랬구만! 왜 갑자기 우리를 몽땅 불러들이셨나 했네. 도사가 복수하러 올까 봐 그런 거였어!"

"뭘 그렇게 겁내신대. 그 도사는 산주님한테 몇 번 물렸잖아. 지금은 정신을 차렸대도 얼뜨기처럼 앞뒤 분간 못 하고 있을 텐데."

"어떻게 겁이 안 나겠냐? 산주님도 명색이 몇백 살 묵은 대요괴인데, 그 도사가 갑자기 튀어나와서 손바닥 두 대만으로 산주님 얼굴을 구겨 놨다잖아. 어딜 다쳤는지는 몰라도 그 도사가 산주님 앞에서 빈틈을 보여서 다행이었지, 아님 산주님은 영영 못 돌아오셨을걸.”

“엄마야, 웬 놈의 도사가 그렇게 대단하대!”

대충 상황을 파악한 사련은 유유자적 앞으로 걸어 나가 상냥하게 인사를 건넸다.

“안녕?”

조무래기 요괴들이 화들짝 튀어 올랐다.

“누구냐!”

“어디서 기어 나온 기생오라비야?”

사련은 생긋 웃더니 설명도 뭣도 하지 않고 다짜고짜 동굴로 쳐들어갔다. 그는 요괴 몇 마리를 단숨에 낚아채 수십 장 멀리 내던졌다. 법력을 쓰지도 않았건만 조무래기 요괴들은 지레 겁을 먹고 길길이 날뛰었다.

“이 기생오라비 뭐야? 얼굴은 선비처럼 생겼는데! 손은 아주 깡패네!”

이렇게 사련은 잡초라도 뽑듯 거침없이 앞길을 정리하며 동굴 안까지 들어섰다. 이름난 대요괴와 격전을 치를 준비라면 벌써 마친 참이었다. 그런데 막상 들어와 보니, 사람 형태로 화한 요괴 하나가 배를 부여잡고 바닥을 구르며 끙끙 앓고 있는 게 아닌가.

사련은 그 요괴가 괜히 시치미를 떼는 줄 알고 자세히 살펴보았으나, 어째 연기 같지는 않았다. 대단한 물건이라도 삼켰는지 요괴의 배가 거대하게 부풀어 있었다. 사련은 자리에 웅크리고 앉아 물었다.

"왜 그래?"

아파서 제정신이 아니었는지, 그 요괴는 사련을 보자마자 꽥 소리를 질렀다.

"마침 잘 왔다! 너! 안 잡아먹을래! 못 먹겠어! 다시는 이러지 않을 테니까! 내가 삼킨 거 돌려줄게! 소화가 안 돼, 소화가 안 된다고!"

"사람 잘못 본 거 아니야? 내 물건을 삼킨 것도 아닌데 뭘 돌려줘?"

그 요괴는 아픈 배를 부여잡고 바닥을 구르느라 대답도 하지 못했다. 어리둥절해진 사련은 일단 부적 하나를 그려 요괴를 가두기로 했다. 그런데 신기하게도 부적을 붙이자 요괴가 둥그런 오뚝이로 변하고 말았다. 평범한 오뚝이보다 배불뚝이인 모습이 퍽 익살맞았다. 사련은 웃음이 나면서도 의아한 마음에 자신이 그린 부적을 살펴보았다. 왜 오뚝이로 변했지? 내가 부적을 잘못 그렸나?

물론 그다지 중요한 문제는 아니었다. 이렇게 이번 전투는 누워서 떡 먹기로 막을 내렸다. 사련이 산을 빠져나왔을 무렵에는 벌써 해가 중천이었다. 그는 오뚝이를 소매 안에 챙기고 서둘러 읍내로 향했다.

드디어 삼랑에게 보답을 했다고 생각하니 기분이 들떴다. 사련은 한술 더 떠서, 이따가 이 요괴를 어떻게 보여 주면 좋을지를 고민하기 시작했다. 그러면서도 행여나 삼랑이 놀란 기색을 보이면 괜히 들뜬 티를 내지 않게 조심하자고 다짐했다. 하룻밤을 바삐 뛰어다니느라 피곤했던 그는 노점상 하나를 골라 공짜 차를 얻어 마셨다.

한참 목을 축이던 와중에, 갑자기 누군가가 뒤에서 외쳤다.

"사련!"

사련은 재깍 찻잔을 내려놓았다.

얼마나 간이 부었길래 훤한 거리에서 내 이름을 불러? 황족 중에서도 이렇게 불경한 자는 없다고. 다들 굽신굽신 예를 차려 가면서 나를 태자 전하라고 부르는데?

뒤를 돌아보니, 심지어 그 사람은 평민이었다. 그는 커다란 나무 상자를 들고 성큼성큼 걸어오며 거듭 외쳤다.

"잠깐! 기다려 봐! 사련을 깜빡했잖아! 사련도 데려가!"

알고 보니 다른 동명이인이 있는 모양이었다. 그러자 사련은 한층 의아해졌다. 물론 피휘[#4] 같은 관습에는 관심이 없었지만, 그래도 자신과 똑같은 이름이 있다는 사실이 놀라웠다.

곧 사련은 이 '사련'의 정체를 알게 되었다.

상자를 들고 온 사람은 사련 근처에 앉아 있던 한 사내 옆에 앉더니, 상자를 툭툭 두드리며 말했다.

"여기 사련도 가져왔네. 오늘 집에 모신 그분 옆에 놓아 드리게! 미신이라고 무시하면 안 돼. 두 분을 같이 모셔야만 불운을

#4 피휘 避諱, 군주나 선조의 이름에 쓰인 글자를 피하는 관습

면할 수 있어!"

"그래그래, 그야 나도 잘 알지……."

사련은 궁금증을 참지 못하고 입을 열었다.

"저기……."

두 사람은 나란히 사련을 돌아보았다. 사련이 말을 이었다.

"갑자기 끼어들어 죄송합니다만, 이 상자 안에 뭐가 들었습니까?"

막 자리에 앉은 그 사람이 대답했다.

"방금 말했잖소? 사련이 들었다니까."

사련이 어리둥절한 투로 물었다.

"하지만…… 사련은 태자 전하 아닌가요?"

"누가 태자 전하 아니랬나. 태자 전하 맞지. 자, 보시오!"

두 사람은 사련이 우스웠는지 그리 대답하며 상자를 열어 주었다.

사련은 눈을 휘둥그레 떴다. 놀랍게도 그 나무 상자는 신상을 모시는 자그마한 감실(龕室)이었다. 감실 안에는 꾀죄죄한 잿빛 신상을 모셔 두었다. 등에 삿갓을 멘 흰옷의 도인이라니.

사련은 생판 모르는 신이었다.

"……."

그는 도무지 이해가 가지 않았다.

"그러니까, 이 신상이 바로 선락 태자 사련이라고요?"

"아니면 뭐겠소?"

다른 사람들도 떠들썩하게 몰려왔다. 몇몇 이들이 희한하다는 눈으로 사련을 쳐다보았다.

"별 청년 다 보겠네. 행색을 보니 도장님 같은데 어떻게 이 쉬운 것도 모른대?"

다른 이들은 '신상'을 구경하며 말했다.

"이야! 이 고물 선인 신상, 만듦새가 제법이네! 아주 재수 없어."

"그러니까요, 울상인 것 좀 봐. 딱 봐도 재수 없을 상이잖아!"

"이 정도면 훌륭하지! 지금 못날수록 그분이 저주를 풀어 줬을 때 잘생겨진다니까. 넉넉잡아 여드레만 같이 세워 놔도 효험이 나타난다고."

"……."

사련은 멍하니 물었다.

"고물 선인? 왜 갑자기 고물 선인이 됐죠?"

사람들이 한목소리로 외쳤다.

"이 도장님, 아까부터 참 희한할세! 사련은 원래 고물 선인이잖수!"

"……."

사련은 툭하면 화를 내는 성격은 아니었지만, 이쯤 되니 약간 열이 올랐다.

고물 장수라는 비웃음을 샀는데 기뻐할 사람이 어디 있겠는가. 자리를 박차고 일어난 사련이 나직하게 목소리를 깔았다.

"다들 선락 황족에 무슨 불만이라도 있으신 겁니까? 설령 있대도 이런 식으로 태자를 모욕하는 건 예법에 어긋날 텐데요.”

사람들은 서로를 멀거니 쳐다보다가 웃음을 터트렸다.

“무슨 소리요? 어느 나라 예법에 어긋나는데? 선락국이라면 팔백 년 전에 벌써 멸망한 것을!”

한 시진 뒤. 사련은 조금 몽롱한 기분으로 거리를 거닐었다.

너무 무서웠다. 방금 들은 모든 이야기가 그에게는 너무도 무서웠다.

‘선락국이 어떻게 멸망할 수가 있어? 부황도 모후도 건강히 살아 계시는데? 게다가 나 때문에 멸망했다고? 내가 전쟁에서 져? 내 조국을 망쳐? 내가 두 번을 폄적당해? 내가 고물 장수가 된다고?’

혼잣말처럼 자신에게 물은 그는 이내 제 의문에 반박했다.

‘말도 안 돼, 말도 안 돼. 그럴 리가 없어!’

그는 어떻게든 자신을 설득하고 싶었다.

‘이건 절대 사실이 아니야. 누군가 배후에서 수작을 부린 게 분명해.’

하지만 모든 게 어렴풋이 수상했다. 이 지역의 특이한 말투와 복장과 건물, 그리고 어딘가 이상한 풍신과 모정이 그에게 말해 주고 있었다. 이건 악몽 따위가 아니라고. 환각 속 세계가 아니라고. 어느 요괴도 귀신도 이토록 사실적이고 거대한 환각을 만들어 낼 수는 없었다.

정말로 팔백 년이 지난 것이다.

이렇게 한순간에 팔백 년이 흘렀다고?

팔백 년 뒤의 나는 왜 이런 꼴이 됐지?

선락국은 멸망하고, 부황과 모후는 돌아가시고, 풍신과 모정은 선경에 오르고, 나는 고물 장수로 전락하고.

어떻게 이럴 수가 있지?

그럴 리 없어, 이럴 순 없는 거잖아!

사련의 걸음이 점점 빨라졌다. 그는 끝내 자신을 집어삼키려는 아득한 어둠에 뒤쫓기는 사람처럼 뛰기 시작했다. 이때였다. 붉은 그림자가 눈앞에 스치더니, 늘씬한 인영이 그의 앞을 막아섰다.

"도장님, 어딜 갔다 왔어요? 한참 찾았잖아."

다름 아닌 삼랑이었다. 그는 여전히 생글생글 웃는 얼굴로 사련에게 다가왔다. 반면에 사련은 그를 마주치자마자 온몸에 소름이 돋아서, 버럭 목청을 높였다.

"저리 가!"

단호하게 울려 퍼진 외침이었다. 삼랑은 잠시 멈칫하더니 담담한 표정으로 물었다.

"왜 그래요?"

사련은 두 손으로 주먹을 쥐고 싸늘하게 되물었다.

"당신 대체 뭐야? 무슨 속셈이지?"

"어제 이런 사소한 문제는 넘기기로 얘기 끝낸 줄 알았는데."

"날 속였잖아."

짧은 침묵 끝에 삼랑이 말했다.

"이미 다 알고 계시는군요."

"다 알아. 지금, 지금이 벌써……."

팔백 년이 흐른 뒤라는 사실을.

애당초 사련은 이런 수상한 점을 뒤늦게 깨달을 사람이 아니었다. 그런데 이 사내가 자꾸만 그의 눈을 가리고 홀리는 바람에 꼬박 하루가 지나고서야 깨닫고 말았다.

삼랑은 사련을 향해 한 걸음 내디뎠다.

"전하."

그러자 사련은 다시 뒤로 성큼 물러서며 외쳤다.

"저리 가! 다가오면 맞을 줄 알아!"

목소리도 몸도 떨리고 있었다. 사련은 두려움에 몸 둘 바를 몰랐다.

요괴나 귀신 따위가, 거짓만 일삼는 눈앞의 사내가 두려운 게 아니었다. 사련은 이 낯선 세계가 두려웠다. 지금 그는 명예로운 영광도, 충성스러운 수하도, 사랑하는 부모님도, 자신의 조국도, 그를 받드는 신도도 없었다. 없다, 없다. 아무것도 없다!

삼랑은 다시 꿋꿋하게 한 걸음 다가서며 말했다.

"전하, 겁내지 마세요."

"……."

이 한마디에 사련의 표정이 변했다.

문득, 자잘한 기억의 편린 속에서 제 귓가에 '겁내지 마세요, 전하' 하고 속삭였던 사내가 떠올랐다.

왜 그동안 몰랐을까?

말투도 목소리도 이렇게 똑같은데!

분노가 치민 사련은 벌벌 떨기 시작했다.

"당신…… 정말 당신이었어……."

이 사람 손에 놀아나는 것도 모르고 감격해서는, 호감을 한가득 품고 말끝마다 '형'이라 불렀다고 생각하니 참을 수 없는 분노가 치밀었다. 그는 단숨에 손날을 휘둘렀다.

"이 사기꾼!"

사련의 손날은 정확히 삼랑의 명치에 들이꽂혔다. 그런데 다시 손을 들어 올리려니 몸이 꼼짝도 하지 않았다.

제 몸이 자신을 막고 있었다.

사련은 이게 무슨 영문인가 싶었다. 이때 삼랑이 그의 손을 붙잡았다. 순간 흠칫한 사련은 이를 악물고 말했다.

"건드리지 마! 이 사기꾼, 날 속였어. 이제 두 번 다시는 당신 안 믿어……."

삼랑의 나직한 목소리가 이어졌다.

"전하, 절 믿으세요."

사련이 발끈하며 일갈했다.

"안 믿는다고! 난……!"

그러나 방금 몸이 굳어진 것처럼, '안 믿어'라는 말도 목구멍에서 콱 가로막혔다.

이 사내의 눈에 담긴 다정함과 아픔만큼은 한 치 거짓 없는 진심이었다. 누군가가 자신을 이런 표정으로 바라본다면, 누구든 상대의 진심을 의심하지 않을 터였다.

이 무섭고 낯선 세계에서 사련을 끌어내 주려는 양, 삼랑이 끝내 그를 품에 끌어안았다. 그의 머리카락에 가볍게 입을 맞춘 삼랑이 나직하게 말했다.

"겁내지 마세요, 전하. 다 지나간 일이에요. 전하. 전하께선 다 견뎌 내셨습니다."

"……."

긴 시간이 흐르고 나서야 사련의 몸에서 힘이 빠졌다.

이제 분한 마음은 접고 곰곰이 생각해 볼 차례였다. 어렴풋한 꿈속에서 그를 부르던 이 사내의 목소리는 몰아붙이는 느낌조차 없이 내내 부드러웠다.

그리고 사련은…… 물론 흐느끼며 빌기는 했지만, 그 목소리에 거부감이 없다는 것쯤은 사련도 느낄 수 있었다. 다만 지금껏 현실을 부정하느라 알아채지 못했을 뿐.

왜 자신이 이 사내만 보면 저절로 믿음이 갔는지 이제야 알 것 같았다. 아무래도 팔백 년이 지난 지금, 그와 삼랑은…… 단순한 사이가 아닌 모양이었다.

사련은 몸부림을 포기하고 내키는 대로 삼랑의 품에 얼굴을 파묻었다. 그가 먹먹하게 잠긴 목소리로 입을 열었다.

"우리는……."

"네."

긴 침묵 끝에 사련이 가만히 중얼거렸다.

"난…… 어쩌다 갑자기 지난 팔백 년의 일을 다 잊어버렸을까?"

"제 불찰입니다. 며칠 전 전하께서 한밤중에 갑자기 기원을 받고 급히 나가셨는데, 제가 법력을 채워 드리지 않았어요. 게다가 미처 말씀드리지도 못했고요. 그 요괴에게 물리면 기억을 뺏길지도 모른다고."

"그럼 애초에 삼랑의 불찰이 아니라 내 잘못이었네."

"전하는 항상 아무 잘못이 없으십니다."

마지못해 웃어 보인 사련은 금세 다시 의기소침해졌다.

"있잖아, 삼랑. 난 어쩌다…… 선락국을 멸망시켰어?"

한때 그는 자신의 백성들을 애지중지하며 선락국에 천년의 번영을 내리겠다는 원대한 포부를 품었었다.

삼랑은 그를 한층 힘주어 끌어안고 단호하게 말했다.

"전하의 잘못이 아닙니다."

사련은 가만히 중얼거렸다.

"이렇게까지 실패할 수가 있다고? 어쩌다 이 꼴이 됐을까?"

누구든 처음에는 천고에 길이 빛날 위대한 업적을 이루겠다며 각오를 다지기 마련이다. 물론 백만 명 가운데 한 명이나 제대로 이룰까 싶지만, 사련은 바로 자신이 그 백만분의 일이 되리라 믿어 의심치 않았다.

그래서 삼랑이 자신에게 지금이 팔백 년 뒤라는 사실을 숨긴 것인지도 몰랐다.

삼랑이 입을 열었다.

"전하는 실패하지 않으셨습니다."

사련은 고개를 가로저었다.

"하지만 신도도 없잖아."

"있습니다."

사련은 아까 들었던 이야기를 떠올리는 것만으로도 마음이 서글펐다.

"나는 고물 선인이야. 고물 장수라고. 내 신도가 되려는 사람도, 날 신으로 모시는 사람도 없어. 어느 누가 고물 줍는 신선을 받들겠어?"

이건 내가 꿈꿨던 미래와는 전혀 다르잖아.

그러자 삼랑이 말했다.

"제가 말씀드리지 않았습니까? 전하께 신도가 있다고요."

사련은 시선을 들었다. 삼랑이 그를 향해 빙긋 웃었다.

"전하, 제가 곧 화성을 만날 수 있을 거라 말씀드렸었죠. 이제 만나셨네요."

"……."

고개를 들고 화성의 얼굴을 물끄러미 바라보던 사련은 얼떨떨한 기색으로 물었다.

“삼랑, 넌…… 나를 언제부터 알았어?”

“아주 먼 옛날, 전하께서 등선하시기 전부터요.”

사련은 느릿하게 눈을 깜빡였다. 화성의 목소리가 이어졌다.

“전하. 지금의 당신은 팔백 년 뒤의 당신이 형편없다고 생각하실 수도 있겠죠. 실망감에 이 현실을 받아들이지 못하실지도 모르고요. 하지만 절 믿어 주세요. 절대 그렇지 않습니다.”

맑게 빛나는 왼쪽 눈동자가 사련을 지그시 바라보았다. 그 눈빛은 들려오는 목소리처럼 부드러웠다.

“전하께선 절 구하셨습니다. 전 언제나 전하를 지켜봤습니다. 이 세상에 전하보다 ‘성공’한 사람은 얼마든지 있겠지만, 그 누구도 전하처럼 절 구하지는 못했을 겁니다. 전하께서 이루어 내신 그런 일도 결코 해내지 못했을 겁니다. 전하께서 제가 오늘의 저로 성장할 수 있도록 얼마나 큰 용기를 주셨는지 전하는 모르십니다. 당신은 영원히 제 마음속 유일한 신명(神明)이십니다.”

사련이 입을 열었다.

“넌 영원히 내 가장 충실한 신도이고.”

사련은 말을 마치기가 무섭게 흠칫했다. 방금 그 한마디는 무의식중에 튀어나온 말이었다. 어쩐지 예전에도 이런 진중한 맹세를 들어 본 적이 있는 것 같았다. 화성은 웃음을 흘리더니 사련의 손을 쥐고 손등에 가볍게 입을 맞추었다.

"네."

"……."

이윽고, 사련은 드디어 결심한 듯 소매에서 요괴를 봉인한 오뚝이를 꺼내 들었다.

"내 기억을 삼킨 게 이 요괴 맞아?"

화성이 오뚝이를 받아 들며 말했다.

"역시 전하께서 놈의 새로운 소굴을 처리하셨군요."

사련이 고개를 끄덕였다.

"기억을 되돌리려면 이 요괴부터 손대야겠지?"

오뚝이는 화성의 손바닥 위에서 입을 떡 벌렸다. 입 속에서 점점이 날아 나온 반딧불 같은 빛무리가 사련을 맴돌았다. 화성이 말했다.

"그 빛을 잡으면 전하의 팔백 년이 되돌아올 겁니다."

사련은 화성의 말대로 빛무리를 향해 손을 뻗었다. 그러나 빛을 건드리기도 전에 손끝이 멈칫했다.

잃어버린 팔백 년의 기억을 되찾는다는 건, 그 팔백 년을 다시 한번 고스란히 겪는 것이나 마찬가지였다. 검에 수백 번 심장을 꿰뚫리는 고통, 처참하게 패배한 치욕, 무력함에 치를 떨던 분노까지 전부.

고작 한순간일 것을 잘 아는데도 손끝이 희미하게 떨려 왔다.

화성은 견고하게 등을 지탱해 주는 벽처럼 그의 뒤에 서 있었다. 등 뒤에서 화성의 목소리가 들려왔다.

"겁내지 마세요, 전하."

사련은 가만히 고개를 틀었다. 화성이 그의 허리를 감싸 안았다.

"절 믿으세요. 얼마나 시간이 걸리든, 전 언제까지나 전하를 기다릴 겁니다. 다시 절 만나게 될 거예요."

그래, 결국 다시 만날 테니까.

이윽고 사련은 빛무리를 향해 손을 뻗었다.

희미한 빛무리가 손끝에 녹아들었다. 작열하는 무언가가 가까이 다가오는 것처럼 눈앞이 환해졌다. 그 빛이 완전히 다가오기 전, 사련이 화성에게 말했다.

"만나서 기뻤어."

빛무리는 이 한마디를 뒤로하고 사련의 몸에 녹아들어 사라졌다. 느릿하게 앞으로 쓰러지는 사련을 화성이 받아 주었다.

얼마나 흘렀을까. 사련은 서서히 정신이 들었다. 눈을 뜨자 화성의 나직한 목소리가 들려왔다.

"형?"

사련의 얼굴에 옅은 웃음이 번졌다. 그는 손을 내밀고 화성의 얼굴을 감싸 쥐었다.

"……또 만났네."

화성도 웃으며 말했다.

"내가 그랬잖아, 날 믿으라고."

사련은 한숨을 내쉬었다.

"이렇게 보면, 또 서로 팔백 년을 기다린 셈인가?"

"얼마나 시간이 걸리든 기다리겠다고 했잖아. 물론……."

화성은 사련을 끌어당겼다. 이렇게 두 사람은 서로를 마주 보았다. 화성은 그의 손을 단단히 그러쥐고 웃으며 한마디 덧붙였다.

"이젠 아주 잠깐이라도 떨어지기 싫지만."

과거는 영영 바뀌지 않는다.

팔백 년 전의 콧대 높은 열일곱 살 사련은 먼 미래에 무엇이 그를 기다리고 있을지 아직 몰랐다. 천지신명은 그에게 두 개의 문을 내려 주었다. 신무대로에서 스치듯 만난 인연. 일념교에서 맞닥뜨린 귀신과 신선. 그는 이 두 개의 문을 전부 열었다.

훗날에는 돌이킬 수 없는 광란 속에서 길고 괴로운 세월을 아등바등 헤쳐 나가야 했다. 고통, 분노, 실망, 증오, 절망, 착란. 재처럼 까맣게 타 버린 의욕.

그러다 다시 고개를 들고 일어섰다.

하지만 이제는 다 지난 과거였다.

"형, 어서 와."

"응……."

"거봐, 날 만나게 될 거라니까. 거짓말 아니지?"

사련은 화성을 흘끗 쳐다보며 말했다.

"그런가?"

화성이 싱긋 웃으며 대답했다.

"그럼요. 제가 언제 전하를 속인 적 있습니까? 명색이 형인데……."

"……."

"……."

사련은 화성의 품에서 종이 한 장을 꺼내 읊기 시작했다.

"삼랑 형의 극진한 보살핌에 보답할 길이 없어, 형의 근심을 조금이나마 덜어 드리고자 잠시 자리를 비웁니다. 련이 걱정은 하지 마세요. 금방 다녀오겠습니다."

화성은 한쪽 눈썹을 까딱 치켜들더니 뒷짐을 지고 침묵했다. 낭독을 마친 사련은 화성을 따라 눈썹을 까딱였다.

"삼랑 형, 우리 좋은 형. 형은 참 좋은 사람이네요."

화성은 하핫, 웃음을 흘렸다.

"내가 좋은지 나쁜지는 형이 더 잘 알잖아?"

사련은 얼굴을 붉히더니 말을 얼버무렸다.

"……무슨 소리인지 모르겠네. 아무튼, 지난 이틀 동안 도가 지나쳤으니까 반성하도록 해."

화성이 진지하게 말했다.

"형, 이러면 안 되지. 이틀 동안 꾹 참고 예의를 갖추느라 얼마나 고생했는데."

"예의를 갖추기는 무슨. 분명…… 분명……."

분명 아주 즐겁게 가지고 놀았으면서. 지난 이틀간 천진난만하고 어리숙하고 응석쟁이인 열일곱 살 꼬맹이는 화성의 손안에서 신명 나게 놀아났다. 사련은 그 과정이 지금도 똑똑하게 기억났다. 지난 이틀간 자신의 모습을 돌이켜 보자니, 차마 똑바로 볼 수가 없었다. 그는 끙, 신음하며 이마를 짚었다. 그러자 화성이 짐짓 정색하며 말했다.

"정말로. 형에게 비열하고 파렴치하고 저질스러운 놈이라고 욕먹었지만, 그래도 삼랑은 여한이 없어."

"……."

"언짢으면 더 욕해도 돼. 삼랑은 괜찮아."

이제 더는 들어 줄 수가 없었다.

사련은 이마를 짚은 채 슬그머니 화성의 품에서 도망쳤다. 사련이 시야에서 사라지자 화성이 목소리를 높였다.

"형? 도망치지 마. 알았어, 내가 잘못했어. 형!"

이제 형이라고 부르지 마!

외전 3장 침상에서 듣는 귀왕 이야기

화성이 아프다.

아무리 가벼운 잔병치레라지만, 귀왕이 아프기도 하다니 참으로 신기할 노릇이었다.

그래서 사련은 천등관으로 돌아와 평소처럼 화성의 서첩을 검사하면서도, 불그스름한 그 얼굴을 보고 있자니 걱정이 앞섰다.

화성을 공양 제단에 눕힌 사련은 —그렇다, 두 사람은 날이면 날마다 이 넓은 제단 위에서 뒹굴었다. 어차피 모시는 신상도 없었으니까— 손을 뻗어 화성의 뺨과 이마를 짚어 보았다. 그의 마음이 한층 무거워졌다.

"뜨겁네."

화성이 웃으며 말했다.

"형을 봤는데 당연히 뜨겁지. 자꾸 건드리면 더 뜨거워져."

잠깐 얼이 빠진 사련은 제 얼굴이 홧김에 붉어진 것처럼 보이려 애썼다.

"아픈 주제에 입은 말을 안 들어요."

화성은 시치미를 떼며 말했다.

"내가 뭐라고 했는데? 이 정도면 얼마나 고분고분해. 형, 걱정하지 마. 별일 아니니까."

하지만 사련은 화성의 목소리가 평소보다 잠겼다는 것을 느낄 수 있었다. 눈가에서도 지친 기색이 느껴졌다.

"그럼 푹 쉬어. 좋아질 때까지 며칠 동안 옆에 있을게."

말을 마친 사련은 서예 도구를 신대 가장자리로 옮겼다. 그러자 화성이 옆을 툭툭 두드리며 말했다.

"형. 옆에 있어 주는 거 아니었어?"

신대에 한번 올라가면 내려오기는커녕 며칠간 쉴 생각은 접어야 할 게 뻔했으니 사련은 에둘러 거절했다.

"됐어. 우리 삼랑이 고생이 많잖아."

화성이 웃으며 말했다.

"고생은 무슨. 형이 보기엔 삼랑이 그 고생을 마다할 사람 같아?"

사련은 말씨름은 그만두고 서첩 쓰기에 집중했다. 화성은 엎드려서 한 손으로 뺨을 괴고 사련의 얼굴을 들여다보았다.

이런 식의 눈빛은 몇 번을 받아도 매번 낯이 뜨거워졌다. 부담을 느낀 사련이 넌지시 말했다.

"……삼랑, 날 보지 말고 서첩을 봐."

화성은 한숨을 푹 내쉬었다.

"형, 솔직히 난 서첩만 보면 머리가 아파. 그치만 형이 쓴 거니까 안 보자니 또 아쉽고. 역시 서첩을 너무 많이 봐서 병이 났나 봐."

"그런 병이 어디 있어."

화성이 능청맞게 웃으며 말했다.

"그냥 형을 볼래. 형이 글자보다 더 보기 좋으니까. 자꾸 보다 보면 병이 나을지도."

사련은 기가 막히면서도 우스워져선 붓을 내려놓고 고개를 내저었다.

"어째 갈수록 헛소리만 늘어……. 멀쩡한 말을 하는 법이 없네. 그래, 알았어. 네 말대로 할게. 서첩은 여기까지. 그럼 이제 뭐 하지?"

"사실 별거 안 해도 돼. 형이 이렇게 옆에만 있어 주면 금방 나을 거야."

사련은 다시 한번 화성의 이마를 짚어 보았다. 얼굴은 준수한 사내건만, 이렇게 응석을 부리고 있으니 한겨울 이불에 푹 파묻혀 발그레한 얼굴만 내민 꼬마가 떠올라 못내 사랑스러웠다. 잠시 고민한 사련이 말했다.

"그럼 이렇게 하자. 마침 오늘 뭘 좀 가져왔거든."

그는 소매 안을 뒤져 무언가를 꺼내 들었다.

"오늘 남들이 안 본다고 내놓은 옛날 서책을 가져왔는데, 안 그래도 읽어 보려던 참이었거든. 내가 옛날이야기 들려줄게."

그가 꺼내 든 물건은 낡아 빠진 책자였다. 책장이 누르스름하고 서책과 먹 특유의 묘한 냄새가 나는 것을 보아 여러 손길을 거친 물건이 분명했다.

그런데 예상 밖의 대답이 돌아왔다.

"안 들을래."

사련은 의아해졌다.

"왜?"

화성이 나른하게 대답했다.

"어차피 하나같이 다른 신관들 얘기잖아. 그 진부하기 짝이 없는 얘기라면 내가 더 잘 아는데, 뭐 그리 재밌는 얘기라고 수고스럽게 형 입을 빌려?"

맞는 말이었다. 누가 뭐래도 화성은 삼계 거물들의 흑역사를 훤히 꿰뚫고 있는 남자니까. 화성이 말을 이었다.

"꼭 읽어야겠다면 차라리 다른 걸 읽어. 이를테면 형에 관한 얘기라든지."

사련은 웃으며 말했다.

"나에 관한 일이야말로 가장 낱낱이 알고 있지 않아?"

"더 알려 줘. 듣고 싶어. 몇 번을 들어도 성에 안 차."

화성의 말이 진심이라는 것쯤은 사련도 잘 알았다. 사련은 그의 뺨에 붙은 머리카락을 세심하게 정리해 주며 무심코 시선을 옮기다, 문득 무언가를 발견했다.

"삼랑, 여기에 우리 얘기도 있는 것 같아."

"그래?"

사련은 책자를 넘겨 보며 말했다.

"진짜야. 홍의 귀왕과 고물 선인 얘기가 엄청 많은데. 이게 우리 아닐까?"

화성도 흥미를 보였다.

"오? 무슨 내용인데?"

사련도 민간 백성들이 자신과 화성을 어떻게 엮었을지 내심 궁금했다. 그리하여 그는 옛이야기 책자를 펼치고 화성에게 읽어 주었다.

"옛날 옛적에 붉은 옷을 좋아하는 귀왕이 살았습니다. 귀왕은 힘도 세고 금은보화를 산처럼 가지고 있었지만 조금도 기쁘지 않았습니다. 그리운 아내를 혼자 외로이 기다려야 했으니까요……."

"……."

풉, 웃음을 터트린 사련은 잠시 낭독을 멈추었다.

"외로운 귀왕이 빈 둥지를 지킨다 이건가……. 아하하…… 하하하하……."

화성이 눈썹을 까딱였다.

"맞는 말이네. 그땐 형이 없어서 외로웠거든."

사련은 홧홧해진 얼굴로 이야기를 읽어 나갔다.

옛날 옛적에 붉은 옷을 좋아하는 귀왕이 살았습니다. 귀왕은 힘도 세고 금은보화를 산처럼 가지고 있었지만 조금도 기쁘지 않았습니다. 그리운 아내를 혼자 외로이 기다려야 했으니까요.

하지만 수백 년을 기다려도 은애하는 아내는 나타나지 않았습니다. 그리하여 귀왕은 용하기로 이름난 점쟁이인 노인 신선을 모셔다 '내 아내는 어디 있나요?'라고 물었습니다.

점쟁이 신선이 대답했습니다.

-자네는 어느 산에서 자네가 기다리는 아내와 재회하게 될 게야. 자네의 아내는 붉은 혼례복 차림으로 꽃가마를 타고 자네에게 시집을 올 것이네.

귀왕은 자신의 아내를 만나겠다는 일념으로 그 산에 도착해 꿋꿋하게 기다렸습니다.

한편, 아주 멀리 떨어진 어느 지역에 고물 선인이 살았습니다.

고물 장수였던 고물 선인은 신관들 사이에서 가장 가난할뿐더러 여느 평범한 인간들보다도 가난했습니다.

하지만 고물 선인은 가난하기는 해도 무척 선량했습니다. 어느 날, 고물 선인은 고물을 다 줍고 집으로 돌아가던 길에 길가에서 슬피 울고 있는 한 아가씨를 만났습니다.

-낭자, 무슨 일로 그리 슬퍼하고 계십니까?

선인이 묻자, 아가씨가 울며 대답했습니다.

—제가 시집을 가야 하는데, 가마를 타고 지나야 하는 산에 신부들만 잡아간다는 귀신 신랑이 살아요. 살아남은 사람이 얼마 없으니 저도 귀신 신랑에게 잡혀가 죽고 말 거예요!

동정심이 생긴 고물 선인은 백성들을 위해 이 악한 존재를 없애야겠다고 결심하고, 낭자 대신 가마에 타 그 괴물을 죽이기로 했습니다.

선인에게는 친한 친구가 두 명 있었습니다. 하나는 성격이 욱하고 하나는 쩨쩨하기 때문에, 각자 난폭 선인과 옹졸 선인이라고 불렸습니다. 한창 서로에게 주먹질하고 있던 두 선인이 고물 선인에게 일러 주었습니다.

—그 귀신 신랑은 성질이 더럽고 교활한 귀왕이야! 신선을 제일 싫어하는 놈이니, 잡으러 갔다간 오히려 잡아먹힐 거야!

하지만 선인이 꼭 가겠다며 버티자, 두 친구는 결국 선인에게 가마를 만들어 주었습니다. 시집가는 당일, 선인은 풍사마마에게 빌린 예쁜 혼례복을 입고 새색시 행세를 하며 꽃가마에 탔습니다. 고물 선인의 두 친구는 가는 내내 옥신각신하며 가마를 들고 산으로 향했습니다.

요사한 바람이 몰아치는 캄캄한 밤, 꽃가마를 메고 올라간 산에는 아무도 없었습니다. 고물 선인은 기다리고 또 기다린 끝에 자신을 마중 나온 신랑을 만났습니다.

면사보를 들추고 살펴보니, 놀랍게도 귀왕은 너무나 아름다운 소년이었습니다.

그보다 놀라운 것은, 이 소년 신랑이 깍듯하니 교양도 있고 자상해 보인다는 점이었습니다. 인두겁을 벗고 흉악한 얼굴을 드러내거나 못된 짓을 강요하지도 않았지요. 소문으로만 듣던 무시무시한 귀왕과는 전혀 다른 모습이었습니다.

이 산은 아주 컸습니다. 귀왕은 선인을 자신의 동굴 거처로 데려와 말했습니다.

—이제부터 나는 당신의 부군이고 당신은 나의 애처입니다. 이 산 전체는 우리 두 사람의 것이니 편히 둘러보아도 좋습니다. 하지만 뒷산에 있는 집 두 채에는 절대 가지 마세요.

선인이 물었습니다.

—어째서죠?

귀왕이 대답했습니다.

—그건 내 비밀이니 부인은 몰라도 됩니다. 어차피 가고 싶어도 갈 수 없을 겁니다. 그 두 집 앞에는 장벽이 쳐져 있거든요. 내 몸에 지닌 물건이 있어야만 그 장벽을 넘어갈 수 있습니다.

선인은 거듭 물었습니다.

—어떤 물건이요?

귀왕도 다시 대답해 주었습니다.

—한 집에는 더러운 폐물을 숨겨 놓았습니다. 그 집은 내 몸에서 만질 수 있는 무언가를 아주 많이 가져가야 열립니다. 그리고 다른 한 집에는 대단한 법보를 숨겨 놓았습니다. 그 집은

내 몸에서는 만질 수는 없지만 뜨거운 무언가를 가져가야 열립니다.

선인은 당연히 귀왕의 말을 듣지 않았습니다. 귀왕 앞에서는 얌전한 척을 하다가 귀왕이 떠나자 지붕 위로 날아올라 슬그머니 뒷산으로 향했지요. 아니나 다를까, 더러운 폐물을 숨겨 놓았다는 그 집에서 공포에 질린 울음소리와 도움을 청하는 목소리가 들려왔습니다.

선인은 실종된 신부들이 이곳에 갇혀 있겠거니 생각했습니다. 그래서 귀왕이 몸에 지닌 물건을 훔쳐 이 신비로운 집을 열기로 결심했답니다.

하지만 어떤 물건을 훔쳐야 좋을까요?

귀왕은 칠흑처럼 새카맣고 아름다운 긴 머리카락을 가지고 있었습니다. 때로는 아래로 풀어 헤치고 때로는 비뚜름하게 묶기도 했지요. 날마다 머리카락 몇 가닥을 훔치는 것이 선인이 첫 번째로 떠올린 방법이었습니다.

-저기, 우리 같은 방에서 지내도 될까요?

선인의 신랑은 아주 깍듯하게 대답했습니다.

-물론이죠. 우린 부부잖아요.

그리하여 두 사람은 한 방에 들었습니다. 같은 침상에서 자면서도 선인은 신랑이 자신의 옷을 벗기지 못하게 했습니다. 귀왕도 예의를 지켜 선인을 건드리지 않습니다.

하지만 선인은 머지않아 어떤 사실을 깨달았습니다. 선인의 신랑은 머리카락이 빠지지 않았어요. 매일같이 아침에 일어나 머리를 빗겨 주고 함께 잠자리에 들었지만, 베개에도 침상에도 바닥에도 빗에도 머리카락 하나 보이지 않았습니다!

참 골치 아픈 문제였습니다. 선인은 귀왕이 잠든 틈에 몰래 머리카락을 잘라 내려고 검 한 자루를 가져왔습니다. 하지만 예민한 귀왕은 선인이 가까이 오자마자 눈을 떠 버렸어요. 선인은 덜미를 잡혔는데도 아주 침착했습니다. 그러곤 귀왕이 자신을 의심하지 않도록 머리카락 한 가닥을 잘라 귀왕에게 선물했지요.

머리카락을 받은 귀왕은 무척 기뻐했습니다.

머지않아 지혜로운 선인은 또 다른 방법을 생각해 냈습니다. 선인이 귀왕에게 말했습니다.

–저기, 당신에게 입을 맞춰도 될까요?

선인의 신랑은 흔쾌히 대답했습니다.

–물론이죠. 우린 부부잖아요.

그리하여 선인은 귀신랑을 끌어안고 오랫동안 힘껏 입을 맞추었습니다. 드디어 귀신랑의 기운을 입 안에 머금은 선인은 곧장 뒷산으로 달려갔습니다.

그런데 막상 도착해 보니 아무런 효과가 없었습니다. '아주 많이' 가져와야 한다는 조건에 한참 못 미쳤으니까요. 장벽에 가로막힌 선인은 머리를 집 안으로 집어넣어 보았어요. 하지만 아무리 애를 써도 몸은 들어갈 수가 없었답니다.

고물 선인은 울적해졌습니다. 귀왕이 몸에 지닌 물건 하나쯤은 쉽게 훔칠 수 있다고 생각했는데, 이렇게 힘들 줄은 몰랐거든요.

고물 선인은 친한 친구인 풍사마마를 떠올리고 풍사묘에 찾아가 물었습니다.

–어떻게 해야 귀왕의 몸에서 '손으로 만질 수 있는 무언가를 아주 많이' 가져올 수 있을까?

풍사마마가 대답했습니다

–하! 그야 쉽지. 네가 여자로 변해서 귀왕과 동침하면 되잖아!

고물 선인은 재빨리 고개를 가로저었습니다. 고물 선인은 동정을 잃으면 법력이 크게 상하는 도법을 수행하고 있었거든요.

이때, 풍사묘에 돌아온 수사 대인이 풍사마마의 이 한마디를 듣고 버럭 화를 냈습니다.

–당치도 않구나! 어찌 그런 문란한 말을 입에 담느냐!

수사 대인은 화가 나면 돈으로 사람을 깔아뭉개는 버릇이 있었어요. 그래서 고물 선인은 허겁지겁 자리에서 도망쳤습니다. 한참을 도망치던 선인은 또 다른 두 친구, 난폭 선인과 옹졸 선인을 떠올리고 두 사람을 찾아가 조언을 구했습니다.

난폭 선인과 옹졸 선인은 또 한창 다투고 있었습니다. 두 친구는 서로에게 주먹을 날리는 와중에도 고물 선인에게 놀라운 소식을 알려 주었습니다. 신부들이 너무 많이 잡혀가는 바람에 신관들이 산을 공격하고 귀왕을 사로잡을 거라고요!

깜짝 놀란 선인은 마음이 무거워졌습니다. 며칠 같이 지내고 보니 이 소년 귀왕이 그렇게 나쁜 사람처럼 보이지 않았거든요. 선인은 사람들이 오해한 게 아닐까 생각했습니다. 어쩌면 뒷산에 갇힌 게 새신부들이 아니라 다른 존재일지도 모른다는 생각도 들었죠.

하지만 고물 선인은 가난하고 지위도 없는 신관이라 아무도 선인의 말을 들어 주지 않았습니다. 선인은 마음이 급해졌습니다. 진실을 밝히지 않으면 귀왕이 신관들에게 뭇매를 맞게 될 테니까요.

고물 선인은 하는 수 없이 귀왕에게 달려가 물었습니다.

–저기, 저와 동침해 줄 수 있을까요?

선인의 신랑은 눈웃음을 지으며 말했습니다.

–아, 물론이죠. 우린 부부잖아요.

그리하여, 고물 선인은 귀왕과 한 침상에 들었습니다.

선인은 귀왕이 자신에게 그 중요한 물건을 잔뜩 남겨 주지 않을까 봐 걱정된 나머지, 귀왕을 꽉 끌어안으며 말했습니다.

–전부 내게 줄 수 있어요? 좀 더 많이 줄래요?

선인의 신랑은 자상하게 대답했습니다.

–당신이 원한다면요.

그러자 선인이 대답했습니다.

–원해요…….

이렇게 하여, 지혜로운 선인은 자신이 계속 찾아 헤맨 물건을 얻을 수 있었습니다. 귀왕이 몸에 지닌 것 가운데 손으로 만질 수 있는, 아주아주 많은 그 무언가를요.

이튿날, 고물 선인은 하룻밤에 걸쳐 귀왕에게 받아 낸 물건을 가지고 그 더러운 폐물을 숨겨 놓았다는 방에 도착했습니다. 드디어 이번에는 안에 들어갈 수 있었습니다.

방문을 연 선인은 바닥에서 봉두난발을 한 채 버려진 시체들을 발견했습니다. 심지어 이미 백골로 변해 버린 시체도 보였어요!

다들 혼례복을 입은 것을 보니 아무래도 실종된 신부들 같았습니다. 희망을 잃고 충격을 받은 선인은 마음이 서글퍼졌습니다. 그런데 고개를 돌린 순간, 선인은 자신의 등 뒤에서 누군가를 발견했습니다. 귀왕이 어느새 선인의 뒤편에 서 있었습니다!

선인은 깜짝 놀랐습니다. 문득 귀왕이 아주 교활한 데다 신선을 무척이나 싫어한다던 난폭 선인과 옹졸 선인의 말이 떠올랐죠. 지금 선인은 법력도 없는 신세였습니다. 설마 귀왕은 진작에 선인의 정체를 알아채 놓고 지금까지 선인을 속인 건 아니었을까요?

화가 나면서도 슬펐던 선인은 자리를 박차고 빠르게 달려 나갔습니다. 그런데 달려도 달려도 집을 빠져나갈 수가 없었어요. 알고 보니 너무 빨리 달리느라 귀왕에게 받은 무언가를 흘린 바람에 집 앞 장벽에 가로막히고 만 것이었죠.

뒤쫓아 온 귀왕은 선인을 덥석 껴안더니, 드디어 자초지종을 털어놓았습니다.

사실 귀왕은 사람을 잡아먹기는커녕, 그저 여기서 자신의 운명을 기다리고 있었습니다. 그러던 어느 날, 귀왕은 산책을 하다가 무심코 새신부 가마 행렬을 맞닥뜨리고 말았습니다. 행렬에 서 있던 신랑은 훌쩍이는 신부를 자리에 내버리고 혼자 도망쳤습니다.

귀왕은 괜한 말썽을 일으키고 싶지 않았습니다. 신부는 그런 남자와 혼인하고 싶지 않다며 혼자 쌩하니 가 버렸습니다. 그 뒤로 몇 차례나 같은 일이 일어났습니다. 귀왕은 아예 자리를 잡고 기다리며 새로운 신랑을 시험했습니다. 귀왕은 신랑이 요괴들 앞에서 신부를 감싼다면 괴롭히지 않고 돌려보내 주었습니다. 하지만 신부를 요괴들 주둥이에 밀어 넣고 혼자 도망가려는 못된 신랑을 만나면, 냉큼 잡아다 이 방에 가둬 놓았죠.

하나같이 심보가 못된 신랑들은 방에 갇힌 서로를 헐뜯으며 죽여 댔고, 끝내 백골이 되고 말았습니다. 선인이 본 것은 바로 그 신랑들의 시체들이었습니다. 집으로 돌아간 나머지 신부들은 새로운 연인과 함께 멀리 도망가거나 터를 잡고 살림을 차렸습니다.

귀왕이 말했습니다.

-수백 년을 기다렸어요, 형. 드디어 만났네요.

비로소 오해를 푼 두 사람은 서로를 와락 끌어안았습니다. 귀왕은 장벽을 통과해야 하는 선인을 위해 또다시 아주 많은 무언가를 주었습니다. 이때 갑자기 하늘이 우르릉거렸습니다. 귀왕을 오랫동안 싫어했던 신관들이 이 기회를 놓치지 않고 그를 공격한 것이었습니다!

고물 선인은 밖으로 뛰쳐나가 주먹을 휘두르며 신관들을 몽땅 물리쳤습니다. 하지만 귀왕은 신관들이 무너뜨린 산 밑에 깔리고 말았습니다.

귀왕이 거대한 산에 깔려 뭉개질까 무서웠던 고물 선인은 어깨로 산을 지고 버텼습니다. 바로 이때, 선인은 아직 열지 않은 신비한 집이 한 채 더 있다는 사실을 떠올렸습니다. 그 집 안에 숨겨진 대단한 법보로 산을 밀어 넘어뜨리면 될 것 같았습니다. 선인은 뒷산으로 향하기 위해 다시 동굴로 뛰어들었습니다. 그런데 놀랍게도, 귀왕은 훨씬 강해진 모습으로 그곳에 멀쩡히 서 있었습니다!

산을 뚫고 나온 두 사람은 성가신 신관들을 물리쳤습니다. 그러곤 마지막으로 산꼭대기에 나란히 앉아 신관들이 꽁무니를 빼면서 남긴 꽃구름과 별을 바라보았습니다.

선인이 물었습니다.

-더러운 폐물을 숨긴 방에 들어가려면 네 몸에서 만질 수 있는 무언가를 아주 많이 가져가야 하고, 법보를 숨긴 방에 들어가려면 네 몸에서 만질 수 없지만 뜨거운 무언가를 가져가야 한다고 하지 않았어?

귀왕은 싱긋 웃으며 대답했습니다.

―맞아요. 그거라면 형이 벌써 가져갔잖아요?

선인은 깨달았습니다. 그 무언가는, 바로 그를 사랑하는 귀왕의 열렬한 마음이었습니다.

이렇게, 고물 선인과 귀왕은 또다시 즐겁게 한 침상에 올라 두 번 다시 떨어지지 않았답니다.

"……."

"……."

낭독을 마친 사련은 어안이 벙벙했다.

"이게 대체 무슨 내용이야? 창작이래도 너무 멀리 가지 않았어? 아니, 아니, 잠깐만. 이건……."

이게 다 무슨 헛소리야? 이걸 이야기라고 썼다고?

화성은 웃느라 아예 침상에 엎어져 있었다. 사련은 도무지 납득할 수가 없었다.

"전혀 다르잖아! 이야기를 어디서 따 온 거지? 여군산 사건인가? 절대 이런 사건이 아닌데……. 왜곡이 너무 심하지 않아? 거기에다, 정말 이런 이야기를 애들한테 들려줘도 되겠어? 너무 부적절하잖아. 대체 누가 쓴 거야? 그리고 어딘가 익숙하면서 미묘한 등장인물들은 또 뭔지……."

이 책자 속 이야기는 언뜻 보면 아이들 침상 머리에서 읽어 줄 만한 천진난만한 내용 같지만, 속내를 들여다보니 이렇게 화끈할 수가 없었다. 단순하게 자극적인 이야기보다 훨씬 직시하기 어려울 정도였다. 그러나 막상 결말을 읽고 나자, 자신이 어디 잘못된 게 아닐까 의심스러울 만큼 기묘한 감동이 느껴졌다.

화성이 입을 열었다.

“응? 전부 왜곡하진 않았잖아. 적어도 몇 가지는 맞았어. 내가 형을 ‘형’이라고 부른다는 점. 여군산에서 내가 형의 꽃가마를 맞이하러 갔던 일. 그리고 우리가 같이 잔 그날 밤도…….”

긴 세월, 뻔뻔한 낯짝을 단련해 냈다고 자부하던 사련이었지만 어쩐지 화성 앞에선 매번 얼굴이 터질 것 같았다.

“어떻게 그런 일까지 알 수가 있어! 그리고, 그리고, 그거 빼면 나머지는 다 틀렸잖아…….”

물론 멋대로 날조한 민간 고사는 실제 이야기와 천지 차이인 법이다. 몇 번 윤색을 거치면 어떤 내용으로 변하든 이상할 게 없다지만, 막상 직접 읽어 보니 충격에서 헤어 나오기 힘들었다. 민망함을 견디지 못한 사련은 도중에 몇 번이고 낭독을 포기했으나 화성이 계속 읽어 달라며 어깨를 떠밀었다. 정말이지 한 대 때려 주고 싶었지만 차마 손을 댈 수도 없었다. 그러거나 말거나, 화성은 심상한 얼굴로 말했다.

“속사정을 아는 사람이 슬쩍 흘린 이야기를 남들이 억지로 엮고 날조해서 완성했겠지, 뭐.”

사련은 옛이야기 책자를 툭 내려놓았다.

"이런 말도 안 되는 서책은 그만 보고 푹 쉬어."

그러자 화성이 손뼉을 마주치며 말했다.

"잘 썼어. 글재주가 제법이야. 형이 읽어 주니까 훨씬 흥미진진해. 하나 더 읽어 줘."

단호한 거절이 돌아왔다.

"싫어."

"형, 나 머리 아파."

"무슨……."

"형."

"……알았어."

화성이 보기 드물게 아픈 날이었다. 평소에도 화성의 말에 고분고분 따라 주는 사련이라, 이런 그를 당해 낼 재간이 없었다.

수치심 따위 억누를 수밖에. 사련은 누렇게 바랜 책자를 다시 집어 들고 화성의 곁에 누웠다. 그는 화성에게 허리를 안긴 채 눈 딱 감고 이야기를 읽어 갔다.

"옛날 옛적에 준수하고 젊은 태자 전하가 깊은 산에서 수행을 하고 있었습니다. 그러던 어느 날 밤, 태자 전하는 신비로운 나그네를 만났습니다……."

외전 4장 어이쿠! 만신굴

웃으며 제 몸을 내리누른 화성 때문에 숨이 막힐 것 같던 사련은 그의 몸을 밀어냈다. 고조의 여운이 맴돌던 이때, 사련은 문득 무언가를 떠올리고 무심결에 입을 열었다.

"맞다, 삼랑. 만신굴 말인데……."

화성은 다시 사련의 가슴께에 팔을 기대더니 손장난을 치며 나른하게 대답했다.

"응? 만신굴은 왜."

"별건 아니고 그냥 갑자기 생각나서. 동로산도 폭발했는데 만신굴에 있던 신상들이 무사할까?"

하나하나 화성의 심혈이 담겨 사련의 마음에 꼭 들던 작품들이었으니, 행여나 망가졌다면 너무 아쉬울 것 같았다. 그러자 화성이 대답했다.

"괜찮을 거야. 미리 결계를 쳐 놨거든. 동로산이 통째로 무너져도 만신굴은 무사해."

사련의 얼굴에 화색이 돌았다.

"그래? 다행이다. 그럼 무사하겠네. 가서 구경하고 싶은데, 가도 돼?"

화성은 잠시 움찔하나 싶더니 곧바로 웃으며 말했다.

"그럼. 형이 가고 싶다는데 안 될 게 뭐가 있겠어?"

사련은 한층 신이 난 기색으로 말했다.

"그럼 내일 가자. 어차피 동로도 개방됐으니까 언제든 들어갈 수 있잖아."

화성은 한쪽 눈썹을 까딱 치켜들었다.

"내일? 좋아."

그는 반대하거나 긴말을 얹는 대신에 또다시 사련을 덮쳤다.

착각인지는 몰라도, 거듭 덤벼든 화성은 사련을 훨씬 모질게 괴롭혔다. 견디다 못한 사련은 두 번 일을 치르기도 전에 형, 잘못했어요, 하고 빌다가 비몽사몽 잠에 빠졌다.

원래라면 내일 아침까지 푹 자고 일어났을 터였다. 그런데 사련은 한 시진도 못 가 옆이 허전하다는 것을 느끼고 잠결에 눈을 떴다. 옆자리에는 아무도 없었다.

당황한 사련은 화들짝 잠에서 깨서는 몸을 일으켜 앉았다.

그는 대충 옷을 걸쳐 입고 꾸물꾸물 침상에서 내려와 문을 열고 밖으로 나왔다.

'삼랑은 어디 갔지?'

새벽에 갑자기 사라지다니. 이런 경우는 처음이었다. 별다른 성과 없이 극락방을 한 바퀴 돈 사련은 극락방에 외출용 방이 있다는 사실을 떠올리고 방향을 틀었다. 예상대로 그 방에는 누군가 들른 흔적이 있었다.

지난번 문에 그려져 있던 진법은 이런 모양이 아니었다. 거기에다 진법을 이루고 있는 붉은 주사도 채 마르지 않았다. 사련은 망설임 없이 문을 밀고 들어갔다. 다시 빠져나온 문밖은 극락방이 아닌 칠흑 같은 어둠이었다.

문을 닫은 사련은 손바닥에 불꽃을 피우고 사방을 비추었다. 눈앞에 펼쳐진 풍경에 그는 얼이 빠졌다.

이 축지천리 진법으로 이어진 곳은 음산하고 드넓은 어느 석굴이었다.

만신굴!

왜 꼭두새벽에 혼자 만신굴에 왔지? 내일 같이 가자고 하지 않았나? 왜 오늘 밤에 먼저 왔을까?

고개를 내저은 사련은 불꽃을 받쳐 든 채 싸늘한 석굴 안으로 걸음을 옮겼다.

발소리가 선득하게 메아리쳤다. 신상들의 얼굴을 가렸던 면사는 이제 다 벗겨지고 없었다. 사방팔방 어둠 속에서 침묵하고 있는 장면을 상상하니 조금 등골이 오싹했다. 사련은 석굴 하나를 지나치다 무심코 시선을 옮겼다. 그 석굴 안에는 태자열신상이 하나 놓여 있었다. 온화한 얼굴로 꽃과 칼을 들고 서 있는 자태가 우아하고 아름다웠다.

만신굴에는 많으면 천 기, 못해도 백 기에 달하는 신상이 있었다. 다들 얼마나 긴 시간과 심혈을 들여 완성된 것인지, 이 어둠 속에서 얼마나 긴 세월을 침묵하고 있었는지 감도 잡히지 않았다.

그런 생각이 들자 사련은 한숨을 푹 내쉬었다. 그는 그 석상을 마주 보고 가볍게 몸을 숙이며 중얼거렸다.

"혼자 쓸쓸했지."

이 신상을 조각한 사람도, 이 신상도.

그러자 그 태자열신상이 고개를 끄덕였다.

"……."

이렇게 공포스러울 수가.

돌처럼 굳어진 사련은 잠시 뒤에야 상황을 파악했다. 그는 막 법력을 채운 탓에 온몸에 기력이 흘러넘치던 참이었다. 아마 그 법력에 영향을 받아 움직이게 된 것이리라.

서둘러 법력을 숨겼지만 때는 이미 늦었다. 그 태자열신상이 한 걸음을 성큼 내디딘 것이다. 무심코 흘린 법력에 물든 데다가 정식으로 조종한 것도 아니라 움직임이 조금 굼떴다. 태자열신상은 이내 쿵, 하며 자빠지고 말았다.

사련은 황급히 태자열신상을 일으켜 주었다.

"조심해야죠!"

사련에게 부축을 받은 신상은 여전히 웃고 있는 얼굴을 가만히 쳐들었다. 그러곤 퍽 고상한 자태로 고개를 까딱이며 고마움을 표했다. 거만한 모습이 우스웠지만 사련은 웃음을 꾹 참고 말했다.

"혹시 화성 봤어요?"

보통 신상은 화술이나 언변에 능한 신의 신상이 아니고서야 간단한 소리는 낼 수 있어도 말은 할 수 없었다. 태자열신상은 사련의 물음에 곤혹스러운 기색을 보였다. 사련이 누구를 말하는지 모르는 모양이었다. 이때의 사련은 아직 화성을 모르니 그럴 만도 했다. 사련은 질문을 바꾸었다.

"그럼 붉은 옷을 입은 사람은요?"

신상은 그제야 미소를 띠며 차분하게 고개를 끄덕였다. 사련이 거듭 물었다.

"그 사람이 어디로 갔는지 알아요?"

사련은 이 넓은 석굴 지리에 익숙하지 않으니 자칫 길을 잃을지도 몰랐다. 그 신은 잠시 뜸을 들이다 손끝으로 한 곳을 가리켜 주었다.

"고마워요, 태자 전하."

사련은 얼마간 걷다가 뒤를 돌아보았다. 어느새 움직이는 요령을 터득한 그 태자열신상은 제자리에서 사뿐하게 검무를 추고 있었다. 흡사 만인이 지켜보는 정월 제천유 무대를 보는 것 같았다.

지켜보는 이 하나 없다는 것이 애석할 따름이었다.

머지않아 사련은 갈림길을 마주쳤다. 이번에도 그는 자신의 신상에게 도움을 청하고자 가장 가까운 석굴로 들어갔다. 제단에 앉아 있는 신상은 술 단지를 끌어안고 술을 들이켜고 있었다.

"……."

사련은 재빨리 다가가 술 단지를 낚아챘다.

"그만 마셔!"

그 신상 역시 사련이었다. 다만 얼굴이 조금 야위었고 소박하기 그지없는 흰옷을 걸치고 있었다. 거나하게 취한 신상은 뺏긴 술 단지를 되찾으려다 실패하자 화가 나서 씩씩거리다 별안간 사련을 얼싸안고 엉엉 울기 시작했다.

사련은 얼이 빠졌다.

"울 것까진 없잖아……."

서러움이 북받쳐 올랐는지 신상의 울음소리가 한층 격해졌다. 신상은 이제 술도 내버리고 사련에게 매달렸다. 내가 술에 취하면 이 정도로 보채는구나, 새삼 깨달은 그는 신상을 안고 가만히 등을 토닥여 주었다.

"그래, 괜찮아……."

살펴보니 뺏어 든 '술 단지'는 텅 비어 있어서 돌려준대도 달라질 게 없었다. 사련은 신상에게 물었다.

"붉은 옷 입은 사람 봤어요? 어디로 갔는지 알아요?"

신상은 손가락으로 길을 가리켜 주었다. 사련은 신상에게 술 단지를 돌려주고 앞으로 걸음을 재촉했다. 울음을 그친 신상은 또다시 술 단지를 끌어안고 멍하니 자리에 주저앉았다.

사련은 신상을 돌아보고 한숨을 짓다가 계속해서 앞으로 나아갔다.

한참이 지났을 무렵, 드넓은 석굴 앞에서 쇠사슬이 부딪치는 듯 잘그락대는 소리가 들려왔다.

앞쪽 둥근 석굴 천장에 매달린 그네가 눈에 들어왔다. 싱그러운 소년미가 넘치는 신상이 황극관 제자들이 입는 도복 차림으로 그네에 앉아 있었다. 열여섯 살쯤 되어 보이는 사련은 그네 사슬을 붙잡은 채 꿈틀거리고 있었다. 혼자 그네에 앉아 있으려니 높이 탈 수가 없어 고민에 빠진 기색이었다. 이를 본 사련은 뒤로 다가가 신상을 두어 번 밀어 주었다.

그네가 마침내 높이 날아올랐다. 도복을 입은 소년 신상은 그제야 신이 났다. 사련은 기회를 놓치지 않고 물었다.

"혹시 붉은 옷 입은 사람 봤어요? 어디로 갔는지 알아요?"

소년 신상은 한 손으로 그넷줄을 붙잡고 한 방향을 가리켰다. 사련은 다시 신상의 등을 두어 번 밀어 주고 말했다.

"그럼 안녕."

그네는 수십 번 흔들린 끝에 천천히 멈추었다. 아무도 등을 밀어 주지 않자, 소년은 또다시 혼자 우두커니 앉아 근심에 잠겼다.

한참을 걸은 사련은 가만히 주변을 살펴보았다.

"이쯤이면 도착했으려나?"

이때, 문득 억눌린 듯 괴로운 목소리가 어렴풋이 들려왔다. 사련은 순간 멈칫했다.

"무슨 소리지? ……신음?"

앞쪽 석굴에서 들려오는 소리였다. 소리를 따라 안으로 들어가 보니, 돌로 깎은 긴 제단 위에는 와상(臥像)이 모로 누워 있었다. 신상의 온몸을 가린 흰 면사가 바닥까지 길게 늘어졌다. 면사 너머로 어렴풋이 비치는 인영은 자꾸만 몸을 둥글게 웅크렸다가 뒤척이며 바르작댔다. 누군가 저 면사 아래서 고통에 시달리고 있는 모양이었다.

"……."

앞으로 다가가 면사를 벗기려던 순간, 불현듯 뒤에서 튀어나온 손이 사련의 두 눈을 가렸다. 낮게 깔린 목소리가 등 뒤로 울려 퍼졌다.

"형."

사련은 푸시시 웃더니 나긋한 목소리로 말했다.

"삼랑, 못 보게 막으면 내가 이게 뭔지 모를 줄 알고?"

긴 침묵 끝에 화성의 한숨이 이어졌다.

"형, 내가 잘못했어."

사련은 그의 손을 잡아 내리고 뒤를 돌아보았다.

"온유향?"

등 뒤에는 붉은 옷을 걸친 훤칠한 사내가 서 있었다. 역시나 화성이었다.

꼼짝없이 덜미를 잡힌 화성은 한 손으로 이마를 짚으며 시인했다.

"……응."

어쩐지. 화성이 지금껏 감추려 했던 이유가 있었다. 사련이 말을 이었다.

"오늘 밤에 먼저 온 것도 이 신상을 숨기려고 그랬구나."

화성은 먼 곳을 바라보며 대답했다.

"응."

사련은 기가 막혔다. 그 정도로 못 보여 줄 만한 신상인가?

"꼭 숨길 필요는 없잖아? 생각해 보면 별것도 아닌데. 물론 아주 골치 아픈 문제가 생기긴 했지만……."

골치 아픈 문제라면, 바로 사련이 온 뒤로 모든 신상이 움직이기 시작했다는 것이다.

사실상 대수롭지 않은 문제였지만, 이 신상은 상황이 특별한 만큼 몹시 괴로울 터였다. 면사에 가려진 이 신상은 열일곱 살 당시 야산 동굴에서 온유향에 당했던 그 사련이었으니까.

다른 신상들은 자유롭게 검무를 추고 술을 마시고 그네를 타는데, 이 신상만 불운하게도 지독한 꽃 요괴의 독에 당하고 말았다. '생명'을 덜컥 부여받은 신상은 고통스러운 육욕에 시달려야 했다.

면사 밑에서 흘러나오는 버거운 숨소리에 사련은 마음이 미어졌다. 문득, 가슴 떨리도록 두렵고도 농염했던 그 하룻밤이 머릿속에 떠올랐다.

"……너무 안쓰럽다. 내가 지금 석굴을 떠나면 원래대로 돌아오려나?"

그렇다면 금방 고통에서 벗어날 수 있을 터였다. 그러나 화성이 대답했다.

"못 돌아올걸. 어쨌거나 지금은 형의 법력이 가장 강성할 때잖아. 벌써 온 만신굴 신상이 영향을 받았어. 형이 당장 떠나도 한동안은 계속 움직이겠지."

이렇게 고통스러울 데가. 사련은 거듭 물었다.

"그럼…… 다른 방법은 없을까?"

언제나 방법이 있는 화성은 늘 그러했듯 가볍게 고개를 끄덕였다.

"안 그래도 방금 이 문제를 처리하고 있었어. 형, 이리 따라와."

그는 사련을 다른 석굴로 안내했다. 안으로 들어선 사련은 눈을 크게 떴다. 석굴 가운데 어떤 사내의 석상이 서 있었다. 늘씬한 자태에 수려한 얼굴. 입가를 살짝 휘고 오른눈을 안대로 가린 모습이 제 앞에서 길을 안내한 붉은 옷의 사내와 꼭 닮아 있었다.

그건 귀왕 석상이었다.

"이건……."

"방금 내가 이상을 느끼고 급하게 조각한 거야. 오랜만에 만들었더니 손이 좀 굳긴 했는데. 형, 봐 봐. 닮았어?"

사련은 귀왕 석상을 찬찬이 뜯어보았다.

"닮았어! 대신……."

"대신…… 어떤데?"

사련은 배시시 웃으며 말했다.

"본존 미모는 못 따라가네."

화성도 웃음을 흘렸다. 곧이어 사련이 말을 이었다.

"그래서 삼랑이 말한 방법이라는 게……."

이 귀왕 신상으로 온유향에 걸린 신상을 '해독'한다?

잠시 침묵한 화성이 웃음기를 거두고 얼굴빛을 바로잡더니 사련의 얼굴을 응시했다.

"응."

사련은 화성의 조심스러운 표정을 눈치채지도 못하고 속으로 중얼거렸다.

'이 방법도 참…….'

당장 효과를 볼 수 있는 근본적인 방법은 맞지만, 아무리 생각해도 황당무계했다. —대놓고 말해서 귀왕 신상으로 소년 신상의 동정을 떼고 욕구를 잠재우겠다는 소리 아닌가?

차마 입에 담기도 민망할 지경이었다!

어떻게 대답해야 좋을지 갈팡질팡하던 이때, 화성이 갑자기 사련 앞에 한쪽 무릎을 세우고 꿇어앉았다. 당황한 사련은 재빨리 그를 잡아당겼다.

"삼랑?"

갑자기 왜 이러지?

이윽고 무겁게 가라앉은 목소리가 이어졌다.

"전하, 제가 불경을 저질렀습니다."

화성은 요지부동이었다. 결국 사련도 몸을 낮추고 웅크려 앉았다.

"네가 언제 불경을 저질렀다고 그래?"

화성은 그를 바라보며 조용히 한숨을 짓고는 나직하게 말했다.

"믿어 주세요. 오늘 이런 얄팍한 계책을 세운 것은 제 본의가 아닙니다. 물론 제 손으로 그 신상을 조각하긴 했어도, 결코 전하의 신상에 불경을 저지르거나 신상을 모독한 적은 없습니다. 혹 전하께서 불편하시다면 다른 방법을 찾겠습니다."

사련은 그제야 화성이 갑자기 심각해진 이유를 깨달았다.

어쨌거나 화성은 남몰래 조각한 수많은 신상을 들킨 뒤로 사련이 자신을 무례하고 수상쩍은 이로 보면 어쩌나 전전긍긍했다. 그런 와중에 이런 방법을 마련했으니, 더럽고 불경한 마음을 품었다고 오해를 살까 봐 걱정이 앞선 모양이었다.

한숨을 섞어 웃은 사련은 두 손으로 화성을 붙잡고 겨우겨우 일으켜 세웠다.

"당연히 믿지. 네가 언제나 날 공경한다는 거, 나도 알아."

'한 번도 모독한 적 없다'라는 말은 장담 못 하겠지만. 엄밀히 따지면 화성은 나비가 되어 흩어졌다 돌아온 뒤로 나날이 대담

해져선, 하루가 멀다 하고 천등관에서 자신의 신명을 '모독'하지 않았던가.

사련은 헛기침을 곁들여 말했다.

"이 방법도…… 나쁘지 않은 것 같아. 훌륭해, 아주 훌륭해."

다만 이 방법의 본질을 생각하면 조금 무책임한 대답일지도 몰랐다. 그리 생각한 사련은 또다시 얼굴이 화끈해졌다. 사련의 허락을 받은 화성은 그제야 침착한 얼굴로 돌아왔다. 사련은 귀왕 석상의 어깨를 짚으며 화성에게 물었다.

"내가 이 신상에 치성을 좀 드려도 될까?"

화성은 멍하니 눈을 깜박이더니 싱긋 웃었다.

"형이 원한다면야 얼마든지."

사련은 고개를 끄덕였다. 이윽고 화성의 석상이 가볍게 눈썹을 까딱였다. 사련은 웃음을 터트리며 손을 치우고 외쳤다.

"이러니까 더 똑같아!"

무언가 느껴진 것일까, 몇몇 그림자가 석굴 입구로 느릿느릿 다가왔다. 사련의 다른 신상들이 신기하다는 듯 이쪽으로 몰려든 것이다. 다들 자기들과 전혀 다르게 생긴 새로운 신상을 자세히 구경하고 싶은 눈치였다. 귀왕 석상도 신상들을 보고 눈을 깜박이더니, 그 안에서 누구라도 찾는지 한쪽 눈썹을 더 높이 치켜들었다. 사련은 신상들을 어르고 달래어 겨우 제자리로 돌려보냈다. 그렇게 문득 시선을 옮긴 순간이었다.

"온유향은?"

그 운수 나쁜 신상은 이제 아예 온유향이라는 이름이 붙고 말았다. 온유향 와상은 어느새 제단 위에 흰 면사 한 장만 남기고 감쪽같이 자취를 감춘 뒤였다.

사련은 아뿔싸, 싶어졌다. 곧이어 뒷짐을 지고 들어온 화성도 표정이 굳어졌다. 사련이 말했다.

"당장은 이 넓은 만신굴을 빠져나가지 못했을 거야. 빨리 찾아보자!"

그러자 화성이 사련의 말을 일축했다.

"글쎄. 형, 이것 좀 봐."

그는 바닥을 가리켰다. 반대편으로 돌아가 살펴보자, 암석 지면에 손가락으로 우악스레 새겨 넣은 듯한 둥그런 진법이 보였다.

그건 축지천리 진법이었다! 맨손으로 축지천리 진법을 그리다니, 이 신상은 대체 법력을 얼마나 들이마신 거야? 사련은 하마터면 그 자리에서 뒷목을 잡고 쓰러질 뻔했다.

그 신상은 무려 온유향에 홀린 상태다. 만에 하나 인간계로 뛰쳐나가 여인이나 아이들을 마주친다면? 앞으로 또 얼마나 엽기적인 전설이 탄생하게 될까?

"대체 언제 도망쳤지? 어디로 도망쳤을까?"

"진정해, 형. 일단 잘 생각해 봐. 당시 형이 온유향에 걸렸다면 가장 먼저 누굴 찾아갔겠어?"

어렵지 않은 질문이었다. 그럭저럭 침착해진 사련은 빠르게 이성을 되찾았다.

"아마도……."

입을 열기 무섭게 갑자기 통령 하나가 날아들었다. 사련은 화들짝 손을 관자놀이로 가져갔다. 풍신의 목소리가 귓가에 울려 퍼졌다.

"전하! 귀신이 곡할 노릇입니다. 방금 전하로 둔갑한 요괴가 나타났습니다!"

……예상대로였다! 당시 사련이 떠올릴 만한 가장 든든한 조수라면 역시 풍신과 모정뿐이다. 이런 일을 당한다면 먼저 두 사람을 찾아갈 터였다!

그나마 거리를 헤집지 않고 풍신을 먼저 찾아가 다행이었다. 안도의 한숨을 내쉰 사련은 재빨리 대답했다.

"아니야! 그건 요괴가 아니야. 누가 나로 둔갑한 것도 아니고."

풍신은 흠칫했다.

"무슨 말씀이십니까? 요괴도 아니고 둔갑한 것도 아니다? 설마 그게 전하 본존이었습니까? 아니겠죠!"

"당연히 아니지! 그래, 지금은 어떻게 됐어? 잡았어? 도망치게 놔두면 안 돼!"

"늦었어요. 벌써 도망쳤습니다!"

"뭐라고? 이제 야단났네!"

"그래요, 야단났죠. 헐벗고 여기저기 날뛰다가 남들 눈에 띄면 얼마나 꼴불견이겠습니까?"

"잠깐, 지금 뭐라고 했어? 헐벗어? 내가…… 아니지, 그게 옷을 안 입었어?"

"대충 그랬습니다! 옷을 걸치긴 했는데 누가 찢은 것처럼 죄 누더기였어요. 아, 맞다. 놈이 요괴도 아니고 전하로 둔갑한 것도 아니면 대체 뭡니까? 뭐가 어떻게 된 거죠? 보니까 무슨 신상 같던데…… 잠깐, 신상?"

풍신은 경악한 목소리로 말을 이었다.

"설마 동로 아래 그 동굴에서 튀쳐나온 건 아니겠죠? 두 사람, 지금 뭐 하는 겁니까?"

사련도 온유향에 걸린 당시 자신이 옷을 제대로 입었는지 기억이 가물가물했다. 괴로움에 사경을 헤매느라 얼떨결에 혼자 찢었는지도 몰랐다.

"설명은 나중에! 지금 바로 갈게!"

말을 마친 사련은 통령을 끊고 화성에게 말했다.

"삼랑, 우리 일단 선경으로 가 봐야겠어!"

화성은 새로 조각한 귀왕 석상을 손바닥에 올라갈 만한 앙증맞은 크기로 축소해 놓은 참이었다. 그가 대답했다.

"알았어."

순식간에 진법이 완성됐다. 축지천리는 두 사람을 선경 남양전으로 곧장 데려다주었다. 궁전 문을 열자마자 등장한 풍신은 화성을 발견하고는 눈을 휘둥그레 떴다.

"혈우탐화? 넌 왜 왔지? 뭘 어쩌자고 천계에 올라와!"

절경귀왕이 자기 지반은 뒷전이고 뻔질나게 선경에나 드나들다니, 참으로 기가 막힐 노릇이었다.

화성은 그를 무시하고 잠시 가만히 귀를 기울이다 입을 뗐다.

"통보는. 설마 상천정이 이런 식으로 약조를 어기진 않았겠지."

물론, 풍신은 화성이 어떤 통보를 말하는지 아주 잘 알았다. '제천 신선들을 구원한 혈우탐화의 용감한 업적을 칭송하는' 그 통보가 아니면 뭐겠는가? 풍신의 이마에 핏대가 툭 돋았다.

"꼭두새벽에 통보를 하겠냐! 다들 밤에는 쉬어야 할 거 아니야. 통보는 낮에나 한다고!"

화성은 그제야 알겠다는 듯이 아, 하고 말을 끝맺었다. 사련이 끼어들었다.

"그런 건 아무래도 됐으니까! 요점만 말해 봐. 아까 그 '나'는? 어디로 도망쳤어?"

풍신이 한 곳을 가리키며 대답했다.

"저쪽으로 도망쳤습니다. 막 뒤쫓으려던 와중에 두 사람이 올라왔고요!"

문득 사련의 머릿속에 불길한 예감이 스쳤다.

"있잖아, 저쪽은 설마……."

풍신이 시원시원하게 말을 받았다.

"현진전 방향입니다."

"……."

사련은 말문이 턱 막혔다. 그러자 화성이 나직하게 말했다.

"가자."

서둘러 현진전에 도착한 두 사람은 다짜고짜 대문을 열고 안으로 들이닥쳤다. 신전 제단에 앉아 있던 모정은 어떤 불가사의한 존재라도 목격한 사람처럼 충격에 굳어진 채였다. 앞으로 다가간 사련은 모정의 눈앞에 대고 손을 흔들었다.

"모정?"

사련이 등장하고서야 정신을 차린 그는 충격이 가시지 않은 얼굴로 겨우 말문을 뗐다.

"사련, 여긴 뭐 하러 왔죠?"

"……뭐 하러 왔냐고? 나…… 나도 잘 모르겠는데? 네가 좀 알려 줄래?"

모정이 눈을 부릅뜨고 캐물었다.

"방금, 왜 이 한밤중에 그런 헐벗은 꼴로 내 궁전에 뛰어들었습니까?"

화성이 눈을 가늘게 떴다. 사련은 재빨리 대답했다.

"남들이 들으면 오해하겠다! 방금 네가 뭘 봤든 아무튼 그건 절대 나 아니야!"

모정은 얼굴을 반쯤 감싸 쥐었다. 방금 봤던 그 장면을 눈에서 끄집어내고픈 심정이었다. 그가 파랗게 질린 얼굴로 말했다.

"당신 본인이 아니더라도 관계는 있겠죠! 그 석굴에 있던 신상이잖습니까? 그런 저속한 신상을 꼭두새벽에 날뛰게 놔두다니, 당신은 혈우탐화랑 이런 식으로 놉니까?"

화성이 픽 비웃으며 끼어들었다.

"네가 뭔데 참견이지?"

발끈한 모정이 대꾸했다.

"뭔데 참견이냐니, 여긴 내 궁전이라고!"

그러자 화성이 유유자적 말했다.

"나도 선경 재건에 한몫했을 텐데."

"……."

사실, 상천정의 원기가 크게 꺾이면서 여러 신관들이 울며 겨자 먹기로 귀시장 주인에게 도움을 청했었다. 따지고 보면 새로운 선경 재건에 화성이 한몫을 톡톡히 했대도 과언이 아니었다. 사련이 말했다.

"놀던 게 아니라 사고를 당한 거야. 그 신상은 지금 어디 있어?"

"놈은 여기 있던 검을 가지고……."

사련은 모정의 말을 끝까지 듣기도 전에 감이 잡혔다. 현진전 바깥 화원에서 요란한 소리가 들려온 탓이다. 동시에 화성이 가져온 작은 석상도 아래로 뛰어내리더니 폴짝거리며 화원 쪽으로 뛰어갔다.

사련은 서둘러 자리를 박차고 뛰쳐나갔다. 아니나 다를까, 그 온유향 신상은 화원에 꾸며 놓은 석가산[#5] 위에 서 있었다.

그 신상은 어깨와 가슴을 반쯤 드러낸 흐트러진 차림이었다. 하의도 입었는지 벗었는지 영 모호했다. 표정은 한층 일품이

#5 석가산 石假山. 정원이나 화원에 돌을 쌓아 조그맣게 만든 산

었다. 찌푸려진 얼굴에서 배어 나온 홍조와 식은땀까지 느껴질 정도였다. 사람이 깎았다고는 믿을 수 없는 정교한 조각 솜씨에 감탄이 절로 나왔다. 지금 온유향 신상은 현진전에서 가져온 검을 들고 자신을 힘껏 찌르고 있었다. 사련이 그랬던 것처럼 상처를 내어 해독하려는 모습이었다.

그러나 현진전에서 훔친 검은 동로에서 제련된 억센 돌을 뚫지 못하고 그대로 구부러졌다. 온유향 신상은 절망한 듯 손바닥을 쳐들었다. 당장 제 머리를 후려쳐 산산이 조각낼 기세였다. 사련은 다급하게 외쳤다.

"진정! 진정해!"

온유향 신상은 몽롱한 눈빛으로 사련을 쳐다보았다. 사련은 재빨리 날아들어 손바닥으로 내리쳤다. 신상은 석가산에 뚫린 작은 동굴 안에 꼼짝없이 쓰러지고 말았다. 화성도 빠르게 사련 곁으로 다가와 무언가를 툭 던졌다.

다름 아닌 그 귀왕 석상이었다.

귀왕 석상은 화성이 던졌다기보다는 오히려 온유향 신상을 보고 알아서 뛰어내린 것 같았다. 화성의 손바닥을 벗어난 석상은 훤칠한 본모습으로 돌아와 바닥에 내려앉더니 곧바로 온유향 신상을 덮쳤다. 귀왕 석상 아래편에서 놀란 숨소리가 들려왔다. 잽싸게 석가산에서 뛰어내린 사련은 소리를 듣고 달려온 모정을 현진전 안으로 떠밀며 말했다.

"시간이 없어! 미안하지만 장소 좀 빌릴게!"

모정은 기겁한 표정이었다.

"방금 대체 뭐였습니까?"

"나중에 다 설명할게. 정말 미안해!"

화성이 태연하게 말을 얹었다.

"미안할 게 뭐 있어? 형 덕분에 몇 번을 구사일생한 놈인데."

그러거나 말거나, 모정은 사련에게 쏘아붙였다.

"아니, 그냥 여기서 설명하시죠. 당신은 당신 석상을 내던지고 저놈은 저놈 석상을 내던진 것 같던데. 제가 잘못 본 거 아니죠? 대체 여기서 무슨 짓을 할 생각입니까? 지금 저 석가산 안에서 무슨 일이 벌어지고 있는 건데요?"

사련은 거의 모정의 목을 덥석 움켜쥐고 안으로 끌고 들어갈 기세였다.

"급한 일이야! 정말이야. 모정, 가면 안 돼! 왜 자꾸 가려고 하는데!"

모정이 울부짖었다.

"사련! 당신들 내 궁전에서 대체 무슨 짓거리야? 미치겠네, 진짜 환장하겠네!"

"그건 우리가 아니잖아! 생각지도 못한 사고여서 막을 수가 없었다고……. 그리고 너, 또 말버릇이 그게 뭐야!"

한 시진 뒤. 두 신상은 드디어 사련과 화성이 물들인 법력을 말끔하게 바닥냈다.

석가산에 들어가 본 사련은 이마를 짚었다.

화성이 신상을 갈무리했다. 묵묵히 밖으로 나간 사련은 상황이 궁금해 찾아온 풍신과 모정을 가로막고 진지하게 말했다.

"별로 보고 싶지 않을걸."

원체 호기심이 많지 않은 풍신은 불길한 예감을 느끼고 현명하게 물러갔다. 하지만 모정은 끝까지 현실을 부정했다. 그는 해묵은 솥 바닥보다 새까매진 얼굴로 소매를 퍼덕거리며 중얼거렸다.

"믿을 수 없어…… 믿고 싶지 않아! 어떻게 이럴 수가 있어! 내 궁전에서 이런 일이 벌어지다니!"

한참 중얼거리던 그는 혼백처럼 맥없이 자리를 떴다. 어쩌면 두 번 다시 이 석가산을 쳐다보지 못할지도 몰랐다. 사련은 모정이 나중엔 여기를 아예 작살내 버리지 않을까 싶었다.

솔직히 사련 본인도 이런 어처구니없는 일이 벌어졌다는 사실을 믿기 어려웠다. 이걸 망신이라고 해야 할지 모를 노릇이었다. 그는 두 신상— 아니, 이제 '하나'라고 일컬어야 할 신상들을 돌아보며 말했다.

"이건…… 이대로 둬야 할까?"

화성이 대답했다.

"이대로 둬야지. 어차피 떨어지지도 않아."

사련은 냅다 얼굴을 감싸 쥐었다.

어떤 신관이 이런 신상을 가지고 있겠냐고! 남들이 보면 어떡하지? 너무 남사스럽잖아. 이건 정말 너무하잖아!

사련은 신음하며 말했다.

"……삼랑, 그 신상들…… 잘 숨겨 둬. 남들이 못 보게."

화성이 웃으며 대답했다.

"당연히 그래야지. 안심해, 형."

하나가 된 두 신상을 만신굴로 옮기고 나서야 사련은 겨우 식은땀을 훔쳤다.

만신굴 안에 남아 있던 사련 신상들이 또 호기심에 몰려들었다. 사련은 또다시 신상들을 어르고 달래서 내쫓았다.

"안 돼, 함부로 보면 예의가 아니에요."

사련 신상들은 하는 수 없이 자리를 떴다. 온유향 신상이 끝내 어떻게 변했는지 마지막 모습은 보지 못했지만, 신상들은 돌아가는 내내 자꾸만 뒤를 돌아보았다. 드디어 '짝'을 만난 온유향 '사련'을 부러워하는 듯한 눈길이었다.

온유향은 해결됐지만 다른 신상들은 아직 유종의 미를 거두지 못했다. 검무를 감상해 줄 사람, 술 취한 몸을 부축해 줄 사람, 그네를 밀어 줄 사람…….

저도 모르게 욕심이 생긴 사련은 속으로 중얼거렸다.

'사련마다 화성을 하나씩 붙여 주면 좋을 텐데.'

그런데 놀랍게도 화성이 같은 말을 꺼냈다.

"형, 전하마다 삼랑을 하나씩 붙여 주면 좋을 것 같지 않아?"

의기투합한 두 사람은 만신굴에 남아 솜씨를 펼치기로 했다.

이윽고 사련은 화성이 거대한 바위를 매끄럽고 정교한 석상으로 깎는 과정을 두 눈으로 지켜보게 되었다. 말로는 형용할 수 없는 기술이었다. 어찌나 손이 빠른지, 움직임조차 보이지 않으니 감히 평가할 수도 없었다. 아마 오랜 시간을 거치며 조각 기술이 술법에 가깝게 발전한 모양이었다. 지켜보는 사련은 그저 감탄만 나왔다.

그렇게 화성이 돌아섰을 무렵, 부서진 바위 조각 사이로 새로운 꼬마 하나가 등장했다. 헝클어진 머리카락에 남루한 옷차림. 얼굴에 붕대를 감은 모습이 퍽 안쓰러웠다. 꼬마는 고집스레 양손에 무언가를 들고 있었다. 사련은 꼬마의 머리를 짚고 치성을 드렸다. 화성도 꼬마 석상에게 법력을 조금 흘려 넣었다. 이윽고 꼬마 석상은 눈을 깜박이더니 사방을 두리번거리기 시작했다. 그러다 자신의 뒷덜미를 붙잡고 있는 누군가를 발견하곤 호되게 발길질했다.

화성은 예상했다는 듯 가볍게 피했다. 화성의 손에 붙잡힌 신상은 그대로 마구 발길질하며 버둥거렸다. 상상과 달리 사나운 꼬마의 모습에 사련이 웃음을 터트렸다.

"와, 무서워라!"

쯧, 혀를 찬 화성은 꼬마 신상을 내버렸다. 목덜미를 잡혔던 꼬마 석상은 요란하게 바닥에 엎어지더니 잽싸게 일어나 사납게 화성을 노려보았다. 꼬마 석상이 걱정된 사련은 석상에게 손을 내밀며 말했다.

"삼랑, 너무 세게 떨어뜨렸잖아! 그러다 석상이 다치면 어떡하려고."

솔직히 따지자면 이제 막 태어난 꼬마인데!

하지만 화성은 심드렁하게 대답했다.

"목숨이 질겨서 괜찮아."

이 꼬마는 화성에게 길길이 날뛰더니 사련이 손짓하자 제법 얌전하게 다가왔다. 이때, 근처에 있던 태자열신상이 무언가를 느꼈는지 자리에서 걸어 나와 이쪽을 바라보았다.

태자열신상을 보고 멈칫한 꼬마 석상은 붕대 사이로 드러난 눈동자를 휘둥그레 뜨더니 쿵쿵 뛰어가 버렸다. 꼬마 신상은 태자열신상의 옷자락을 껴안고 싶은 눈치였지만, 천신의 옷을 더럽히면 어쩌나 싶었는지 망설였다. 그러다 한참이 지나고서야 단단히 쥐고 있던 주먹을 소심하게 내밀고 펼쳤다.

꼬마 석상이 쥐고 있던 것은 자그마한 꽃송이였다.

태자열신상은 꽃을 받아 들고 싱긋 웃으며 한 손을 내밀어 아이를 품에 안아 들었다. 두 사람은 그길로 사이좋게 자리를 떴다. 한 신상은 검무를 감상해 줄 상대를, 한 신상은 꽃을 바칠 상대를 만난 것이다.

흐뭇하게 지켜보고 있던 사련은 문득 또 다른 문제를 떠올렸다.

"삼랑, 석상이 전부 완성되면 만신굴에 우리 석상이 넘쳐나게 되잖아? 다들 서로 착각하면 어떡하지? 똑같이 생긴 석상도 많은데."

화성이 빙긋 웃으며 말했다.

"그럴 일은 없어."

"어째서?"

화성이 같은 말을 거듭했다.

"그럴 일은 없습니다."

그는 시선을 들고 사련을 바라보며 가만히 미소 지었다.

"'전하'는 착각할 수 있어도 '저'는 착각할 리 없습니다. '화성'은 언제나 한 전하만을 섬기는 신도니까요. 그러니 영원히 착각하지 않을 겁니다."

사련도 홀린 듯 그를 바라보며 말했다.

"나도 마찬가지야. '사련'의 가장 충실한 신도는 언제나 한 사람뿐이니까, '나'도 영원히 기억하겠지. 난……."

여기까지 말한 사련은 어쩐지 조금 쑥스러워졌다.

지금 두 사람은 마치 '내가 가장 좋아하는 사람은 영원히 너뿐이야'라며 열정적으로 맹세하는 어린 꼬마들 같았다. 진실하지만, 무척 유치한 맹세.

동시에 유치하지만, 무척 진실한 맹세였다.

짧게 침묵한 사련은 가볍게 헛기침을 하고 말을 이었다.

“그럼…… 이제 그네 타는 태자 전하에게 그네 밀어 주는 귀왕 각하를 만들어 주자.”

홀로 그네에 앉아 있는 태자 전하 신상은 쓸쓸하고 속상해 보였다. 화성이 흔쾌히 대답했다.

“좋아.”

사련이 거듭 물었다.

“술 마시던 그 신상은? 그건 조금 골치 아플 텐데. 제정신도 아닌데 울기까지 하더라니까. 어휴, 이렇게 신상이 많아서야 언제쯤 일일이 조각해서 붙여 주나?”

화성이 웃음을 흘렸다.

“뭐가 걱정이야? 천천히 하다 보면 언젠간 만나게 되겠지.”

눈을 접어 웃은 사련도 고개를 끄덕이며 조용히 대답했다.

“응, 꼭 만나게 될 거야.”

석굴 안, 저마다 외떨어져 있던 두 석상은 이제 완전히 하나가 되었다.

두 석상은 서로를 꼭 끌어안았다. 맞닿은 얼굴을 바라보는 눈빛이 하나가 된 몸처럼 애틋하게 얽히고설켰다. 이제 두 신상에게 헤어짐이란 영영 없었다.

외전 5장 귀왕의 생일

대단한 경사가 코앞으로 불쑥 닥쳤다.

요즘 귀시장 귀신들은 이 경사 때문에 마음이 심란한 참이었다. 사련도 이야기를 듣고 깜짝 놀라선, 슬그머니 소식을 일러준 귀신들과 함께 근심에 잠겼다.

"생일?"

"그렇습니다요!"

그렇다. 귀시장의 주인 화성, 그의 몇 살을 기념하는지도 모를 생일날이 돌아온 것이다!

사련은 갈팡질팡하며 묘하게 긴장했다.

"그, 그, 그럼, 예전엔 삼랑 생일을 어떻게 보냈어요?"

귀신들이 앞다투어 떠들썩하게 대답했다.

"아주 성대했지요, 꽉!"

"잔치라기보다는 그냥 되는대로 소란이나 피웠죠……."

"근데 성주께선 다 무시하지 않으셨냐?"

이 말에 사련이 물었다.

"무시했다니?"

한 귀신이 대답했다.

"그러니까 우리 성주 어르신께선 애당초 생일잔치 따위 하지 않으신다, 이 말이지요."

"그렇습니다, 꽉. 성주께선 저희가 생신날에 뭘 하든 통 관심이 없으시거든요. 남들이 보낸 선물도 생전 거들떠본 적이 없으시고요, 꽉. 그래서 매년 저희끼리만 실없이 떠들고 논답니다, 꽉."

"성주 어르신도 건망증이 심하셔서 당신 생신이 언젠지도 모르시는 것 같던데요!"

사련은 잠시 고민한 끝에 마음을 정했다. 화성이 그동안 생일을 대수롭지 않게 넘겼다면, 이번만큼은 어떻게든 기발하고 재미있는 하루를 만들어 주고 싶었다. 자신과 함께하는 생일을 자신이 없던 과거의 생일처럼 보내게 둘 수는 없었다.

일단 생일 선물은 반드시 준비해야 한다. 뭘 주지? 사련은 깊은 고민에 빠졌다.

귀신들도 그를 빤히 쳐다보았다.

"사 도장님, 성주께 무슨 선물을 드리려고요?"

"음. 부끄럽지만, 저도…… 여러분의 성주님이 뭘 좋아하시는지 잘 모르겠어요. 괜히 싫어하는 물건이라도 줬다간…….”

돼지 백정이 말했다.

“허, 무얼 그리 걱정하십니까. 사실 큰아버지…… 사 도장님이 드리는 선물이라면 뭐든 기뻐하실 것 같은데요.”

“맞아요. 폐지 조각을 드린대도 무조건 기뻐하실 겁니다! 큰아…… 사 도장님 선물은 애초에 남들 선물하고 급이 다르니까요!”

사련은 어색하게 웃었다. 이건 너무 성의 없는 자아도취가 아닌가 싶었다.

“그렇겐 안 되죠. 선물엔 정성이 필요한 법이니까요……. 다른 의견은 없으신가요?”

어떻게 보면 화성도 귀시장에 오래 군림했으니 귀신들이 저보다 화성의 취향에 빠삭할 터였다. 여러 의견을 모아 머리를 굴리면 화성이 좋아할 만한 특별한 선물을 찾을 수 있을지도 몰랐다. 사련의 예상대로 귀신들이 떠들썩하게 외쳤다.

“있어요, 있어요!”

닭발이며 족발이며 촉수 따위가 사방 곳곳에서 잡동사니를 내밀었다. 둥글게 둘러싸인 사련은 낯선 물건들을 보며 속으로 감탄했다. 그는 제법 신비롭고 우아해 보이는 작은 청옥 도자기를 골라 들었다.

“오? 이건 뭐예요?”

도자기를 내민 귀신이 대답했다.

"일품 미약입니다! 원하는 사람에게 몇 방울만 살짝 떨어뜨려 먹이면 당장 욕정이 폭발해선 이 미약을 쓴 사람한테 사족을 못 쓸 겁니다요! 심지어 몸에 나쁘지도 않아요!"

"……."

사련은 정색하며 말했다.

"의견 고마워요. 하지만 본심에서 우러나와야 하는 정분을 미약에 맡기면 되겠어요? 여러분도 앞으로는 쓰지 마세요."

미약을 바친 귀신은 쩔쩔매며 대답했다.

"그럼요, 그럼요. 안 써요, 안 쓰겠습니다. 사실 저희도 이런 건 별로 안 씁니다. 어떤 선물이 좋을지 여쭤보시길래 가져온 거지요!"

사련은 울지도 웃지도 못하는 심정이 되었다. 왜 나더러 미약을 선물하라고 하는 걸까, 그리 생각하며 그는 싱긋 웃었다.

"제 생각엔, 여러분 성주님은 이런 미약 필요 없을 것 같은데요."

귀신들은 미약을 건넨 그 귀신을 허겁지겁 끌어내곤 윽박질렀다.

"맞는 말씀! 성주께서 누굴 꼬시는 데 미약을 쓰실 필요가 있겠냐? 정말이지!"

그건 맞는 말이었다. 사련 본인부터가 미약 따위 마시지 않아도 화성만 보면 사족을 못 쓰니 참 부끄러운 일이었다.

사련은 민망함에 얼굴이 붉어지기 전에 얼른 다른 상자를 집어 들고 뚜껑을 열었다.

"안에 든 건 뭐예요? 진주? 명약?"

상자를 바친 귀신이 대답했다.

"아들 보게 해 주는 단약입니다!"

"……."

어떻게 쓰는 물건인지 자세히 묻고 싶지도 않았다. 사련은 상자를 탁, 닫고 맥없이 중얼거렸다.

"이게 다 뭐람……."

화성에게 이런 남사스러운 선물을 주란 말이야?

한바탕 의견이 오갔으나, 결국 쓸 만한 의견은 나오지 않았다. 사련은 화성을 깜짝 놀라게 해 줄 생각이니 비밀리에 생일 잔치를 준비하라는 당부를 남기고 거처로 돌아간 뒤에도 골똘히 생각에 잠겼다.

생일잔치 준비에 마음을 쏟은 탓이었을까. '고민'이라는 두 글자가 사련의 얼굴에 고스란히 배어 나왔다. 이날, 그는 화성의 글씨 연습을 봐 주며 한참 동안 머리를 쥐어짜고 있었다. 이때 문득 옆에서 그를 부르는 소리가 들려왔다.

"형."

사련은 그제야 퍼뜩 정신을 차리고 고개를 틀었다.

"응?"

화성은 그를 빤히 쳐다보며 붓을 내려놓고 말을 이었다.

"내 착각인가? 무슨 고민거리가 있는 것 같은데. 형만 괜찮다면 나한테 털어놓을래?"

심장이 덜컥 내려앉은 사련은 얼른 표정을 고치고 다그쳤다.

"붓, 내려놓으면 안 되지. 농땡이 금지야. 들고 계속 써."

화성은 하핫, 웃더니 붓을 고쳐 쥐고 유유자적 한숨을 지었다.

"들켰네."

어영부영 위기를 넘긴 사련은 속으로 안도의 한숨을 내쉬었다. 그런데 누가 알았으랴. 붓을 들고 글씨를 써 내려가던 화성이 무심하게 한마디를 던졌다.

"그래도, 요즘 형 보면 확실히 평소랑 달라."

심장이 또다시 덜컥, 내려앉았지만 사련은 짐짓 담담한 척 물었다.

"그래? 어디가 다른데?"

화성은 사련을 찬찬히 뜯어보다 웃으며 대답했다.

"유난히…… 고분고분하다고 해야 하나."

사련이 싱긋 웃으며 말했다.

"항상 그러지 않았나?"

애써 고민해도 답이 나오지 않자 사련은 모험을 감행하기로 작정했다. 의미 없는 말을 주절거리며 뜸을 들인 그는 마지막에야 무심한 척 본론을 꺼냈다.

"삼랑, 나 궁금한 게 하나 있는데."

"응? 뭔데?"

"혹시, 뭔가 부족하다거나 그렇진 않아?"

"부족하다? 무슨 뜻이야? 형, 뭐 부족한 거라도 있어?"

"아. 내가 아니라…… 너 말이야. 그냥 갑자기 궁금해서……."

대놓고 '뭘 좋아해? 뭘 가지고 싶어?' 같은 질문을 할 엄두는 나지 않았다. 화성에게 들키지 않으려면 어떻게든 말을 돌려야 했다. 그러면서도 에둘러 물었다가 원하는 대답을 놓칠지도 모른다는 생각에 가슴이 조마조마했다.

"나? 형이 보기엔 내가 부족한 게 있을 것 같아?"

……그건 그랬다. 사련은 어쩐지 머쓱해졌다.

화성이 말을 이었다.

"그나저나 그게 왜 궁금해?"

사련은 들키면 어쩌나 싶은 마음에 이판사판으로 화성을 힘껏 밀어 넘어뜨렸다. 사련 앞에서만큼은 늘 무방비한 화성은 쿵, 하고 침상 위로 떠밀렸다. 그는 눈을 크게 뜨더니 사양하지 않고 싱긋 웃었다.

"형, 지금 뭐 하는 거야? 이렇게 적극적으로 나올……."

말끝이 떨어지기도 전에 사련은 눈 딱 감고 화성의 입을 틀어막았다.

덕분에 화성은 더 캐물으려던 마음을 접고 사련을 끌어안아 몸 아래로 깔았다. 이제 사련이 평소와 어디가 다른지는 아무래도 좋았다.

혼자 머리를 싸매고 고민하던 사련은 결국 지원군에게 도움을 청하기로 했다. 그가 가장 먼저 찾아간 지원군은 역시나 과거의 두 든든한 조수들이었다.

세 사람은 버려진 사당에 쭈그리고 앉았다. 어색한 침묵을 깨고 풍신이 입을 열었다.

"왜 그렇게들 쳐다봅니까?"

나머지 두 사람은 의미심장한 눈빛으로 풍신을 쳐다볼 뿐이었다.

별수 있겠는가. 세 사람 가운데 유부남 경험이 있는 사람은 풍신이 유일했으니까. 사실상 풍신이야말로 친한 사람에게 환심을 사는 방법을 가장 잘 알 터였다. 하지만 주목을 받은 풍신의 얼굴은 한없이 어두웠다.

"……그렇게 쳐다봐도 소용없습니다. 제가 준 선물이라곤 딱 하나밖에 없으니까요."

바로 그 금 허리띠였다. 심지어 사련이 그에게 준 물건이었다.

모정은 남 선물 고르는 일 따위에 휘말려 어이가 없던 참이라 당장 눈을 까뒤집지 않은 것만도 감지덕지였다. 냉큼 손 털고 싶었던 그가 재빨리 말했다.

"그래, 허리띠 괜찮네. 그냥 금 허리띠나 선물하시죠."

사련은 가시 돋친 모정의 말을 자연스레 한 귀로 흘렸다.

"옛날에 다 없어졌는걸."

몽땅 전당포에 팔아넘겼으니까!

모정의 말에 한층 가시가 돋쳤다.

"당신 지금 아주 잘나가잖습니까. 거리마다 사당이며 신도들이 수두룩한데 그냥 꿈에 현신해서 하나 달라고 하면 공물로 들어오지 않겠습니까?"

"그럼 무슨 의미가 있어. 남한테 주는 생일 선물까지 신도한테 얻어 내면 너무 성의가 없잖아."

아무리 비아냥대도 별 타격이 없자, 모정은 드디어 마음을 고쳐먹었다.

"뭐가 그렇게 까다롭습니까? 그럼 직접 만들어 주면 되겠네요."

사련이 냉큼 외쳤다.

"좋은 생각이야! 그치만 만들 줄 모르는데."

"배우면 되죠."

"그거 괜찮다. 누구한테 배우지?"

모정은 영 성가시다는 투로 대답했다.

"제가 어떻게 압니까? 그냥 아무나……."

말을 이어 가려던 모정은 약속이나 한 듯 자신에게 날아드는 시선들을 느꼈다.

두 시진 뒤. 바늘에 양손을 사정없이 찔린 사련은 붕대를 동여맨 덕분에 피투성이 신세를 면할 수 있었다. 그리고 그의 손에는 의미도 형태도 모를 물체가 하나 들려 있었다.

보다 못한 모정이 물었다.

"그게 뭡니까?"

사련은 한숨을 섞어 대답했다.

"허리띠."

"허리띠란 건 저도 압니다. 제 말은, 허리띠에 수놓은 그게 뭐냐는 소리였습니다. 그 감자 같은 무늬는 대체 뭡니까?"

"감자 아니야! 모르겠어? 사람이잖아."

사련은 두 사람의 이해를 돕기 위해 손끝으로 하나씩 짚어 주었다.

"이건 사람 두 명이고, 이게 눈. 여기가 입……."

정말 사람 얼굴이라는 게 확실해지자 모정은 기가 막혔다.

"대체 누가 허리띠에 사람 얼굴을 수놓는답니까? 이걸 차고 다닐 수나 있겠어요? 옷 취향이 이 정도로 엉망이진 않았던 것 같은데 어쩌다 이런 물건을 만들었습니까?"

사련도 별수 없었다. 사실 그는 집을 고치거나 우물을 파거나 담을 쌓는 것쯤은 빠르고 깔끔하게 해냈지만, 바느질 같은 집안일에는 영 손재주가 없었다. 일단 바늘이나 국자라도 들면 돌이킬 수 없는 결과를 낳기 일쑤였다. 사련은 대나무 잎에 싸인 주먹밥처럼 붕대로 칭칭 동여맨 두 손을 쳐다보았다. 아프진 않았으나 이대로라면 별 진전이 없을 것 같았다. 그는 반쯤 체념하고 말했다.

"……바꿔 볼게."

그러나 이미 엎지른 물을 어떻게 주워 담을 수 있으랴? 그래 봐야 두 머리통에 꽃잎을 둘러 다정하고 엉성한 꽃송이로 바꾸는 게 최선이었다. 풍신과 모정의 표정이 한층 참혹해졌다.

모정의 이마에 핏대가 불거져 나왔다.

"돼지를 가르쳐도 이보단 나았습니다. 왜 그렇게 엉성해요? 자꾸 자기 손만 찌르게?"

풍신이 끼어들었다.

"네놈이 언제 돼지를 가르쳤는데? 무슨 말 같지 않은 소리를 해야지!"

그러거나 말거나, 모정은 매정하게 말을 이었다.

"됐습니다, 그냥 포기하시죠. 당신은 자질이 없어요."

사련에게 '자질이 없다' 같은 말을 할 기회가 다 오다니. 모정은 어깨가 으쓱한 것이 기분이 좋았다. 듣다 못한 풍신이 다시 끼어들었다.

"적당히 떠들지? 아까부터 칭찬은 한마디도 안 하고. 옷 입는 취향이랑 직접 만드는 솜씨가 어디 같겠냐? 게다가 그렇게 나쁘진 않잖아. 적어도 못 차고 다닐 물건은 아니라고."

"그래, 정 그러면 네가 가지든지. 직접 차고 다니면 바로 인정해 주마."

사련은 풍신이 대답하기도 전에 그 우습고 못생긴 허리띠를 냅다 챙겨 들었다.

"그건 안 돼. 그냥 내가 가지고 있을래!"

역시, 선물로 줄 만한 물건은 못 된다!

풍신과 모정에게서 별다른 수확을 얻지 못한 사련은 다른 지원군을 찾아 나섰다.

"선물이요? 태자 전하, 정말 제대로 찾아오셨네요. 한때는 이 풍…… 저도 진귀한 보물이라면 숱하게 본 몸 아니겠어요?"

두 사람은 길가에 쭈그리고 앉아 대화를 나누었다. 사청현은 머리칼을 마구 풀어 헤친 채 신이 나서는 전문가다운 면모를 자랑하며 청산유수로 말을 쏟아 냈다. 사련도 누구보다 진지하게 조언을 구했다. 사청현이 당당하게 말했다.

"임자 없는 보물이라면 있기야 하지만, 얻어 내려면 꽤 힘이 들걸요."

사련은 얼른 대답했다.

"괜찮아요. 마침 그런 게 필요했어요."

힘이 들면 들수록 그 보물이 진귀하다는 뜻이니, 이 얼마나 성의가 느껴지는가? 세상에서 가장 얻기 힘들고 아무도 손에 넣지 못했던 보물일수록 좋았다. 화성을 위해 그런 보물을 구해야 훨씬 의미가 깊을 테니까. 눈썹을 까딱이며 입가를 끌어올리는 화성을 상상하는 것만으로도 사련은 기대심과 의욕이 불타올랐다.

사청현은 곰곰이 생각한 끝에 말했다.

"성천호(星天壺)! 태자 전하도 들어 보셨죠? 이 술병은 아주 진귀한 보물이에요. 밤에 꺼내서 하늘의 별빛과 달빛을 술에 비추면 천지자연의 정수와 영기를 빨아들이죠. 운치도 있거니와 수련에도 엄청난 도움을……."

그런데 무슨 일인지, 사청현의 이야기를 들으면 들을수록 마음속 불길한 예감이 짙어졌다. 사련은 황급히 그의 말을 잘랐다.

"잠깐만요."

"왜요?"

사련은 손으로 크기를 가늠해 보며 말했다.

"청현. 청현이 말하는 게 혹시 이만한 흑옥 술병이에요? 흑옥에 별빛 무늬가 새겨져 있는?"

사청현은 어리둥절한 투로 물었다.

"어라? 태자 전하가 그걸 어떻게 아세요? 보신 적 있어요?"

"……."

어디 보기만 했을 뿐이랴. 지난달 사련은 물을 떠 마시려다가 손을 다쳤다는 사실을 깜빡 잊고 실수로 이런 술병 하나를 깨뜨렸었다.

당시 화성은 곧바로 사련에게 다가와 다친 손이 괜찮냐고 물었다. 아름답고 진기해 보이는 술병이 깨져 버리자 사련은 이를 어쩌면 좋으냐고, 고칠 수 있겠느냐고 물었다. 하지만 화성은 어차피 시답잖은 장난감이었다면서 수하를 시켜 조각을 치워 버리곤, 사련을 끌고 상처를 치료하러 갔었다.

지금 생각해 보니, 아무래도 그가 깨뜨린 술병이 사청현이 말한 절세 보물 '성천호' 같았다.

사련은 충격에 얼이 빠졌다. 이윽고 그가 말했다.

"그건…… 아마 안 될 것 같아요. 다른 보물로 하죠."

"아."

사청현은 영문을 모르고 머리를 긁적이더니 고민 끝에 다시 의견을 냈다.

"그럼 다음은 팔황필(八荒筆)! 이 붓도 보통 물건이 아니에요. 고대 요수의 꼬리털을 엮어 만들었고, 붓대는 옥 대나무 요괴 머리끝에서 자라난 나뭇가지를 썼죠. 붓으로 쓰지 않을 때는 무려……."

사련이 말을 받았다.

"벽옥 댓잎이 자란다?"

"맞아요! 태자 전하, 이런 것도 아시네요? 이 붓도 보셨어요?"

어디 못 볼 수가 있나. 그건 화성이 매일 글씨 연습을 할 때 쓰는 붓이었다. 게다가 그는 자기 글씨가 못난 게 붓 때문이라며 툭하면 붓을 바닥에 내던졌다. 심지어 가끔은 저 멀리 걷어차기도 했다. 사련은 늘 그 불쌍한 붓이 어디로 날아갔나 찾아보고, 주워다가 잘 닦아서 챙기곤 했었다.

"……."

잠시 침묵한 사련이 말했다.

"그것도 안 될 것 같은데요. 다른 보물이 좋겠어요."

이윽고 사청현은 일고여덟 가지 보물을 줄줄이 읊었다. 사련은 새삼 사청현이 말하는 절세 보물들이 어찌나 귀에 익은지, 또 어찌나 처참한 말로를 맞이했는지 깨닫게 되었다. 화성이 발을 받치는 의자로 쓰이거나, 바닥에 융단으로 깔리거나. 심심풀이로 가지고 놀거나, 아니면 멋대로 잃어버리거나!

하기야, 화성이 생전 얻지 못할 절세 보물이 이 세상에 어디 있겠는가?

그러니 귀왕의 생일 선물로 절세 보물을 주는 것은 포기해야 했다.

병이 위급하면 아무 의원이나 찾아간다고, 사련은 자신이 아는 사람이란 사람은 모조리 꼽아 보았다. 하지만, 일단 권일진. 금괴밖에 모르는데 화성이라면 돈이 차고 넘친다. 그다음, 배명. 이 사람은 상대가 여자면 몰라도 남자에게 줄 만한 선물을 물으면 진지하게 대답하지 않을 것이다. 그리고 영문. 상천정에 꼭 필요한 인물인 데다가 상위 신관들의 입김이 작용한 덕에 옥살이는 면했다지만, 지금은 두루마리 바다에 파묻혀 제정신이 아닐 것이다. 공문 처리에만 시달려야 하는 신세라면 차라리 감옥에서 명상하는 편이 나을지도 몰랐다.

그렇게 사련은 화성의 생일이 이틀 앞으로 닥칠 때까지도 뾰족한 수를 찾지 못했다.

밤새 핏발이 서도록 눈을 부릅뜨고 고민한 사련은 희끄무레 동이 터 올 무렵이 되어서야 마땅한 선물을 떠올렸다.

드디어 머릿속이 시원하게 뚫렸다. 그는 슬그머니 침상에서 일어나선 한쪽에 곤히 잠들어 있는 화성을 쳐다보았다.

머리카락도 긴 속눈썹도 칠흑처럼 새카맸다. 내리감은 두 눈을 보니 새삼 한쪽 눈동자가 없다는 사실이 실감 나지 않았다. 준수한 얼굴에 깃든 사나움도 눈을 감으니 조금 희미해졌다. 지금의 화성은 한없이 부드럽게만 보였다.

마음이 동한 사련은 참지 못하고 화성의 얼굴로 오른손을 뻗었다. 하지만 그를 깨우면 어쩌나 싶은 마음에 차마 건드리지 못하고 손을 거두었다.

그런데 침상을 떠나려던 순간 허리가 꽉 조여 오나 싶더니, 누군가 그를 제자리로 끌어당겼다. 나른한 목소리가 뒤에서 울려 퍼졌다.

"형, 왜 이렇게 일찍 일어났어?"

화성이 깼다!

잠이 덜 깼는지 화성의 목소리가 낮게 잠겨 있었다. 얼떨결에 제자리에 누운 사련은 켕기는 마음을 애써 누르고 담담하게 대답했다.

"아. 기원 좀 처리하려고."

바짝 다가온 화성은 그의 귓가에 입을 맞추곤 말했다.

"해도 안 떴는데 누가 새벽부터 사당에서 기원을 올려? 사는 게 귀찮은 모양이지."

가뜩이나 제 발 저렸던 사련은 귓가에서 목소리가 울려 퍼지자 얼굴이 한층 뜨거워졌다.

"방금 받은 건 아니고, 예전에 쌓아 뒀던 거라……."

말을 잇던 사련은 이런 자세로는 말을 제대로 하기 힘들다는 생각이 들었다. 사련이 살짝 몸을 일으키자 화성도 덩달아 일어나 앉았다. 그는 뒤에서 사련의 목을 감싸 안더니 고개를 어깨에 툭 기대며 말했다.

"어차피 지금까지 쌓였는데 좀 더 쌓이면 어때. 어젯밤 피곤했을 텐데 좀 더 자."

끈질기게 감겨 오는 팔과 마음을 흔드는 목소리에 힘껏 맞서 싸우던 사련은 마지못한 심정으로 입을 열었다.

"너무…… 오래 쌓아 둔 기원이라서, 더는 못 미뤄……."

"아. 그럼 같이 갈까?"

사련이 재빨리 말했다.

"괜찮아, 오래는 안 걸려. 금방 올 테니까 더 자고 있어!"

"정말 안 가도 괜찮겠어?"

"괜찮아! 따라오면 안 돼. 절대, 절대로 안 돼!"

화성은 눈을 동그랗게 뜨고 물었다.

"왜?"

"……."

순간 말문이 막혔다. 사련은 이내 홱 돌아앉아서 화성의 어깨를 움켜쥐곤 그를 마주 보고 엄숙하게 말했다.

"넌, 글씨 연습해야지."

화성은 어리둥절한 표정으로 눈을 깜빡였다. 사련은 애써 말을 이어 갔다.

"오늘 하루는 무조건 천등관에서 글씨 연습하기다. 돌아와서 검사할 거야!"

화성은 한층 어리둥절한 표정으로 고개를 갸웃거리면서도 얌전하게 대답했다.

"응."

사련은 위기를 넘기기 무섭게 허겁지겁 침상에서 빠져나왔다. 침상 등받이에 비스듬히 기대앉은 화성은 정신없이 도망치는 뒷모습을 바라보며 픽 웃고는, 양손을 베고 다시 자리에 누웠다.

깊은 야산에 들러 원하는 물건을 챙긴 사련은 이내 동로로 향했다.

동로산 경내. 무성한 숲속에 숨겨진 오두막에 들어서자, 빈 껍데기 세 사람과 탁자에 둘러앉아 심각하게 패를 치고 있는 국사가 보였다. 사련은 두말없이 돌아서서 오두막 밖으로 나갔다. 국사는 그를 보자마자 두 눈을 번쩍 뜨고 외쳤다.

"기다리십시오!"

국사가 패를 치다 말고 사련을 불러 세울 만한 상황은 단 한 가지였다. 아니나 다를까, 곧이어 국사가 탁자를 뒤엎으며 말했다.

"여기까지 하지! 볼일이 있어서 먼저 가 보겠네! 전하, 이리 오십시오! 여긴 어인 일로 오셨습니까?"

사련은 뒤를 돌아보았다. 빈 껍데기들을 바닥에 마구 널브러뜨린 것을 보니 역시나 노름에서 불리했던 모양이다. 사련은 괜히 마음에도 없는 대답을 했다.

"사실 그리 대단한 일은 아닙니다."

하지만 국사는 다급했다.

"아니, 아닙니다. 전하의 안색을 보니 엄청난 사건이 일어난 게 분명합니다! 노름이 대수입니까. 우리 제자부터 도와야지요!"

"……."

그러나 사련이 찾아온 용건을 털어놓자 국사는 다시 표정을 싹 바꾸었다. 두 사람은 허름한 의자에 자리를 잡고 앉았다. 사련은 국사의 잔소리를 곧이곧대로 듣고만 있었다.

"듣고 보니 정말 별일 아니었군요. 고작 생일 하나로 지금까지 골치를 썩였다니요. 거기에다 친히 사방을 뒤져서 그걸 찾아내기까지!"

물론 사련도 남들에게 설명할 길이 없었다. 설명한다고 해도 남들은 이해하지 못할 것이다. 사련은 살갗이 붉어지도록 미간을 문지르며 말했다.

"어차피 원재료는 제가 다 구해 왔잖습니까. 어렸을 때 걸고 다녔던 그런 선락국식 장명쇄를 만들고 싶은데 기억이 잘 안 납니다. 방법만 알려 주시면 나머지는 제가 알아서 만들겠습니다."

국사는 여전히 답답한 눈치였다.

"애당초 전하가 무슨 생일 선물을 준비합니까. 같이 사는데 무슨 선물이 필요하다고요?"

"……."

결국 그 말은 '네가 바로 최고의 선물'이라는 뜻 아닌가? 사련은 아무리 생각해도 이런 논조를 납득할 수 없었다. 그는 이마를 짚으며 속으로 중얼거렸다.

'난 그렇게 자아도취에 빠진 사람이 아니라고.'

사련은 고개를 휘저으며 애써 현실을 부정했다. 그 모습을 지켜보던 국사가 입을 열었다.

"전하도 참 답답하십니다. 전하로 말할 것 같으면, 천하에서 유일무이하게 세 번이나 등선한 신관이자! 화관무신! 선락 태자시며! 열일곱에 세상만인 앞에서 창생을 구하겠다 선언하시었고! 열여덟에는……."

사련이 득달같이 외쳤다.

“국사! 그만! 국사! 그만하세요! 그만하시래도요!”

이런 흑역사가 뭐 그리 자랑스럽다고!

국사는 못난 제자가 안쓰러웠는지 복잡한 눈빛으로 사련을 바라보았다.

“태자 전하. 그렇게까지 본인을 저평가하실 필요는 없습니다.”

“저평가하는 건 아니지만…….”

다만 좋아하는 사람에게는 세상에서 가장 좋은 선물을 주고 싶은 법이다. 그러면서도 가끔은 자신이 부족하다는 생각에 사로잡히곤 했다.

국사는 사련의 모습을 보고 한숨을 짓더니, 양 소매를 맞붙이고 한참을 고민하다 말했다.

“장명쇄라. 잠깐 생각 좀 해 봅시다. 너무 옛날 일이라 정확한 모양이나 치성 의식을 일일이 기억하진 못할 겁니다.”

“괜찮습니다. 정 떠오르지 않으신다면 제 기억대로 만들면 되니까요. 원래 지성이면 감천이라지 않습니까.”

이윽고 국사는 흘긋 시선을 던지며 말했다.

“그분께 여쭤보시겠습니까?”

“…….”

이름은 꺼내지 않았으나 사련도 ‘그분’이 누군지 잘 알았다.

동로산 지하 깊이 갇혀 있을 군오.

한참을 침묵한 사련은 결국 고개를 가로저었다.

동로산에서 반나절을 보낸 사련은 귀시장으로 돌아왔다.

화성의 생일이 몇 시진도 채 남지 않은 시점이었다. 사련과 말을 맞춘 귀신들은 아무 일 없다는 듯이 시치미를 떼면서 몰래 귀시장을 꾸미고 있었다. 사련은 잽싸게 한 구멍가게로 들어갔다. 이윽고 귀신들이 몰려와 웅성웅성 안달을 냈다.

"어때요? 어떻게 됐습니까?"

사련은 정말이지 도적질이라도 하는 심정이었다.

"여러분 성주님은요? 특별히 눈치챈 건 없죠?"

"없어요, 없어요. 성주께선 오늘 내내 천등관에만 계셨습니다."

사련은 조금 의아해졌다.

"온종일이요?"

"그렇다니까요! 오늘 성주님 기분이 꽤 좋아 보이셨습니다. 큰아…… 사 도장님, 성주께 드릴 선물은 잘 준비하셨습니까?"

겨우 안심한 사련은 공들여 조각해 소매 안에 넣어 둔 은 장명쇄를 만지작거리며 싱긋 웃었다.

"준비했죠."

그러자 귀신들의 얼굴에도 웃음꽃이 피었다. 사련은 내일 있을 생일잔치를 어떻게 꾸밀지 의논하고 나서야 천등관으로 돌아왔다. 안으로 들어가자 글씨를 연습하고 있는 화성이 보였다.

닦달하지 않아도 알아서 글씨를 연습하다니, 좀처럼 보기 드문 광경이었다. 귀신들의 말대로 정말 기분이 좋은 모양이었다. 사련은 그 불쌍하고 진귀한 붓이 써 내려간 비뚤어진 글자를 보니 묘하게 웃음이 나와 고개를 가로저었다. 사련의 기척을 느낀 화성은 드디어 괴로움에 시달리던 붓을 놓아주었다. 그가 싱긋 웃으며 입을 열었다.

"형, 왔어? 마침 잘 왔네. 오늘 내 성과가 어떤지 구경해 봐."

"좋아."

사련은 입꼬리를 올리며 대답하고는 걸음을 뗐다. 그런데 무슨 일인지, 사련이 갑자기 자리에 멈춰 서더니 미간을 찌푸렸다.

심상치 않은 공기를 느낀 화성은 삽시간에 사련의 곁으로 다가왔다.

"왜 그래?"

사련은 금세 평소 같은 얼굴로 되돌아왔다.

"별일 아냐."

사실상 별일에 가까웠다. 방금 그 찰나, 사련의 심장이 희미하게 욱신거렸다.

화성은 마음을 놓지 못하고 사련의 손목을 감싸 쥐었다.

"어디 다녀오는 길인데? 또 다쳤어?"

"아니야."

이 말만큼은 사실이었다. 정말로 다친 곳은 없었다. 요 며칠 동안 바삐 뛰어다니긴 했어도 위험한 일 하나 없이 순조로웠다. 사련의 상태를 살핀 화성은 별다른 문제가 없자 손을 놓았다. 사련도 몸 곳곳에 기류를 흘려보내며 제 몸을 확인해 보았으나, 아무것도 느껴지지 않았다. 뭔가 착각했나 보네, 그리 생각한 사련은 웃으며 말했다.

"어디 근육이 잠깐 삐끗했나 봐. 자, 그럼 오늘 삼랑의 성과가 어떤지 한번 볼까?"

화성은 그제야 안심한 듯 웃으며 그의 손을 잡아끌었다.

"이리 와."

사련이 무어라 대답하기도 전이었다. 불현듯 심장이 또다시 욱신거렸다.

이건 절대 착각이 아니었다. 처음에는 그저 바늘에 찔린 듯한 아픔이었다면, 이제는 어떤 날카로운 손톱에 긁힌 것처럼 또렷하게 아팠다. 화성이 때마침 돌아서지 않았더라면 이번에는 '아무것도 아니다'라는 말로 얼버무릴 순 없었을 것이다.

하지만 날이 날인 만큼 화성을 놀라게 하고 싶지 않았다. 화성과 천등관에서 한참을 노닥거린 사련은 핑계를 대고 잠시 빠져나와 제 몸을 자세히 살폈다.

이윽고, 그는 굳은 표정으로 손을 내려놓았다.

단연코 아무런 문제도 없었다. 문제가 있었다면 화성이 제 손을 잡자마자 알아챘을 터였다.

그런데 왜 아무 이유도 없이 심장이 아프지?

사련은 잠시 생각에 잠겼다. 아무래도 악령이 몸에 깃들었거나 무슨 기이한 독에 걸린 모양이었다. 하지만 그는 침착했다. 적어도 지금은 당황할 때가 아니었다. 화성의 생일을 코앞에 둔 지금 문제가 생긴다면, 화성은 제 생일은 뒷전이고 사련의 상처를 치료하는 데만 매달릴 게 뻔했다.

사련은 고통을 참는 데 익숙했다. 하물며 이런 괴상한 일을 한두 번 겪은 것도 아니었다. 대수롭지 않게 생각한 그는 일단 화성의 생일부터 챙기고 나중에 조용히 문제를 해결하기로 마음먹었다.

저녁 시간이 다가오자 사련은 더 늦기 전에 천등관으로 돌아갔다. 화성은 아직도 따분한 표정으로 그럴싸하게 붓을 휘갈기며 폐지 조각을 만들고 있었다. 사련은 그 모습에 웃음이 터졌다. 그런데 웃음기가 입가로 올라오기도 전에 또다시 심장이 욱신거렸다. 손가락으로 가슴께를 문질렀으나 별 소용이 없었다.

'제법 독한 녀석인가 보네……. 조금만 더 참자.'

조용히 숨을 들이마신 사련은 문밖으로 향하며 나긋한 목소리로 입을 뗐다.

"삼랑? 좀 도와줬으면 하는 일이 있는데."

화성은 붓을 내려놓았다.

"무슨 일인데?"

"일단 눈 감아 봐."

화성은 눈썹을 으쓱이더니 두말없이 눈을 감았다. 사련은 그의 두 손을 잡아끌며 웃었다.

"따라와."

지난날 여군산에서 맡았던 역할이 뒤바뀐 셈이었다. 화성은 푸시시 웃으며 말했다.

"알았어."

사련은 그의 두 손을 붙잡고 천천히 문 앞까지 걸어갔다.

"문턱 조심해."

천등관을 훤하게 드나든 화성은 어디를 어떻게 가야 할지 누구보다 잘 알았지만, 그래도 사련의 목소리를 듣고서야 발을 들었다. 신발에 달린 은사슬이 잘그락, 울렸다. 대문을 지나친 두 사람은 이내 거리에 도착했다.

한동안 걸은 끝에 사련이 입을 열었다.

"됐다, 이제 눈 떠."

화성은 사련의 말대로 눈을 떴다. 그 찰나, 칠흑처럼 검은 눈동자가 등불이 켜진 듯 밝게 빛났다.

긴 거리 위에 오색 등불이 찬란했다. 평소 난잡하기만 했던 거리도 훨씬 산뜻하고 단정하게 탈바꿈했다. 집집마다 열심히 손을 봤는지 너절한 간판까지 새로 바꾸어 놓았다. 추녀마루도 새것처럼 반짝반짝 빛나고 있었다.

어느새 두 사람을 에워싼 귀신들은 숨을 죽이고 있다가 화성이 눈을 뜨자마자 풍악을 울리며 법석을 떨었다.

"성주님, 생신 축하드립니다!"

난리를 틈타 분분히 목청을 높이는 귀신들도 있었다.

"백년해로하세요!"

"귀한 아드님 낳으십시오!"

이 아수라장을 본 사련은 이마를 탁 짚었다. 지난번까지만 해도 줄기차게 맹연습해서 제법 질서 있게 외치더니, 왜 또 지금은 엉망진창이 된 거야!

화성은 심드렁한 표정으로 눈썹만 까딱였다.

"이게 다 뭐지? 시끄러워 죽겠군."

특훈의 결과는 이미 내버린 지 오래, 귀신들은 하나같이 뻔뻔하게 외쳐 댔다.

"죽으면 죽으라지요! 어차피 여기엔 산 사람도 없는데요!"

화성이 픽 웃더니 뒤로 돌아섰다. 뒤편에 서 있던 사련은 양손을 등 뒤로 숨기고 입을 열었다.

"삼랑, 오늘이…… 네 생일이라며?"

화성은 오래 기다렸다는 듯이 팔짱을 끼고는 고개를 까딱 기울이며 가만히 웃었다.

"응, 맞아."

사련은 헛기침을 몇 번 하더니, 냅다 앞으로 달려들어 손수 만든 장명쇄를 화성의 목에 걸어 주었다.

"이거…… 급하게 만든 건데 마음에 들었으면 좋겠어!"

장명쇄에는 화성이 팔목에 찬 호완처럼 단풍잎과 나비, 맹수 따위가 섬세하게 새겨져 있었다. 게다가 강한 영력까지 느껴지는 것이, 누가 봐도 범상치 않은 물건이었다. 귀신들은 한목소리로 들썩였다.

"끝내준다! 진짜 멋져! 이건 무슨 보물이래?"

"이야! 이런 보물이 어울리는 사람은 우리 성주님밖에 없다! 이 정도 보물은 우리 성주님만 찰 수 있어!"

사방에서 터져 나오는 허풍에 사련은 어쩔 줄을 몰랐다. 긴장된 나머지 화성에게 마음에 드냐고 물어볼 엄두도 나지 않았다. 화성도 한쪽 눈을 환히 빛내며 입가에 웃음기를 흘릴 뿐, 별다른 말이 없었다.

그가 장명쇄를 손에 쥐고 입을 떼려던 순간이었다. 이때 예상치 못한 이변이 닥쳤다.

사련이 맥없이 바닥에 꿇어앉은 것이다.

갑작스러운 상황에 희희낙락 구경하고 있던 귀신들이 아우성을 질렀다. 화성은 순식간에 웃음기를 지우고 재빨리 사련을 붙들었다.

"형? 왜 그래?"

사련은 희게 질린 얼굴로 애써 웃어 보였다.

"아무것도……."

입을 열기 무섭게 숨이 턱 막혀 왔다.

이런, 또 시작이다.

이유 모를 통증이 또 찾아온 것이다. 게다가 이번에는 심장이 터질 듯 극심하게 아팠다.

사련은 속으로 이를 악물었다. 통증이 갈수록 독해질 줄은 생각지 못했다. 게다가 하필이면 이 중요한 순간에 몰려오다니!

머리는 그런대로 침착했으나 극심한 고통은 여전히 계속됐다. 누군가 복숭아나무로 깎은 쐐기로 심장을 차례차례 내리찍는 것만 같았다. 무서운 통증에 숨이 막혀 왔다. 사련은 이마 위로 식은땀을 쏟으며 고개조차 들지 못했다. 화성의 표정이 완전히 얼어붙었다.

"전하?"

화성은 다시 사련의 손목을 짚어 보았다. 역시나 아무런 이상도 느껴지지 않았다.

"전하! 어제 어딜 다녀오셨던 겁니까?"

사방에서도 우왕좌왕하는 고함이 진동했다. 사련은 입을 달싹였으나 무언가가 목에 들이박힌 듯 말도 나오지 않았다.

사련을 끌어안은 화성의 팔이 떨리기 시작했다. 언제나 여유작작한 화성의 준수한 얼굴이 난폭한 초조함으로 물들었다. 이때 사련의 심장에 거듭 묵직한 통증이 찾아왔다. 그는 끝내 버티지 못하고 정신을 잃었다.

정신을 잃기 직전까지 그저 미안하다는 생각만 머릿속을 맴돌았다.

오늘은, 화성의 생일이었으니까.

얼마나 시간이 흘렀을까. 사련은 화들짝 눈을 떴다. 잠시 숨을 몰아쉰 그는 위쪽 천장을 멍하니 응시하며 몽롱한 정신으로 생각했다.

'여긴…… 천등관? 어떻게 된 거지……. 잠깐 잠들었나?'

천천히 정신을 차리고 있는데, 문득 누군가가 그를 부축했다. 화성의 목소리가 지척에서 들려왔다.

"전하?"

사련은 고개를 들었다. 예상대로 화성의 얼굴이 시야에 들어왔다. 초조한 기색이 역력한 얼굴이었다. 멍해진 사련이 입을 달싹인 순간, 또다시 심장이 심하게 욱신거렸다.

이제 완전히 정신이 들었다. 그는 몸을 바짝 웅크리고 손가락으로 가슴께를 움켜쥐었다. 당장이라도 제 심장을 끄집어낼 기세였다. 화성이 재빨리 사련의 손목을 낚아챘다.

"전하!"

화성의 손길이 조금만 늦었다면 사련의 가슴께가 그대로 뚫렸을지도 몰랐다. 이때 옆에서 누군가가 입을 열었다.

"뭔가 이상한데. 일단 손 치워 봐!"

어쩐 일인지 모정도 여기에 있었다. 화성이 사납게 받아쳤다.

"치웠다가 전하께서 다치시면!"

풍신의 목소리가 뒤를 이었다.

"내가 대신 잡아 주면 되잖아! 빨리 원인을 알아내지 않으면 전하도 계속 고통에 시달려야 한다고!"

사련은 몸을 뻣뻣하게 웅크린 채 다른 손길에 손목을 붙잡혔다. 이 말을 들은 화성은 잠시 멈칫하더니 손을 놓았다.

그러고 보니 뭔가 이상했다. 화성이 손을 치우자 고통이 조금 사라진 것 같았다. 겨우 움직일 만해진 사련은 옆으로 돌아누웠다. 침상 옆에는 풍신과 모정이 서 있었다. 아마 화성이 상황을 알아볼 겸 불러들인 모양이었다. 화성은 근처에 서서 사련을 단호하게 응시하고 있었다.

화성을 바라본 순간, 모처럼 사라졌던 아픔이 다시 밀려들었다. 사련의 표정이 심상치 않자, 모정이 화성에게 외쳤다.

"멀리 떨어져! 네놈이 접근하거나 시야에 들어오면 통증이 생기는 것 같다고!"

화성은 그 말을 듣고 자리에 움칫 멈춰 섰다. 한없이 살벌한 표정을 지으면서도 그는 이내 방 밖으로 물러갔다. 화성이 시야에서 사라지자 사련의 심장을 덮친 끔찍한 통증도 불현듯 자취를 감추었다.

"이게…… 도대체…… 어떻게 된 거야?"

모정도 사련이 멋대로 화성을 쳐다보지 못하도록 풍신과 함께 그를 억눌렀다.

"어떻게 된 일이냐고요? 그건 제가 할 말입니다! 당신 대체 어떻게 된 겁니까? 뻔해요, 분명 뭔가 잘못 건드린 거겠죠!"

"……뭔가 잘못 건드렸으면 내가 제일 잘 알지 않겠어?"

게다가 화성도 몇 번이나 살펴보지 않았던가. 모정이 말을 이었다.

"그럼 최근에 어디 이상한 곳이라도 들렀습니까?"

"최근에 들른 곳이라곤 동로산이랑…… 국사묘밖에 없는데."

모정은 미간을 찌푸렸다.

"네? 국사묘? 무슨 국사묘요?"

문밖에 서 있던 화성이 먼저 깨닫고 입을 열었다.

"방심 국사묘?"

"삼랑, 그냥 들어와……."

화성의 낮게 가라앉은 목소리가 들려왔다.

"내가 한번 가 볼 테니까 형은 여기서 푹 쉬고 있어."

"나도 갈래!"

하지만 사련은 몸을 일으키자마자 통증을 느끼고 도로 쓰러졌다. 방금 그 말을 끝으로 기척이 사라진 것을 보니 화성은 벌써 떠난 모양이었다. 사련이 애써 몸을 일으키자 모정이 말했다.

"제대로 걷지도 못하는데 그냥 얌전히 누워 계시죠!"

사련은 두 사람의 손에 단단히 억눌린 채 바르작댔다.

"처음 아파 보는 것도 아닌데. 참다 보면 익숙해져."

아프다는 이유로 화성을 만나지 못한다는 건 말이 안 됐다.

그러자 모정이 대꾸했다.

"당신은 괜찮아도 당신의 그 삼랑은 괜찮지 않을걸요."

사련은 한순간 멍해졌다. 내가 기절하기 직전에 화성이 어떤 표정을 지었더라. 방금 서로 가까워지자마자 고통에 시달린 나를 보고는 또 어떤 표정을 지었더라. 그런 모습을 떠올리고 있자니 호흡이 순간 흐트러졌다. 명치가 찢어질 듯 아파 오더니 얼굴에서 핏기가 사라졌다. 모정과 함께 사련을 주시하고 있던 풍신이 기겁하며 말했다.

"혈우탐화라면 벌써 갔잖아? 그런데 왜 아직도 아프시지?"

모정이 날카롭게 물었다.

"방금 머릿속으로 놈을 떠올렸습니까?"

사련은 이를 악물고 한참을 견디다 겨우 입을 열었다.

"아니…… 설마…… 생각도 하면 안 되는 거야?"

"안 됩니다. 발작할 때마다 통증이 심해지고 있잖아요. 놈을 떠올릴수록 괴롭기만 할 겁니다. 물 떠올 테니 목부터 축여요."

사련은 됐다며 고개를 저을 기운조차 없었다. 모정이 물을 뜨러 가자 사련은 눈을 감고 힘겹게 감정을 추슬렀다. 마음이 가라앉을수록 걱정이 앞섰다. 화성과 사련이 번갈아 살폈는데도 단서가 불분명한 것을 보니 얼마나 사악한 귀신이 붙었는지 모를 노릇이었다. 그런데 화성이 혼자 가 버렸으니 못내 마음이 불안했다. 이때 모정이 찻잔을 내밀었다. 새하얗고 아담한 찻잔이었다. 화성이 어젯밤에도 이 찻잔을 썼었는데, 그리 생각한 사련은 또 얼굴이 창백해져선 자리에 몸져누웠다. 모정은 사련이 누구를 떠올렸는지 안 봐도 알 것 같았다. 그는 손에 들고 있던 차도 제대로 건네지 못하고 어두운 얼굴로 말했다.

"뭐 이렇게 시도 때도 없이 놈을 떠올립니까? 목숨 아깝지도 않아요?"

"이게 어디 내 마음대로 되나?"

마음대로 누군가를 머리에서 지울 수 있다면 이 세상에 수많은 원한이나 걱정거리가 왜 있겠는가.

그러자 모정이 불퉁하게 말했다.

"그렇게 생각을 못 멈추면, 그냥 기절시키는 게 낫겠네."

하지만 사련의 심복 출신인 풍신이 사련에게 손을 댈 리 만무했다. 물론 그는 남이 자기 앞에서 사련을 때리는 것도 용납할 수 없었다.

"안 돼! 차라리 네가 계속 말 걸어서 관심을 돌려 봐. 그러면 혈우탐화 생각은 안 나겠지."

"나더러 무슨 얘기를 하라고? 뭔 말을 해도 혈우탐화 생각만 하는데? 시원하게 기절시키는 게 낫다니까!"

"아무튼 폭력은 안 돼! 그래, 사자성어 끝말잇기라면 딴생각할 틈이 없잖아? 틀림없어. 나 먼저 시작한다. 수비남산[#6]!"

끝말잇기라면 치를 떠는 풍신은 이를 악물고 선두를 열었다. 모정은 그보다도 끝말잇기를 혐오했지만, 마지못한 얼굴로 말을 이었다.

#6 수비남산 壽比南山. 무병장수하다.

“……산궁수악[#7].”

사련도 별수 없이 맥없는 목소리로 말을 이었다.

“……악자탈주[#8]…….”

말이 끝나기 무섭게 사련은 몸을 옹송그렸다. 모정은 기가 막힌 얼굴이었다.

“이게 뭐라고 또 놈을 떠올립니까? 전혀 상관없잖아요!”

사련은 속으로 중얼거렸다.

‘왜 상관이 없어? 주(朱). 붉다. 붉은색. 붉은 옷. 붉은 옷이라면 당연히 화성이잖아?’

괴로움에 시달리던 사련은 결국 인내심이 바닥났다. 그는 자신을 억누르고 있던 두 사람을 악착같이 밀치고 쾅당, 하며 침상 아래로 굴러떨어졌다. 풍신과 모정은 사련의 뛰어난 순발력에 미리 대비하고 있었는데도 그를 막지 못했다. 두 사람은 도망치는 사련을 보고 서둘러 뒤쫓았지만, 사련의 힘에 밀려 바닥에 나동그라지고 말았다. 모정이 고개를 들자 문을 박차고 나가려는 사련이 보였다.

“어딜 가려고요? 가만히 있어요!”

하지만 사련도 이제는 한계였다. 그는 소매 안에서 앙증맞은 주사위 두 개를 꺼내 던지곤 비틀거리며 문으로 뛰어들었다.

날 보고 싶으면 몇 점을 던지든 만날 수 있다, 화성이 그리

#7 **산궁수악** 山窮水惡. 막다른 궁지에 몰리다.
#8 **악자탈주** 惡紫奪朱. 악으로 정의를 이기다.

말했었다. 사련은 주사위가 자신을 어디로 데려가는지도 모르고 누군가의 품에 와락 안겨 들었다. 머리 위에서 적잖게 놀란 듯한 화성의 목소리가 울려 퍼졌다.

"전하!"

사련은 화성이 또 사라지면 어쩌나 싶었는지 다급하게 그를 끌어안았다.

"삼랑! 혼자 가지 마. 나도…… 같이……."

곧바로 사련을 껴안으려던 화성은 팔을 움찔 멈추더니, 간신히 마음을 가다듬고 나직하게 말했다.

"전하, 어서 돌아가세요. 많이 아프실 겁니다."

삼계에 악명을 떨친 절경 혈우탐화는 지금 그저 속수무책이었다. 껴안을 수도 밀어낼 수도 없다. 껴안아도 아프고 밀어내도 아플 테니까. 그러자 사련은 이를 악물고 그를 한층 단단히 껴안았다. 그가 떨리는 목소리로 외쳤다.

"아파도 돼!"

"전하!"

다른 곳에 앉아 화성을 생각하면서 앓느니, 화성을 꼭 끌어안고 앓는 편이 나았다. 아프면 아플수록 더 꽉 끌어안을 생각이었다. 사련의 얼굴에 가느다란 땀방울이 흠뻑 맺혔다. 그는 숨을 몰아쉬며 더듬더듬 말을 이었다.

"잠깐만 기다려, 조금이면 돼. 금방 괜찮아질 거야. 금방 익숙해질 거야. 나 아픈 거 잘 참아. 네가 옆에 있으면 잘 참을 수 있단 말이야. 그런데 네가 가 버리면, 정말…… 아파서 못 참겠어…….”

이 말을 들은 화성은 그대로 제자리에 얼어붙었다. 이윽고, 그가 나직하게 중얼거렸다.

“전하…….”

한숨처럼 미어진 이 한마디는 사련의 목소리보다 더 괴로운 것도 같았다.

사련은 힘껏 화성을 껴안고 아찔한 고통이 지나가기만을 기다렸다. 애써 숨을 고르고 있는데, 문득 뒤편에서 누군가의 목소리가 들려왔다.

“이거, 당신 가면을 주조해서 만든 겁니까?”

눈앞이 가물가물한 와중에 사련은 그제야 자신이 황량하고 음산한 묘지에 있다는 사실을 깨달았다. 바로 사련이 엊그제 들렀던 국사묘였다. 그리고 두 사람의 뒤편에는 키가 훤칠한 누군가가 서 있었다. 다름 아닌 낭천추였다.

이성을 반쯤 잃은 상태로 도착했던 터라 다른 사람의 존재를 미처 알아채지 못했다. 물론 알아챘대도 부끄러워할 겨를은 없었겠지만. 이때 풍신과 모정도 국사묘에 도착했다. 사련의 손바닥에 얻어맞아 꼼짝없이 나가떨어졌던 모정은 어찌나 화가 났는지, 이마에 돋은 핏대가 영영 사라지지 않을 것만 같았다.

“왜 이렇게 싸돌아다닙니까! 두 사람이 합심해도 막을 수가 있어야지! ―여긴 또 어디야? 어째 묘지 같은데?”

풍신도 주변을 둘러보며 말했다.

"묘지 맞잖아? 거기에다 도굴까지 당했네. 이게 방심 국사의 묘인가? 태화 전하는 또 웬일이십니까?"

낭천추는 안색이 영 좋지 않았다.

"엊그제 국사묘에서 이상한 움직임이 있었다는 얘길 들었습니다. 도굴꾼이 들른 것 같다기에 와 봤습니다."

그렇게 오자마자 화성과 사련을 마주치고 말았다. 낭천추는 무슨 생각인지, 인사도 변명도 생략하고 사련을 뚫어지게 쳐다보며 되물었다.

"설마 저게 당신의 그 백은 가면으로 만든 장명쇄입니까? 엊그제 여기 들러서 가면을 가져가셨죠?"

한참 머뭇거린 사련은 고개를 끄덕였다.

예전에 사련은 영안국에서 국사를 지내는 내내 은색 가면을 쓰고 다녔다. 그 가면은 은 정괴로 제련해 낸 귀한 법보였다. 얼굴을 가릴 때 써도 괜찮았으나, 이 가면의 진정한 효험은 법술을 튕겨 제 주인의 목숨을 지키는 데 있었다. 방심 국사가 죽자 그 가면은 부장품으로 함께 관에 넣어졌다.

선물이라면 응당 자신에게도 소중한 물건을 골라야 하는 법이다. 그리하여 사련은 머리를 쥐어짠 끝에 이 가면을 떠올렸다. 한때 그를 몇 번이고 도왔던 기특한 법보였다. 그는 이 가면을 몹시 애지중지했다. 다만 관에 깜빡 두고 나온 게 문제였다. 그리하여 사련은 밤새 방심 국사묘로 달려가 제 묘를 파헤치고 가면을 다시 꺼낸 다음, 은으로 녹여 호신 장명쇄를 만들었다.

모두의 표정이 기묘하게 물들었다. 그럴 만도 했다. 방심 국사묘는 제사를 지내는 사람이 없어 풀이 무성했다. 그런데 여기까지 와 놓고 자기 무덤을 정리하지도 않았다니. 하다못해 벌초는커녕 자기 무덤을 파헤쳤으니……. 사련이 아니면 어느 누가 이런 짓을 할까 싶었다.

어색한 침묵이 흘렀다. 사련은 낭천추의 눈치를 살피며 해명했다.

"너희 가문에서 훔친 게 아니야. 그 가면은 내가 예전에 굴복시킨 은 정괴로 만든 물건이야……."

그게 영안 황족의 물건이었다면 사련도 화성의 생일 선물의 원재료로 쓰지 않았을 것이다. 사실 그는 낭천추가 국사묘를 지켜보고 있는 줄도 몰랐다. 그저 자신을 파묻고 그대로 내버려 두었겠거니 생각했다. 낭천추가 이상을 느끼고 여기까지 찾아오리라고는 예상치도 못했다. 그럴 줄 알았다면 적어도 파낸 흙 정도는 다시 메워 놓았을 터였다.

낭천추는 움찔하나 싶더니 버럭 화를 냈다.

"그런 건 궁금하지도 않았습니다!"

화성이 싸늘한 눈빛을 던지자 낭천추의 표정이 굳어졌다. 사련은 그 은빛 자물쇠를 보다가 뭔가 떠올랐는지 미간을 찡그렸다.

사련은 낭천추와 눈을 마주쳤다. 낭천추도 사련과 같은 눈빛이었다. 물론 화성이 이를 놓칠 리가 없었다.

"문제는 이 자물쇠에 있다? 전하, 뭐가 문제인지 알아내신 겁니까?"

사련은 대충 짚이는 바가 있었지만 어디서부터 이야기를 꺼내야 할지 막막했다. 그러자 낭천추가 창백한 얼굴로 대신 대답했다.

그가 말했다.

"자기 자신이야."

화성이 차갑게 물었다.

"그게 무슨 뜻이지?"

사련이 황급히 낭천추를 말렸다.

"천추!"

낭천추는 그를 힐끗 쳐다보더니 말을 이어 갔다.

"류금연 사건이 끝나고 제가 그를 여기로 데려왔습니다."

"거기까지 해."

사련이 만류하자 낭천추도 그를 바라보곤 입을 다물었다. 아마 그도 어떻게 설명해야 할지 막막한 모양이었다. 그러나 굳이 말하지 않아도 다들 잘 알고 있었다.

류금연 사건이 끝난 뒤, 방심 국사를 사로잡은 영안 태자 낭천추는 복수를 위해 그를 관에 무참히 처박아 죽였다. 그러곤 황량한 교외 들판에 관을 파묻고 아무도 제사를 지내지 못하게 했다. 물론 애초에 제사를 지내 줄 사람 따위 없었겠지만.

당시 사련은 복숭아나무로 깎은 대못에 가슴을 꿰뚫렸다. 그렇게 사련의 가슴에서 흘러나온 피가 부장품으로 넣은 은제 가면을 붉게 물들였다. 은 정괴의 요기가 피를 보존한 덕분에 사련은 피가 죄 빠져나간 몸으로도 목숨을 건질 수 있었다.

그저께 사련은 자신의 무덤을 파헤치고 은제 가면을 꺼내 장명쇄를 만들었다. 그 과정에서 가면이 빨아들인 피가 다시 깨어나 사련의 몸속으로 되돌아온 것이다.

어쩐지 화성과 사련 본인이 거듭 살폈는데도 별다른 이상이 없다, 했다. 농간을 부린 범인은 사련의 몸에 깃든 피였으니 찾아낼 턱이 없었다.

화성이 가만히 움직였다. 그의 표정이 보이진 않았으나 사련은 황급히 그를 말렸다.

"삼랑!"

낭천추는 원수를 갚기 위해 사련을 죽였다. 영안국 국주가 사련의 손에 죽은 것도 사실이다. 그러니 사련이 가슴이 꿰뚫려 관에 못 박힌 것은 그저 인과응보였다. 사련은 밭은 숨을 몰아쉬었다. 몰아치는 통증에 신음이 흘러나왔다. 화성의 표정이 다시 조급하게 물들었다.

"전하?"

잠시 망설이던 낭천추는 백지장처럼 희게 질린 사련을 보고 입을 열었다.

"제…… 제가 뭔가 도와드릴까요?"

낭천추의 성격이라면 이 일을 어떻게 생각할지 안 봐도 뻔했다. 사련이 급히 대답했다.

"아냐, 괜찮아, 천추. 넌 도와주지 않아도 돼. 너와는 상관없는 일이니까. 네 잘못이 아니야. 내가 부주의해서 그래. 신경 쓰지 않아도 괜찮아."

모정 역시 피해자이자 가해자인 낭천추가 이 자리에 있으니 어쩐지 난감했다.

"맞습니다. 태화 전하와는 무관한 일입니다. 이만 돌아가시죠."

낭천추는 짧은 침묵 끝에 대답했다.

"알겠습니다."

그는 대답과는 달리 자리를 뜨지 않았다. 하지만 다들 낭천추는 뒷전이었다. 사련이 고통을 이기지 못하고 몸부림치기 시작한 탓이었다. 그는 아파 날뛰는 와중에도 꾸역꾸역 화성을 껴안고 놓아주지 않았다. 풍신이 말했다.

"일단 이 통증부터 해결하자고! ……전하? 왜 그러십니까?"

문득 파각, 하는 맑은 파열음이 울려 퍼졌다. 방금까지 심하게 몸부림치던 사련은 갑자기 안정을 되찾았다. 그는 식은땀에 푹 젖은 채 화성의 품에 꼼짝없이 안겨 들었다.

화성이 그를 힘껏 껴안으며 나직하게 말했다.

"전하, 됐습니다. 이제 안 아프시지요."

깨닫고 보니 화성은 영롱하게 빛나는 은빛 가루를 손에 쥐고 있었다. 가슴께에 소중하게 간직하고 있던 장명쇄는 더 이상 보이지 않았다.